你证我证 心证意证
是无有证 斯可云证
无可云证 是立足境
无立足境 是方干净

铎尔孟的红楼梦

〔法〕郑碧贤 著

创于1897 商务印书馆 The Commercial Press

2017年·北京

图书在版编目(CIP)数据

铎尔孟的红楼梦/(法)郑碧贤著.—北京:商务印书馆,2017
ISBN 978-7-100-14961-7

Ⅰ.①铎… Ⅱ.①郑… Ⅲ.①纪实文学—中国—当代②铎尔孟(1881—1964)—人物研究③李治华—人物研究④雅歌—人物研究 Ⅳ.①I25②K825.5

中国版本图书馆CIP数据核字(2017)第175003号

铎尔孟的红楼梦

〔法〕郑碧贤 著

商务印书馆出版
(北京王府井大街36号 邮政编码100710)
商务印书馆发行
北京新华印刷有限公司印刷
ISBN 978-7-100-14961-7

2017年9月第1版 开本 880×1240 1/32
2017年9月北京第1次印刷 印张 10½

定价:58.00元

谨以此书献给：

中国人民的好朋友、法国著名汉学家

安德烈·铎尔孟（André d'Hormon）先生

1981年11月，法国伽利玛出版社出版的《红楼梦》法译版，全书3400页，分上下两册。

李治华、雅歌（法）夫妇和法国作家铎尔孟合作，翻译了中国古典文学巨著《红楼梦》，几易其稿，历时27年，孜孜不倦，精益求精，堪称一绝，令人敬佩。我相信，本书和中法文化年其他活动一样，必将激起更多的人关心、推动中法文化交流。

吴建民

中国前驻法国大使
外交学院院长

秉承法国汉学先贤的治学脉络，铎尔孟参与创建了中法汉学研究所。他喜欢在北京新鲜胡同的家里工作，常常在这里和同事们工作到凌晨。

（法国里昂市立图书馆提供）

我写《铎尔孟的红楼梦》，是为了这段不该忘却的历史。我写他，是为了把这段难忘的历史带入21世纪；我写他，是因为我崇敬那些在科学文化园地里辛勤耕耘、默默播种的人，是他们促进了不同文化的相互理解和彼此欣赏，是他们架设了文化交流的桥梁，是他们挥洒出世界的多彩绚丽。

他们像山谷中的幽兰，没有炫耀，万般激情被包裹在沉静的外表里，藏而不露，却散发出迷人的清香，久久不散……

1925年铎尔孟在北京新鲜胡同寓所。

1981年11月，《红楼梦》法译本由法国著名的伽利玛（Gallimard）出版社列入法国最负盛名的文学丛书《七星文库》出版，社会上顿时掀起一股“红楼热”，把沉浸在文化自我欣赏中的法国，着实搅了一下。该书的出版结束了法国长达两个世纪对这部东方巨著令人痛心的愚昧无知状态，人们好像突然发现了塞万提斯与莎士比亚。热评，跨越了时空与国界的局限，中国古典名著《红楼梦》与法国人心中的文学巨匠伏尔泰、狄德罗、卢梭、巴尔扎克的作品并驾于《七星文库》。报纸文章铺天盖地，

（法国里昂市立图书馆提供）

巴黎众多的大、小书店在醒目的位置摆放着这套精美图书：书分上下两册，鲜红色函套，正面印着一幅大观园的水墨画，侧面是黑色中文字草体书写的“红楼梦”，红、黑相衬既华丽又非常中国味，书脊深蓝色羊皮面上醒目的烫金字“红楼梦”（*Le Rêve dans le pavillon rouge*）又非常法国味。

这一年正巧是铎尔孟诞生100周年，在他100岁的时刻梦圆红楼，这也许是苍天对痴情人的悲悯。当时，并没有人提到铎尔孟这个名字。逝者如斯夫，他也许并不以为意，正叼着他“智慧的烟斗”潇洒地享受着“一觉安眠风浪俏，无荣无辱无烦恼”的宁静。

中法大学校董

1931 年 1 月，贝熙业（二排左一）、铎尔孟（三排右三）、李麟玉（前排右四）等中法大学同事招待法国公使韦礼德（前排右五）等嘉宾。

(贝熙业收藏)

(贝熙业收藏)

中法大学同事合影
铎尔孟（二排右二）、李石曾（二排右三）、贝熙业（三排右一）。

20世纪初，李石曾、蔡元培、沈尹默、吴稚晖、铎尔孟、贝熙业等联合向法国政府申请，利用庚子赔款的余额建立“中法大学”培养人才，经过多方努力，1920年终于正式成立北京中法大学。

（法国里昂市立图书馆提供）

铎尔孟（前排左五）、蔡元培（前排右十）。

1920 年中法大学成立后，铎尔孟（第二排左二）在校园内与师生们合影。

（法国里昂市立图书馆提供）

为了帮助更多的中国人赴法留学，铎尔孟参与了中国朋友们组织的留法俭学与勤工俭学运动，自愿成为即将留法学子的法语教员。图中铎尔孟（二排坐者右六）、圣－琼·佩斯（右十）。

（法国里昂市立图书馆提供）

1921 年，李治华全家在北京合影，李治华（右一）、父亲李香谷（右二）、母亲（左二）及弟妹。

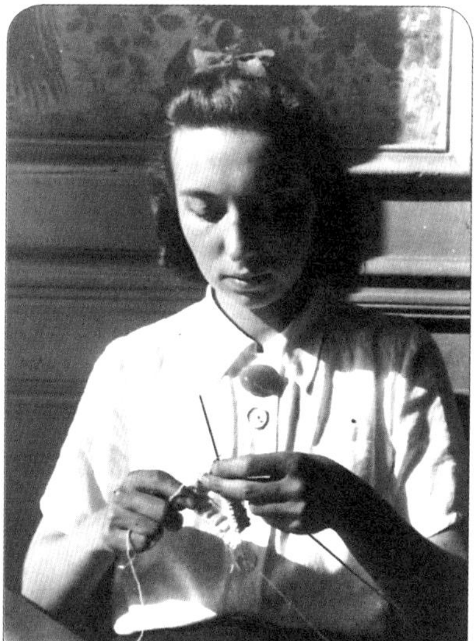

1942 年，李治华为雅歌拍的第一张照片。

1937 年 9 月 4 日，李治华乘法国轮船“狮身女首”号赴法国留学。

1938 年全体留法学生在中法大学的合影，李治华（后排右六）。

1943 年，李治华与雅歌在里昂举行婚礼。雅歌手牵着小表妹，旁边是姨母，父母因反对这桩婚事而未出席。

从 1954 年到 1965 年，十年间铎尔孟从未离开华幽梦一步，运用优美的本国语言，把这部东方巨著《红楼梦》准确地传递给读者，这就是他的使命。

1985 年，李治华偕夫人雅歌在长城。

2014 年，舒乙、于滨、郑碧贤、张文大在西山贝家花园。

华幽梦全景
铎尔孟回法国后，命运之神把他安排在华幽梦，最终与《红楼梦》结缘，终了他完满的一生。铎尔孟卧室（右一）正对这片树林。

2002年，我在华幽梦采访。

2002 年，我在里昂图书馆拍摄到铎尔孟 1919 年书写的《说帖》和《中华民国立法院组织私议》。这两份文献对研究铎尔孟思想有着积极重要的价值。

2003 年，我在中国现代文学馆有幸见到法译《红楼梦》手稿。

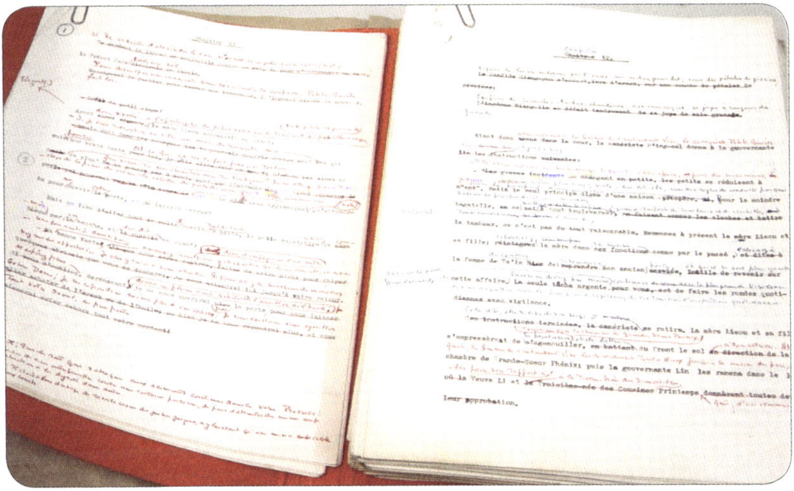

2005 年 10 月，李治华把法译《红楼梦》手稿捐献给中国现代文学馆，它凝聚了铎尔孟、李治华、雅歌 27 年的心血。全部手稿每一页的每一行都留下了铎尔孟的修改痕迹。第一次修改是用红色笔，第二次修改是用蓝色笔，十年如一日，精益求精，令人震撼。

（吴瑞华提供）

1957 年 6 月，贝熙业一家来华幽梦探望，这是铎尔孟和老友的最后一面。

华幽梦修道院建于1228年，18世纪大革命期间被毁，残存下这座钟楼满腔悲愤地直指蓝天，好像有好多话要向上帝倾诉。

贝熙业和吴似丹在北京。 （贝熙业收藏）

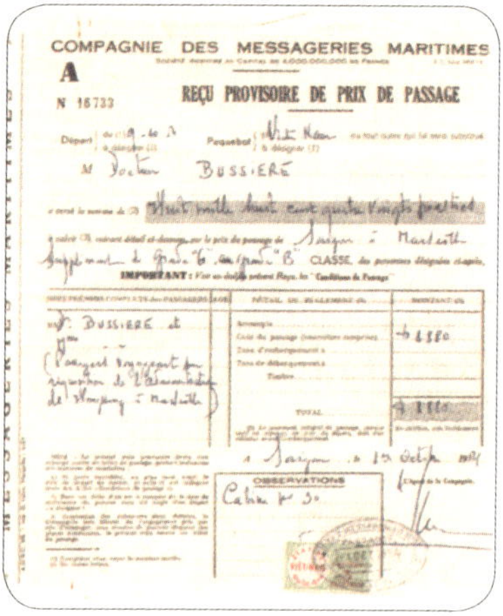

COMPAGNIE DES MESSAGERIES MARITIMES

A

N 16733

REÇU PROVISOIRE DE PRIX DE PASSAGE

M Docteur BUSSIERE

CLASSE

IMPORTANT

TOTAL

OBSERVATIONS

Cabine n° 30

CABLE AND WIRELESS LIMITED.

HONG KONG

VIA IMPERIAL

07947

（贝熙业收藏）

1954 年 10 月 9 日，贝熙业和吴似丹从香港返回法国的船票。

（吴瑞华提供）

1956年，贝熙业84岁喜得贵子。吴似丹抱着儿子让·路易在奥维涅家乡。

1979年10月，吴似丹和儿子在法国。

（吴瑞华提供）

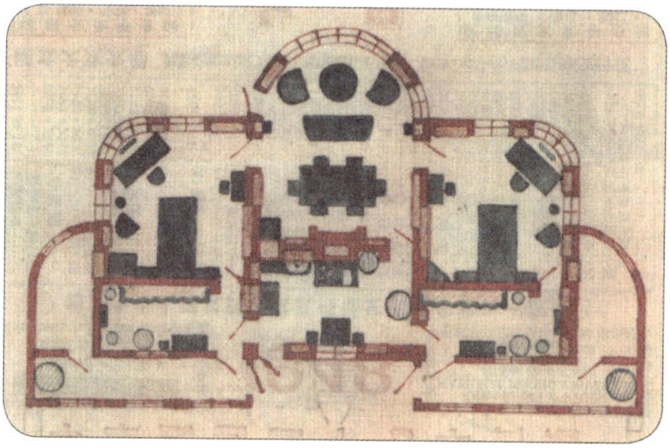

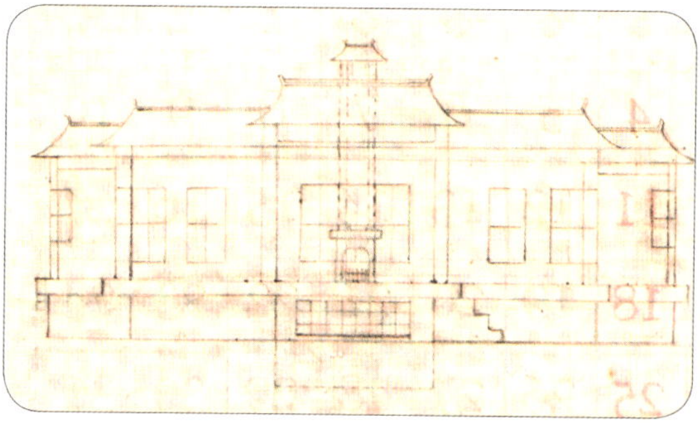

铎尔孟和贝熙业准备在西山共建一座养老房，希望此生能够终老西山。两张图纸是他们绘制的养老房。

每到周三，朋友们都会聚集到贝家花园，喝酒、聊天、争论。

铎尔孟手绘贝家花园图纸。

北京西山的贝家花园。

1919 年，法国雪铁龙汽车公司，巴黎—北京汽车拉力赛，随团来的法国著名画家亚科莱夫先生。

亚科莱夫先生简单几笔，一个智慧、潇洒的铎尔孟，便跃然纸上。

位于北京皇城根的原中法大学校址。

铎尔孟在北京新鲜胡同的旧居。

2003 年，我在瑞典斯德哥尔摩完成《红楼梦在法兰西的命运》。

目录

序

铎尔孟和《红楼梦》

舒乙

郑碧贤——旅法华文女作家——抓到了一个好题材：中国的《红楼梦》传到法国，翻成法文出版，引起了轰动，其法文译稿手稿最终又回到了中国。一去一来，中间含着许多优美的故事，天生的好题材。郑碧贤很敏感，她很晚才知道这个题材，但是凭她的敏感和聪明，立即着手调查，一下子挖出一个富矿，趁热打铁写成了一部好看的小说。

我相信，这部小说很快就会在中国人和法国人中间引起广泛的兴趣，凭了这天生优美的好题材，也凭了郑碧贤优美的文笔。

郑碧贤并不去动《红楼梦》，这也是她的聪明，《红楼梦》太大、太深，掉进去就出不来，难以讨好。

她写了三个人，三个《红楼梦》的法文翻译者和校译者。

他们是一个法国男人，一个中国男人，和一个法国女人。

这三个人把《红楼梦》弄到了法国，经过千辛万苦，经过千锤百炼，终于成功地用法文把《红楼梦》的全部魅力展现给了法国。

法国，那也是一个对文学艺术既有高度创作力，又有高度鉴赏力的国家。《红楼梦》本身是一座大桥，通过它把两个著名的文明国家连在了一起。瞧瞧，这是一个多么漂亮的童话，而建桥者就是小说中描写的那三个人。

应该说，这三个人，有一个算一个，都是传奇人物。他们是：铎尔孟先生，法国男人，生在法国，死在法国，中间大半辈子却住在中国，是个中国通，大汉学家；李治华先生，中国男人，定居在法国里昂和泊郎驿（Blanzy）；雅歌夫人，法国女子，生在泊郎驿，嫁给了李治华，夏天和李先生住在泊郎驿，冬天住在里昂。这三个人，每个人经历不同，分别都有一车的故事，最终却让《红楼梦》把他们绑在一块儿，弄出一个更壮丽的大故事。

郑碧贤写的就是这个更壮丽的大故事。三个人都确有其人。郑碧贤写的是真人真事。

然而，郑碧贤写的是纪实小说，纪实小说不同于报告文学，它允许，而且必须要有杜撰和想象。

郑碧贤很好地处理了这个矛盾。

铎尔孟先生在《红楼梦》法译本 4213 页手稿上留下的修改手迹，每一行每一句都有，而且页页如此。惊人啊，给我留下震撼性的印象。当我将这部手稿接回中国后，像接力赛似的，郑碧贤又用了三年时间，连续追踪采访，挖掘出了许多故事和老照片。于是，有了专门描写此事的《铎尔孟的红楼梦》。

她以事实为根据，有诸多珍贵难得的照片为证，用文学家的抒情笔法缓缓道来，用电影家的切换手法，把故事切成一段一段，中间留出许多空儿，增加了不少神秘色彩，通过杜撰和想象，最后留出许多哲人式的联想结论，显得既生动，又高雅。

譬如说，她将人比作一滴海水。不管多辉煌，其实你只是历史长河的一滴水，最终或许要被人遗忘，可是，正是由于你这滴水由岸上消失，滚入大海，形成那岸边澎湃汹涌的波涛，非常壮观，非常震撼，显示了非凡的力量和不朽的美丽。

类似这样的思想，在她的书里还有很多。

这是这部小说的情和思之所在。

有这情，有这思，小说显得相当美。

故事动人，人物动人，文字又美，小说的品位就出来了。

拍成电影一定也很好看，这是我合上小说手稿之后，马上想到的，可见，美的感觉是何等强烈了。

这部小说告诉我们的道理是如此深刻和奇妙：人的一辈子哪怕认认真真干好一件事，也不枉活一生啊，说不定，还会像诗一样美丽。

好一个厉害的真理！

自序

沿着历史长河，寻找人生的价值

2004年《红楼梦在法兰西的命运》这本书，作为中法建交40周年的礼品，当时虽没引起太大社会反响，但却有点一石击起千层浪的效果。它的价值在逐渐显现；正如前驻法大使吴建民先生在我书中的预言："我相信，本书和中法文化年其他活动一样，必将激起更多的人关心、推动中法文化交流。"

没想到真的出现了大转折！它不是急转，而是十年的渐进。

香港凤凰卫视到法国拍摄纪录片《红楼梦里人》，记述三位翻译家的不朽；舒乙先生把30多公斤重的《红楼梦》法文版手稿运回北京，进中国现代文学馆并破例开辟专柜；中国驻法大使孔泉，向华幽梦铎尔孟先生故居赠送纪念牌，盛赞他对中法文化的无私奉献；北京电视台拍摄铎尔孟专题片《一个法国人的红楼梦》。

2014年中法建交50周年，国家主席习近平在法国隆重接见翻译家李治华和贝熙业的儿子让·路易，紧接着中法文化论坛召开；中央电视台的《贝熙业传奇》；张伟先生的书《贝熙业传》；海淀区主导在西山复原“贝家花园”；建“圣-琼·佩斯纪念亭”，成立北京西山中法人文交流基地，海淀区委宣传部与商务印书馆合作出版《铎尔孟的红楼梦》……以多种形式开展中法对话。

真诚、执着、无私、恒久的爱，是人类文明的灯塔。

《红楼梦》是世界文化的瑰宝。

在中国谁不知道《红楼梦》？从小朦朦胧胧看连环画，听说书人绘声绘色讲故事，长大了看戏曲，近年来，《红楼梦》的电影、电视连续剧，把整个中国从农村到城市统统覆盖，让大家看个够。还不过瘾，就自己买一本书捧着慢慢看……中国人从各种不同的角度欣赏她、喜爱她、研究她。中国人是大度的，喜欢把最美好的东西与大家分享，于是有了各种文字的译本。

《红楼梦》全法译本是我偶然去一位法国朋友家，在她的书架上发现的，同时还有《水浒》和《金瓶梅》。我一下子兴趣上来了，她则在旁微笑地望着我，神情中透着点得意。我明白了她执意邀请我来的原因，又是一个老小孩！交谈的话题自然就从“书”开始。她和《红楼梦》的译者李治华先生和夫人雅歌很熟，1964年，她在巴黎华幽梦山庄见过一次安德烈·铎尔孟先生，那时她是记者。她说：“翻译这本书他们耗费了27年的时间。”她说得很平淡，我却被深深震撼了。

用了27年光阴翻译《红楼梦》，这是几个什么样的人啊！没有一颗赤诚的心，怎么会有这份耐力！没有执着追求，怎么可能孜孜不倦27年！我想知道为什么，我想知道《红楼梦》在法国的诞生过程，我想知道这个中法文化的融合过程。

2000年春节前我终于和李治华先生联系上，并约定在中国大使馆春节晚会见面。我从没见过他，便问："怎么找？"他说："我胸卡上有名字。"

那天，走进喜气洋洋、热热闹闹的大使馆，一眼望去，到处都是人，世纪之交，人来得更多。上哪里去找？我挤来挤去专看老人，每个老人都一脸笑容，我再对胸卡上的名字，总对不上号，最后经"高人"指点才在大厅的一角找到他。我低头看他胸卡上端端正正用楷体写着"李治华"三个字："哈、哈，李治华先生，总算找到您啦！"

他笑嘻嘻地说："我见你从我面前走过两趟啦。"

"那您为什么不叫住我？"

"我怎么能随便叫这么漂亮的女士，叫错了多不好。"

"哈、哈、哈！……"他风趣的几句话立即驱散了初次见面的那种拘谨。

李先生个头不高，不胖也不瘦，但健壮，一口地道的北京腔，说起话丹田气挺足。这哪像85岁的人？无论从身体还是精神面貌，看起来最多不会超过70岁，和我想象中的老态龙钟相去甚远，难怪我对不上号。我们在一起吃着、笑着，天南地北地侃着，唯独没谈《红楼梦》，这个主题太大，大主题需要有相应的环境，今天是与朋友们在大使馆这块宝地欢天喜地过年，过年就是高兴。

大家举杯庆祝："为21世纪的世界和平！""为健康长寿！""恭喜发财！"

新世纪的第一个春节过得好丰富。

2003年7月，李先生邀请我去参加他60周年钻石婚纪念。我向他请教"钻石婚"的典故出处，他没有马上回答，认真地查了法国《大罗贝词典》中关于结婚纪念日的解释，然后写信抄录给我："依据法国辞典关于类似的隆重喜庆纪念，结婚 25 周年为银婚；50 周年为金婚；60 周年为钻石婚；65 周年为铂金婚。”

有根有据。我不得不佩服他那种认真考究的精神，从典故而想到他们翻译《红楼梦》，那里面不知有多少典故、词汇需要他去一一查证，难怪会费尽他 27 年心血。

《红楼梦》全法文版译者们的经历，直接关系到《红楼梦》家族在法国的命运，它跨越了一个多世纪的历史，跨越了两个不同国度，历经那么多的变迁和不同寻常的人生，这些，又因历史的久远使许多人和事变得模糊了。

铎尔孟先生早在 1906 年便到中国，研究中国古典文学、诗词。在中国 48 年间，他致力于创办中法大学，教授法国文学，1954 年回法国后立即投入《红楼梦》的校审工作，10 年后去世。他从没结过婚也无后人可查询。铎尔孟这个名字，无论是生前还是死后，只有少数相关的人知道，而这些人大都已作古。

李治华从 1937 年就到了法国，读书、成家、教书、翻译，很少参加社会活动，认识他的人不多。在李治华写的回忆录和学术文章以及对他的采访、评论中，他对《红楼梦》的翻译过程也没有更多的描述，常常是三言两语。

雅歌的性格内向，默默奉献，从不出头露面，连采访她时也很少谈及自己。

尽管我有把他们翻译《红楼梦》的过程写成一本书的冲动，却又无从下笔；虽未下笔，它却又总在我脑海里萦回，挥不去、放不下、挤不掉，无论我有多少事缠身，也难以替代那潜藏在我心底的欲望。

我决定沿着他们的路再重新走一遍。深山探宝的艰难，恐怕很多人都有这样的经历。有时只是一句话、一封信、一片普通的小纸条、一张残旧的小照片、一幢旧居……历史要一点点回忆，谁会一下子把100多年的故事都摆在我面前？老人的回忆总是不连贯的，需要帮助他回忆。点点滴滴的片断往往会带给我无穷的快乐和想象，从这些平凡中找到不平凡，在不平凡中找到平凡。在探寻的路上，我结交了许多新朋友，他们支持我做这件有意义的事，尽量提供路标、线索。

我触摸到一颗颗赤诚的心，一颗颗炽热、平和的心。我恨不能长出十双手，把它一字不漏地记录，我恨不能有20台摄像机，把点点滴滴全部录制。但这都不可能。我唯有用我的心把一切牢牢刻印，再把这部由许多有心人用心凝成的颂歌，和他们的心路历程，呈现给更多想知道的人。

永远闪耀着奇光异彩的《红楼梦》，随着人类文明的发展，今天，它在全世界拥有了十几亿读者！2003年法文版已出第四版。看着这些累累硕果，我们怎能忘记那些在文化园地里辛勤耕耘、播种的人？是他们促进了不同种族的相互了解，是他们架设了文化交流的桥梁，是他们挥洒出世界的多彩绚丽。

文学创作不是实录，它需要发挥充分的想象，但纪实文学又是以事实为根据，把每个细节的来龙去脉都弄得清清楚楚，然后再跳出历史事实的束缚去发挥想象力。

人生有这样一段经历，真是幸运！

第一章

握别世界

我愿人的生命，也像一首交响乐，随着指挥的一个断然动作，键停弦静，结束最美的乐章……

每当夜幕初降，在巴黎那座由路易九世创建于 1228 年的华幽梦（Royaumont）修道院，“圣路易卧室”（Chambre de St. Louis）的窗户里就出现了一盏不眠的长明灯，黑夜中的灯光，一束生命的光！灯光，像千百万只萤火虫，永远不知疲劳地在那里欢舞歌唱，直到黎明才飞去迎接和煦的阳光。第二天，太阳刚刚入睡，千百万只萤火虫又带着光亮，来到窗前欢舞歌唱。

岁月匆匆忙忙走过了 10 年，灯光还是那么亮，萤火虫还是带着它们的光，夜夜在这里欢舞歌唱。但住在里面的诗人铎尔孟，走动徘徊的次数越来越少，吟哦的声音越来越微弱，那一袭华丽的中国式睡衣越来越宽大。

铎尔孟走到窗边，前额贴在窗玻璃上，望着远处的夜空，一颗星星划过坠落，另一颗星星正在升腾。来也匆匆，去也匆匆，引起他无限遐想：小时候大安德烈曾经对他说，一颗星星代表着一个生命……大安德烈在哪里？也许早就随着流星飘到什么地方了。他并不害怕死亡，却害怕长期的病痛折磨。近几个月来经常头晕，已使他无法自如地走出房间。

离世之前，唯一让他牵挂的是没有实现对挚友贝熙业的承诺，照顾他的妻子和幼小的儿子，孩子那么小，多么需要保护啊！但他没做到，他的全部努力都宣告失败。他用力捶着窗台，他痛恨自己，他从来也没有像今天这么无能啊。

托孤，贝熙业来托孤！从那么远的地方辗转到华幽梦……

1957 年 6 月 19 日这天傍晚发生的事，随着身体的虚弱，反而越来越清晰地呈现在他脑海里；人的一生会遇到很多事，有些事瞬间即忘，有些事则终生难忘。

那天，铎尔孟与李治华讨论完《红楼梦》译稿，从楼上下来，准备去华幽梦斜对面的森林散步。迎面砂石路上，一个年轻的中国女人推着儿童车，她身边一个白胡子老头迈着吃力的腿一步步往前挪……铎尔孟根本无法相信眼前的一幕是真的，他心中的贝熙业永远是健壮、爽朗、快捷的啊！他愣在那里，几秒钟才缓过神，伸开双臂喊出来，"我亲爱的老伙计，真的是你吗？我这不是在做梦吧？"他边喊边快步跑过去，紧紧拥抱这位可敬、可亲、可爱的老伙计，亲吻贤德的吴似丹，抱起壮实的小天使……一肚子话却不知从何说起，才三年的离别，好似过了几百年。来不及流泪，泪却已经干了；来不及回忆，已经变成了失忆。不，今天当然只有惊喜。

惊喜，一扫旅途的劳累，他们俩在林荫道的长椅上坐下，吴似丹则带孩子满院去玩，小让·路易对这个修道院很感兴趣。跑来跑去，母子俩时时传来阵阵欢快的笑声。

看着眼前这幅温馨的画面，铎尔孟轻声地说："老伙计，你的爱创造了奇迹！"

贝熙业满含幸福的眼中夹杂着些许沉重，近半年多，他常常感到有些力不从心，特别是双腿。凭借医生的直感，这不仅仅因为劳累，更主要是精神上的负担加速了衰老。为似丹、为年幼的儿子，他必须亲自到华幽梦来与老友商量。过去在北京，无论是在他的甜水井胡同，还是西山贝家花园，由于他的慷慨好客，总是宾客盈门，遇有困难则毫不犹豫解囊相助；有病则为他们无偿治疗。1949年之后，这些人纷纷回到法国，他们在中国短期居住，财产没受到什么影响，唯有他和铎尔孟，是把自己全部财产和身心置放在北京，才落魄至此。当然，他不会后悔，也绝不会向任何人求助。他心里很清楚，不仅这些人靠不住，就连贝家的人也没有一个可信赖的。唯有铎尔孟，他们40年的友情彼此了解、信任。

在北京，他们俩曾计划建一幢可容纳两家人的住房，既有各自的私人空间，又有共同的活动场所，有点像中国式的院落。设计图由铎尔孟亲自绘制，非常美观大方。可惜，还没开始实施，一切就都结束了。仅仅留下一个未实现的回忆。现在，他们将再度去实现。新的计划重新点燃激情，虽然受经济条件所限，但壮志还没被彻底摧毁。仔细盘算一下，如果变卖掉全部值钱的东西，估计一年的准备应该可以付诸实施了。地点也许就在华幽梦附近，这里环境幽静，离巴黎很近，将来孩子上学也方便。铎尔孟一万多册书，足够建一座小型中文图书馆，供那些研究汉学的人阅读。吴似丹也可在这里办画展。

基本规划有了，最终需要征得吴似丹的意见，由她来决定。

在铎尔孟心里，吴似丹那颗美丽的宝石般的心，非常令人敬佩！她娇小文静的外表下，有着那么坚强的意志，为贝熙业撑起一片蓝天，帮他渡过一道又一道险滩。她是贝熙业心中真正的女神、坚强而温柔的妻子、慈爱的母亲、完美的中国女人。

他们起身走向正在草坪上玩耍的吴似丹母子。吴似丹最感兴趣的是那座像一把利剑直指满天红云的钟楼，太有画面感了。

铎尔孟说，他也经常久久地站在那里，一动不动地仰望着它，和它对话。他认为吴似丹对钟楼很有想象力，便认真地向吴似丹建议："以你的天才和独特的视角，用中西相结合的手法，把这座见证了13世纪建筑的辉煌、18世纪大革命血腥战斗的灵魂展示出来。这样的史诗值得我们用一生去绘制，我深信它将成为传世之作。"

铎尔孟的建议一扫大家心中的霾。贝熙业认为铎尔孟的建议非常有价值。吴似丹更有一种创作的欲望。

钟楼见证了这一历史时刻，他们三人商定："若贝熙业先去世，由铎尔孟照顾吴似丹母子，吴似丹则替铎尔孟照顾私人图书馆。铎尔孟去世后，图书馆由吴似丹继承。"在得到吴似丹的同意、铎尔孟的郑重承诺后，贝熙业这才轻轻吁了口气，似丹母子是他余生的希望和牵挂，他完成了最后的嘱托。

铎尔孟邀请正在华幽梦改稿的李治华共进晚餐。李治华是吴似丹在异国他乡见到的第一个同胞，而且都是北京人，很有亲切感。李治华1937年便到法国来了，娶了位法国太太，已育有三个孩子，在巴黎第三大学教书，生活阅历比较丰富，可聊的话题很多，尽管俩人都属于内向型的人。这是李治华第一次见到贝熙业夫妇，也是最后一次。

晚上，铎尔孟和贝熙业做了彻夜长谈，时时发出愉快的笑声……余音犹在，何曾想到半年以后的1958年2月5日，贝熙业竟撒手人寰！铎尔孟在贝熙业去世20天后才收到吴似丹的信。

吴似丹在信中如泣如诉地写道：

请原谅一直到现在才给您写信，Jean 在受了一个月的痛苦后终于离开我了，我的脑子空了，心也碎了，我没有勇气提笔，回忆在医院最后一刻，当我告诉他回家，他向我表示高兴，在汽车中多次回头找我，我始终安慰着他，到家后他认识他的屋子，他的妹妹和邻居们，我几次给他注射强心安静针后，在去世前三点钟，他是那样的安静，像蜡烛一样慢慢地熄灭，我告诉他，我们的心永远在一起，我决定随他的意志，在这里抚养 Jean Louis 成人，我有勇敢，我叫他放心，他明白我的话，可是他不能回答我，他只是紧握我的手来回答我，我的十字架比他的更老，更长久，自他病后就再也没和我说过一句话，我的心始终像刀在刺着，现在我得整个担负起抚养孩子的责任，我不能当着孩子哭，他看着我哭他就哭，他每天早晚亲吻爸爸的照片，好几次他说“Donne la main à papa”（把手给爸爸），我不能写下去了，是天主意愿，我全心接受，我只求主赐他灵魂早日升天，赐我勇敢和平安为抚养孩子成人。

保重您的身体要紧

敬祝

平安请赐回音

似丹

2 月 25

铎尔孟痛心疾首，一整天都在反复咀嚼着这封留着泪痕的信。他不愿相信，但却是事实。他愤懑人世间的不公平，为什么要夺去老友的生命！这是一个多么完美的人啊，他才刚刚拥有属于他的幸福。

他本应立即奔去安慰吴似丹母子，但他没有。他在信中对吴似丹说：

我没有到病榻前去看望让，是因为我想要保留老友在最美好时光里给我留下的记忆，我不愿他给我留下是一个既没有意识，又说不出话来的可怜垂死老人的伤感回忆。对我来说，我的好友、我的兄弟没有死去，他只是离我远去了。当我母亲去世时，我没能看到她的遗容，我甚至也不知道她葬在何处。但我在记忆里经常能看到她，就像我在小时候见到一样，一直年轻、美丽、温柔，她只是远远离我而去……

哀思、痛苦，都于事无补，他必须行动起来，尽快履行对贝熙业生前的承诺，使吴似丹母子早日摆脱困境，重树生活信念。当然，按原来的计划马上建一所房子，这不现实。他首先委托他的学生兼朋友于儒伯出面与华幽梦基金会联系，希望把吴似丹母子接到华幽梦来暂时居住。以吴似丹的艺术造诣和修养，在华幽梦国际文化中心，应该有用武之地。

铎尔孟的安排，遭到贝熙业在奥维涅的亲戚的反对，特别是他前妻的女儿们。她们不让吴似丹接近铎尔孟，理由是，单靠照顾铎尔孟的私人图书馆，几乎无法生活。吴似丹则坚持要履行丈夫生前的意愿。在争执中，她们指责吴似丹是在装糊涂："你怎么就听不懂我们的话呢？"贝熙业的女儿们最后一招是用父亲的去留进行要挟，如果吴似丹执意要去华幽梦，就把贝熙业的坟迁到她们那里去。她们深知贝熙业在吴似丹心中的分量，吴似丹只得让步。

贝熙业离世之后，时间又匆匆过去了六年多。铎尔孟把所有的精力和全部感情都用于《红楼梦》译文的校审上，从来没有离开过华幽梦一步。

1964 年深秋，吴似丹邀请铎尔孟到奥维涅过圣诞节，还详细介绍了让·路易的学习情况。铎尔孟为让·路易八岁半就学完小学的全部课程，感到非常欣慰，他多么渴望去看望他们母子，并一同度过欢快的圣诞节。这也许是他生命中的最后一次。现在看来，连这点愿望恐怕都无法实现。他在给吴似丹的信上诚实地表露了他的心情和健康状况：

亲爱的似丹：

感谢你的圣诞祝福和邀请。但我糟糕的健康不允许我前来探望你们并共度圣诞，我很高兴你现在完全拥有房子的产权，并且你已无任何怨恨。让·路易的学习进步让我欣喜，对此我向你表示祝贺，我的生命已经走到尽头，我不知道在离开人世前能否再看到你们，我真挚并真诚地祝福你们。

1872年出生的贝熙业，仅比铎尔孟大9岁，他们有完全不同的出身背景、性格和机遇，却一见如故。在北京的40年，贝熙业俨然像慈父、兄长、挚友，对他无微不至地照顾和容忍。他们一起为理想奔波忙碌，有时会冒着生命危险，但从来没在乎过，仍然勇往直前。朋友们仍然如期在北京西山贝熙业宽敞温暖的沙龙聚会，彻夜长谈，几个朋友甚至决定在西山买地建坟，死后也要在一起继续进行无休止的争论。如今他连贝熙业葬在哪里都不知道，世事难料啊……

回法国10年来，他把全部精力倾注在《红楼梦》的译稿校审上。他知道，唯有这部《红楼梦》能让他硬撑着多活几天。他想，这与曹雪芹的晚年又何其相似啊，除了没去赊酒喝粥，除了还有圣·路易国王套间遮风避雨。当然他还比曹雪芹多活了30多年。

他的思绪飞得很远、很远……

窗外，一棵棵和他朝夕相处了10年，挺拔、茂密的大栗树，吃惊地看到他的面容越来越苍白消瘦。它们低语，这位诗人是过于疲惫，还是病了？想到这里，它们不由得发出一阵伤心的颤抖，飒飒的和声，带给诗人衷心的问候：老朋友，你要多多保重！

铎尔孟的确病了，病了很久，病得很重，脸颊上洁白的络腮胡，也难以遮盖他清瘦的面容，他的两腿竟然难以承担不断减轻的体重，身体内的器官好像在一点点地被吞噬。清晨短暂的睡眠，常常被噩梦惊醒，被剧烈疼痛惊醒……有时疼得他真想和谁打一架，可惜没力气了，打出去的那一拳也只会软绵绵划一道弧线，然后慢慢垂下来。

潜意识告诉他情况不妙！他想：也许我的大限要到了，那就准备迎接它的来临吧！他没有马上求助医生，而是把有限的时间，尽量用在《红楼梦》译稿的第二次校审上：减少睡眠，取消每天下午例行的森林散步，把一天当三天来用。他想，也许还能赶得上做完他一生中最美妙、最令他陶醉的梦。

1964年，圣诞前的一次意外的昏厥，终于暴露了这个秘密，贝熙业的二女儿热韦娜大夫确诊他患的是晚期前列腺癌，而且郑重告诉他："如果不动手术，最多还有两个月的时间。"热韦娜小时候患肺病，在北京西山她父亲的贝家花园疗养，铎尔孟几乎是贝家的成员，他的幽默、风趣、博学让傲气的热韦娜非常崇拜。热韦娜因为身体不好，贝熙业难免有些娇惯她，使她变得很任性，有时还会和父亲争执顶撞，每次都是铎尔孟从中调和。铎尔孟陪她荡秋千、讲故事，渐渐她和铎尔孟成了互相信任的朋友。

锊尔孟的病让她不仅震惊而且痛苦。她失去了父亲，绝不能再失去这个朋友。她含着泪几近哀求地劝锊尔孟必须马上动手术。她四处为他找最好的外科医生，如果贝熙业尚在，肯定能挽救锊尔孟，她相信锊尔孟也会听从。

锊尔孟没有吃惊，反倒笑了："亲爱的热韦娜，别为我操心了，我的感觉没有欺骗我！既已宣判死刑，何必盼望奇迹出现？我愿人的生命，也像一首交响乐，随着指挥的一个断然动作，键停弦静，结束最美的乐章，准时去赴上帝的约会。"这就是锊尔孟的人生态度，喜欢把问题简单化。

他轻松地笑着对热韦娜说："我死后身上的每个部分，你们可以任意摘取去做研究，我会听到学生们在解剖时和我的对话。这样做同样适合我的'不置产'原则，坟地，也是对土地的占有啊！更何况躺在地里，看着身体慢慢腐烂，太缺乏诗意了。何况我很快就会见到贝熙业了，没有我他会寂寞的。"他笑得很洒脱。

热韦娜可没他那么轻松，她眼里噙着泪花喊道："不，你不能就这样离开我！你不知道你在我生命中占了多么重要的位置！"

热韦娜也是不喜欢屈服的人，她要尽力挽救锊尔孟。既然不愿动手术那就退而求其次，准备把这个倔老头送医院去疗养。但还是被婉拒了。

锊尔孟平静地说："医院怎么可能产生创作激情？让我每天面对医生那副救世主的神情，让我每天去听周围病人的呻吟？啊！不，亲爱的热韦娜，可怜可怜我吧！以前每年过年我都去尚堤驿（Chantilly）旅店住，早已习惯了那里的环境，我是他们的客人，不是病人，我是自由的，但我不会出事。你不是说还有两个月的期限吗？1400多个小时，可以被充分利用啊！我相信在你的药物保护下，这期间是安全的。两个月以后，我把我完全交给你，听凭处理，人生总有这一天。”

热韦娜无语。

铎尔孟把早就拟好的遗嘱交给热韦娜。

我已经年过80，身体表面上看仍然健康，头脑完全清醒，但我希望离开此世，为此，我预先准备好最后意愿。

烦请基金会主任阿兰·克雷斯佩尔（Alain Crespelle）先生严格执行我的意愿。

我不要安葬，不要任何方式的葬礼。我的遗体应交给医学院的学生们。医学院的负责人可以自行决定对我遗体的处理办法。我的死亡只有在我遗体被解剖后才能通知亲友。并且不允许见报。

凡是信封上正式标明“销毁”字样的信件必须立即全部销毁，任何人不得了解信的内容。凡是注明收信地址的需尽快发至收信人。所有日记和记事本也必须不经翻阅全部销毁，片纸不留，我不想在这个俗世上留下关于我的充满诗意探险的任何有形痕迹。

我在中国耗尽全部财产，唯有一些书籍、资料，请唐珊贞小姐整理后赠送给华幽梦国际文化中心。

珍藏的小礼品，请热韦娜小姐按名单分赠朋友。

从此，铎尔孟谢绝所有客人的来访，他要抓紧时间进行《红楼梦》译稿的校审。

1965年的新年，他在尚堤驿旅店度过了有生以来最冷清、最孤单的新年。

他对世界并不留恋，但他怀念朋友；惦念尚未校审完的《红楼梦》；还有他寻找了一辈子的父亲、母亲；偶尔的睡梦，朦胧中独自在北京西山游逛：枫叶、白雪、翠绿，变幻着五颜六色，熟悉的寺庙钟声，在万花山听梅兰芳最美妙的歌声……这种梦境总会不停地重复出现，但疼痛又无情地把他从最美的梦中惊醒。其实，他更希望像一场意外事故那样，瞬间解决问题。

元旦后的第一个周末下午，突然接到旅店前厅服务员的电话："铎尔孟先生，有位叫维尔妮的女士要见你。"

正强忍阵阵剧痛，伏案校稿的铎尔孟，竟然一片慌乱。朋友的突然来访，让他既兴奋又有些不知所措。他在电话里对维尔妮说："亲爱的维尔妮，请稍等一会，我马上就下来。"

他忘记了疼痛，赶快去冲澡，换下被汗水湿透的衬衣。他很清楚，病人身上会发出一股很难闻的味道，维尔妮一向很注意这些细节，而自己身在其中嗅觉可能早就迟钝了。尽管心里节奏很快，但动作却跟不上，有点笨手笨脚，最后，终于穿戴完毕，他用颤抖的手往身上喷洒了些香水，才开门慢慢下楼。

维尔妮等了足有半个小时。她很纳闷，她认识铎尔孟已经有30多年了，她熟悉他，不管在任何情况下，他从来没有让客人久等的毛病，今天怎么回事？他会不会有什么不方便？是不是有客人？……刚才从电话里听他说话的声音，似乎很微弱，好像完全变了个人，为什么？……

铎尔孟笑容满面地出现在楼梯口。维尔妮抬头，惊得目瞪口呆，怎么能相信眼前这个人会是铎尔孟？才短短几个月没见啊！除了那双仍然透明、有神的眼睛还能证明是他……

维尔妮急步上前紧紧抱住老朋友，泪珠无声滚落下来，千言万语涌到嘴边，却不知道该说什么……

铎尔孟笑着拍拍她，什么也没说。

他们度过了难忘的下午，维尔妮带着一颗沉重的心走了，但她万万没想到这是最后的诀别。

维尔妮是位优秀的钢琴家，25年前，维尔妮在法国驻华使馆新年晚会上，演奏肖邦的《夜曲》让铎尔孟痴迷。最懂人类感情信息的莱热（Alexis Leger，笔名 Saint-John Perse），提议请铎尔孟演唱一首歌，由维尔妮伴奏。铎尔孟的歌喉在外交界很有名，但他轻易不开口，今天却兴致很高。他走近维尔妮轻轻说，我想唱一支中文歌，维尔妮微笑着点点头。铎尔孟望着维尔妮，用他浑厚的男中音轻轻唱：

在那遥远的地方有位好姑娘，
人们走过她的帐房都要回头留恋地张望，
她那粉红的笑脸好像红太阳，
她那美丽动人的眼睛好像晚上明媚的月亮。
我愿抛弃了财产跟她去放羊，
每天看着那粉红的笑脸和那美丽金边的衣裳，
我愿做一只小羊跟在她身旁，
我愿她拿着细细的皮鞭不断轻轻打在我身上……

维尔妮的即兴和弦非常完美。唱完了，全场鸦雀无声，几秒钟后才爆发热烈的掌声。人们非常吃惊，这位平时态度严肃、表情冷漠的铎尔孟博士，内心竟隐藏着那么炽热的情。

铎尔孟的歌就像是专为维尔妮唱的，她虽然不懂中文，但她能感受。这天的场景一直根植在她心里，铎尔孟成了她的唯一，满满的没有任何空隙。

1965年5月，维尔妮收到一封铎尔孟签署的信，信上只写了“我爱你”三个字。基金会通知她，铎尔孟已于2月7日离世，没有墓地，不举行告别仪式。一切按他的遗嘱执行。

两年后，维尔妮去世，她要求与铎尔孟的照片合葬。

两个星期后，铎尔孟从尚堤驿回到华幽梦山庄，精神似乎好了很多，他开始校审第五十回。大观园里大雪纷飞，夜色下的华幽梦，窗外也是白雪茫茫，书里、书外融成一片，他好像随着大雪飘到大观园，看见史湘云、林黛玉、宝玉、宝琴、李纨、宝钗……一个个兴致勃勃，面对雪景你一句我一句地抢对即景诗：

宝钗：“淋竹醉堪调。”

宝琴：“或湿鸳鸯带。”

湘云：“时凝翡翠翘。”

黛玉：“无风仍脉脉。”

宝琴：“不雨亦潇潇。”……

第一次校审修改，就感到这一章的诗句译得比较完整，再做第二次推敲时，更体会到诗中回味无穷的韵味。读到精彩处，他竟笑得那么灿烂，好像从来没有病过。

这夜，他又像往常那样和曹雪芹对话。他说：“曹雪芹先生，我们快见面了。如果你同意，我将带上法国最好的葡萄酒去拜访你。

我们绝不再讨论《红楼梦》，它把我搞得好累，还是让他们年轻人去研究吧！他们说，我们听，喝着法国的葡萄酒听，喝着北京的二锅头听。”

稍停，他又问道：“曹雪芹先生，我一直想问你一个问题，你的这本《红楼梦》，一会被捧到天上，一会又被打入地狱，你认为他们到底是懂还是不懂？懂，为什么？不懂，又为什么？”

曹雪芹笑了，笑得很神秘，有种天机不可泄露的神情。

这段时间铎尔孟的病情虽然在加剧，但他对疼好像有点麻木了。

天亮时，他入睡了。好像在漆黑的森林里，又像是在北京新鲜胡同宽阔的四合院里，他最喜爱、最怀念的牧羊犬——卡尔，看见他来了，高兴得四处撒欢，长长的四条腿跑起来还是那么高傲、帅气，黄白相间的长毛，迎风飘拂起来，真美！它像电影里惯用的慢镜头，凌空慢慢奔过来，嘴角含着笑，好像有那么多话要说，它向老朋友亲热地扑过来，卡尔的后蹄正好蹬着铎尔孟的下腹，他疼得大喊：“啊！啊！……”

他醒了，努力睁开沉甸甸的眼皮，恍惚看见有个年轻女人坐在他身边，正温柔地擦拭他额头上沁出的汗。是她走进他的梦中，是她从梦中把他唤醒，她，既陌生又熟悉。女人望着他笑了笑，带泪的笑那么动人，带泪的笑多像荷花上的露珠。他想坐起来，但眼睛又倦怠地闭上了。他喃喃地说：“是你！你怎么会在这里？”

“我听见你的召唤。”她把手伸过去，紧紧握住铎尔孟瘦削、潮湿、冰凉的手。

他们不再说什么，只是这样默默地握着，一个半闭着眼睛，享受握别世界前的这份情意；一个深情地、贪婪地望着，生怕一眨眼他就会离她而去。

“告诉我你叫什么？”

“松涛。”

“名字好美，难怪你爱去森林。”

“我更爱‘白首卧松云’的人……”

铎尔孟猛地睁开眼望着身边这位可爱、多情的姑娘，仿佛又看到她两年前写给他的那首诗：“士与知己共，女为悦己容。浮生百年间，难得赏心重。誓不嫁他人，为君保此生……”他嘴唇动了动，好像有很多话，但什么也没说，又慢慢闭上眼……一滴热泪悄悄滚落下来。

松涛用手拭去挂在他白胡子上那颗晶莹的泪珠：“浩然，我念一首诗给你听，好吗？”

“好，你念，我听。”他耳边萦回着轻柔、熟悉的洞箫声，乐声似从天际飘来，又似从森林里隐隐约约传来……乐声伴着她好听的朗诵：

吾爱孟夫子，风流天下闻。
红颜弃轩冕，白首卧松云。
醉月频中圣，迷花不事君。
高山安可仰，徒此揖清芬。

她轻声念着，强忍着哽咽，脸上的泪水像清泉，止不住往下流淌，擦不干，抹不尽。

铎尔孟低声说：“这是李白写给孟浩然的。”他的思绪很清晰。

松涛笑了:“这是你中国名字——浩然的出处，对吗？”

他的眼里显露出温和笑意，用力握了握松涛暖和、柔软的小手:“你再吹一曲《平湖秋月》好吗？”

悠悠箫声，少了些往常曲调的轻快，多了份今日的忧伤……乐曲突然转调成对生命的呼喊，激动、高昂……渐渐又回到平和的悠扬……

一曲《平湖秋月》道尽了她的万语千言，道尽了她心中的全部爱恋。

医院急救室，医生们在做最后的努力，热韦娜紧握住铎尔孟的手，俯身低头听他喃喃细语:“再见了，热韦娜，我要去和贝熙业相聚了，如果他能在天堂……”铎尔孟嘴角泛起一丝微笑，这是朋友们最熟悉、最常见的那种孩子似的纯真微笑。

朦胧中，铎尔孟发现站在旁边拉着他手的不是热韦娜，而是面带微笑的大安德烈；床的右边站着的不是护士，而是让他寻找了一生的母亲，她脸上洋溢着天使般的慈爱，温柔地抚摸着儿子，疼痛在她的触摸下顿时消失，他感到好舒服，从来没有过的舒服，从来没有过的轻松。他轻轻飘起来，似乎回到了童年；他，第一次依偎在父母的怀抱里；他，第一次享受天伦之乐。

他们三个人手牵着手，脚下踩着朵朵白云……他回头愉快地挥别。

他看见心电图呈一条直线……

他听见热韦娜说:“心脏已停止跳动。”

他看见那个老铎尔孟，那个在人世间浪迹了 84 年的老头，正安静地躺在病床上。

这夜，华幽梦“圣路易卧室”的这盏长明灯熄灭了，永远地熄灭了！这是1965年2月7日。这天的夜晚格外寒冷，落叶飒飒发出沉重的叹息，树林边的流溪，少女般的细语变成抽泣，随着《平湖秋月》的和弦，奏起安魂曲……

一种不可弥补的失落感，深深笼罩着森林里的每一棵树，10年，它们早已习惯了夜里与诗人对话；习惯了夜里倾听诗人悦耳的吟哦；习惯了夜里看诗人徘徊踱步的身影。从此，再不会有灯光伴随着它们。

几百年的老树，感叹着人类的脆弱：“诗人走的时候才84岁，比起我们，他太年轻了。”

它们说：“我们将把这位诗人刻在年轮上，记载着他的身影；记载着他的吟哦；记载着他10年的日日夜夜；记载着他梦中的红楼。”

早晨，阳光透过叶丛，轻轻敲着这间卧室的窗棂，呼唤他从梦中醒来。这里静悄悄，不再有回音。

历史翻过了这一页，历史将记住这一页！

铎尔孟去世后46年。2011年，中国驻法国大使孔泉先生，在热罗姆-夏蒂埃（Jerome-Chartier）议员的陪同下，到铎尔孟生前最后居住了10年的华幽梦敬献纪念牌：

> 安德烈·铎尔孟（1881-1965）是北京中法汉学研究中心创建人之一，曾在北京生活48年。1954-1965年应亨利和伊萨贝尔·顾安夫妇邀请，在华幽梦修道院圣路易卧室居住。这

位杰出的汉学家与李治华一起，投身中国文学名著之一，曹雪芹《红楼梦》的翻译工作。

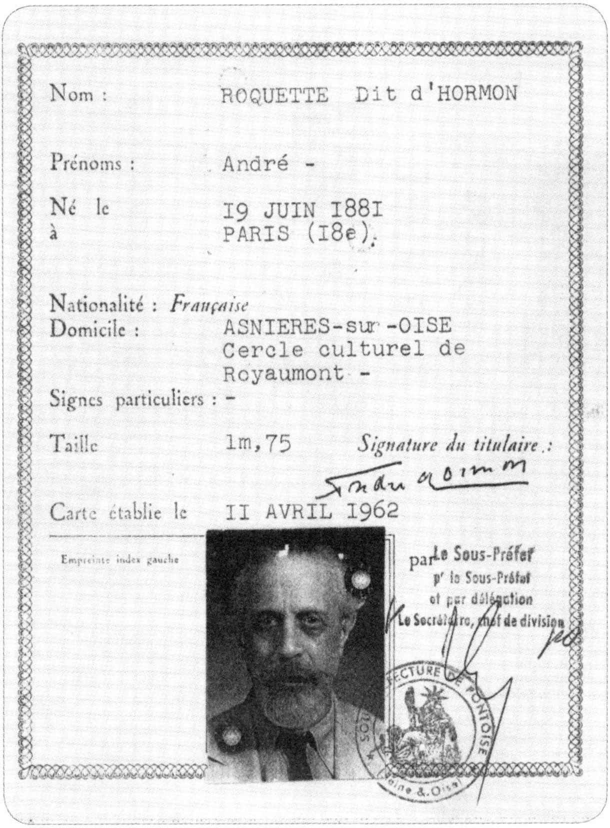

Nom : ROQUETTE Dit d'HORMON

Prénoms : André -

Né le 19 JUIN 1881
à PARIS (18e).

Nationalité : *Française*
Domicile : ASNIERES-sur-OISE
Cercle culturel de
Royaumont -
Signes particuliers : -

Taille 1m,75 *Signature du titulaire :*

Carte établie le 11 AVRIL 1962

Empreinte index gauche

par Le Sous-Préfet
p' le Sous-Préfet
et par délégation
Le Secrétaire, chef de division

（法国里昂市立图书馆提供）

2001 年，在里昂图书馆中文部，发现了铎尔孟的身份证，这是 1962 年 4 月 11 日发给他的，记载了他的姓名、出生年月、居住地。

第二章

都道译者痴，谁解痴中味

他们以毕生精力创造文学，但创造的却是生活，真正的信念并不憧憬胜利，而是相信生活，相信自己……

李治华先生和雅歌夫人接力铎尔孟未完成的梦，费尽心血，又经历了17年的艰辛努力，终于在1981年，完成了《红楼梦》法文翻译稿的全部校对。

李治华校对完《红楼梦》最后一句："说到辛酸处，荒唐愈可悲。由来同一梦，休笑世人痴！"(Aux passages d'aigreur ou même d'acrete, L'exagéation n'en devieut que plus vaine; Du début à la fin, tout y semble rêvé, mais ne vous gaussez pas de la folie humaine!) 他慎重地画上最后一个惊叹号后，难以抑制内心滚滚激流，挥笔题诗曰："胸怀壮志走他邦，迻译瑰宝不识狂，卅年一觉红楼梦，平生夙愿今日偿。"

28个字，简练地概括了他人生的起点到梦想完成。这个梦做得很长却又似乎很短，很苦却又很甜……现在，随着这个结束的符号，过去的已成历史。

李治华先生的书房是他的专有领地。尽管书房门从来不关，但无论是过去教书备课，修改作业，还是后来进行的大量的翻译，甚至到现在，孩子们都绝不会随便进来打搅，就连妻子有事也是在门外先轻轻问一声。这已是李家几十年来不成文的家规。

书房三面是顶天立地的书橱，里面堆满了各种中、法文书籍，南面临窗，窗和写字台之间放着一把伴随他几十年的躺椅。书橱、写字台、躺椅，在这块领地里，形成三足鼎立的均衡状态，使用频率随着时光流逝在转移。过去躺椅使用价值虽不高，但它独占着最佳位置，采光好，从早上开始，阳光便斜斜地透过树丛轻洒进来，直到下午，夏天不烈，冬天暖和。我每次到里昂来与他长谈，总是在这间书房，也曾注意到这把躺椅，虽从没试过，但我感到躺在那里一定很舒服，可能会诱发出许多回忆。

近年来，特别是午饭后，李先生常常喜欢躺在躺椅上看书，或者闭眼凝思，让想象任意驰骋，让时空随意变幻，犹如现代派电影，闪回出一组组连贯或不连贯的画面。人生多么像覆盖在天际的网络，奇妙地上天入地、交错纵横，有时碰撞出壮丽的火花，有时碰撞得粉身碎骨，有时幸运之神会轻敲你的门，有时她给所有的人偏偏忘记了你，亿万条不同的生命之路，但只有一条是属于你的……能在暮年细细品尝、总结那逝去的一切，那是一种享受，一种多滋味的享受，人生怎么可能只有一种味道？搅拌着酸甜苦辣的人生，才是真实的人生。

也许人老了，更爱回忆那些影响至深的一桩桩事件，细节一般不会搞错，时间上有时会有些错位，这很正常。历史毕竟已成过去，故事才最有趣。

今天是个大喜的日子，《红楼梦》全部译文的校对总算大功告成。

李治华按照多年来形成的习惯，迈着轻松的步伐，不乘电梯而是从六楼慢慢走下来，笑容满面地和邻居们打招呼：

“你好！”

"今天天气真好！"……

他推开大门，信步穿过浓密的林荫道，来到经常散步的伯勒古（Belle Cour）广场。初夏的里昂气候宜人，久违的路易十四雕像，被斜照的夕阳点染了一层金红色的光，显得清晰、鲜活，并且亲切。李治华驻足仰望，有很多话涌到嘴边，一时又不知从何说起。谈什么呢？嗨！路易十四的时候恐怕还没有《红楼梦》呢！……

晚风，夹杂着一阵沁人心肺的花香迎面飘来。他移步向不远处几家并排的花店走去，他想买束花送给夫人雅歌，其实，这才是他出来的真正目的。几十年来，她不仅为《红楼梦》的翻译费尽心血，还要料理全家六口人的生活，如果没有她的协助，梦想还不知道几时才能成真。他站在五彩缤纷的花店前愣愣地看着、想着，不知该做什么。他想：我应该把所有的花全部买回去，应该让花簇把她拥抱。雅歌好像从来没有这样奢望，也许她更需要一个深深的吻，这些年来，时间都用在翻译上，感情生活显然疏淡了……

他想买束铎尔孟老师最喜欢的兰花，让兰花的幽香把这个好消息传递给他，无论他在大地长天、远山沧海……

售花小姐看着这位两眼发直的老人，殷勤地询问："先生，需要我帮忙吗？先生……"

"……"没有任何回答。

售花小姐笑了笑，瞧着这个两眼发愣的中国老人，心想：没准有点呆，没准根本听不懂法语，随他看吧。

望着花，李治华嘴角泛起一丝笑意，这是对闪动在彼岸梦影的追忆，是对往事甜蜜的追忆，是对这27年间酸甜苦辣的追忆：40年前，他还是个穷留学生，也是在这个伯勒古广场，他向雅歌第一次表达爱情："雅克琳（Jacqueline），我想，我们应该结婚。"

“不，我这一辈子不结婚，我要当修女，去越南。”21 岁的雅克琳坚定地回答说。

李治华的犟劲也上来了，他以同样坚定的语调：“我是真正爱你的，将来有一天我们一定会结婚的！”

五年后，雅克琳被这个年轻中国人的真诚所感，放弃了当修女的念头，接受了他的求婚。

雅克琳同意了，却又遭到她父母的坚决反对：“我们的女儿绝不能嫁给在车站卖领带的人！”法国人看不起那些常常出没在车站附近兜售领带、丝头巾，见警察就跑的温州人。在他们的印象中，中国留学生和没有居留证也没有固定工作的温州人一样穷，所以统统贬称为“在车站卖领带的人”。

他们从 1938 年认识李治华，已经有五年时间了。那时女儿和他开始互教互学语言，虽然李治华的勤奋、诚恳，给他们留下很好的印象，他可以是女儿的好朋友，但结婚却完全是另一个概念，结婚需要有足够的财产维持生活，养育孩子。一个穷留学生没有任何经济基础，怎么可以成家？父母是在为女儿担心。

没想到性格温柔的雅克琳，犟起来也是三头牛都拉不回来，她根本不在意父母的态度，她认为婚姻是自己的事，重要的是“我们相爱”。

1942 年德国占领下的巴黎，空气里弥漫着火药味，弥漫着死亡的血腥。困苦中的人们并没有因此丧失生活的勇气，雅克琳当时在巴黎上女子师范学院，李治华还在里昂中法大学攻读法国比较文学，但没有任何力量能阻止他到巴黎去看望心爱的人。巴黎是占领区，里昂是自由区，从里昂去巴黎也是件很不容易的事，事先要经过繁杂的申请手续，通信要遭到检查，只能用明信片写信。越是环境恶劣，思念的心越迫切，他冒着随时都可能发生在每个人身上的危险。

严冬的早上夹杂着雨雪，李治华在巴黎里昂车站（Gare de Lyon）下车后，感到气氛中有不祥的恐怖。荷枪实弹的德国占领军、便衣特务，虎视眈眈地盯着每个人，他小心地随着人群默默地往前移动。前面一队持枪德国兵跑步过来把出口包围，人们一个个面无表情地出示通行证，一个关卡，两个关卡……突然，枪声、喊叫声连成一片，军警在追击两个犹太人。人群混乱了，子弹从李治华头上呼啸而过，他不知道该往哪里躲。乱跑，中弹的几率可能更高，便干脆坐在椅子上不动，以静制动，神情反而很镇定。他只有一个想法：一定要活着去见雅克琳，我们已经三个月没见面了。

便衣特务从他身边走过好几次，觉得这人有点怪，但也没理他。等大家都跑光了，李治华才慢慢下台阶，刚下完台阶便飞也似的冲向地铁："好险啊！"

真诚的爱让两颗心紧紧相连，在这最困苦、最黑暗的时刻，他们决定携手走上共同生活的新起点。1943 年，雅克琳在巴黎女子师范学院毕业，回到里昂。

1943 年 7 月 12 日，他们在里昂中法大学后面的小教堂举行婚礼，雅克琳的父母拒绝出席。雅克琳的妹妹玛德兰（Madeleine）也是反对派。姐姐结婚那天，她偷偷去教堂看了整个过程，然后跑回去如实向父母汇报。全家研究之后，确认这是正式结婚——一件上帝承认的神圣婚姻，他们无权违背上帝的意志。父母决定当晚宴请新婚夫妇和亲戚朋友，在互相理解中化解矛盾，为这件婚事画了个非常有气度的漂亮句号。

如今，李治华夫妇的四个孩子都长大成人了。这些年他俩成功合译了几部中国作品，早已配合默契，而《红楼梦》的艰辛却远远超出意料。27年间发生了许多事：小儿子的出生，小儿子的去世；紧接着是妻子重病，几次住医院；恩师铎尔孟的辞世；一个接一个的打击；沉重的工作压力和生活负担压得他喘不过气。如果铎尔孟老师再晚走两年，我们至少可以缩短15年。他走的时候第二次校审，只剩下70回了。唉！70回，17年……

古与今、中与外，现实与梦境，相互交织、穿插，重重叠叠、飘飘忽忽……画面在快速流动，人好像在旋转。站在伯勒古广场中央的李治华，突然感到脑海里一片空白，竟忘了身在何处，忘了回家的路。他茫然地望着从身边过往的行人，望着那放射型的街道，望着那熙熙攘攘的车流、人流……他绕来绕去转了好几个圈，好像进入大观园的迷阵、梦境。家在哪里？这是他住了几十年的家啊！……

他的神态引起两位警察的注意。他们走到李治华身边轻声问道："先生，您好像有些不舒服，需要我们帮助吗？"李治华结结巴巴地："我、我忘了回家的路……"

警察从他的身份证上找到地址，打电话让他的大儿子李源把他接回家。直到李源赶来，确定他们是父子关系后，警察才放心地挥手离去。

其实，这年李治华才66岁。《红楼梦》消耗尽了他的精力。

艺术家是孤寂的，往往身不由己，一旦投入则难以自拔。1954年铎尔孟接手《红楼梦》的校审时已73岁，但他从不考虑时间，只是付出，痴迷地付出，10年足不出户，永远不变的境界。李治华和老师一样。50年以后，当他再回忆校审《红楼梦》的最后那段日子，仍然感慨万千："4213页的译稿，仅仅校对就用了一年半的时间，非常枯燥，但一个字、一个标点符号也不能马虎，所以才得了这样奇怪的病。为《红楼梦》而痴，钻进去就出不来。”

翻译《红楼梦》的过程中，令李治华最难忘是“星期二约会”。一诺万鼎的星期二约会，10年不变。

从1954年开始《红楼梦》翻译和校审工作，铎尔孟和李治华约定：每周星期二下午，由李治华带着译稿到华幽梦交给铎尔孟，铎尔孟再把他修改的篇章、诗词部分念给李治华听，最后再共同商榷。铎尔孟一丝不苟的严谨作风，李治华早在北京中法大学读书时就深有体会。名曰商榷，实际上没有很大的商量余地。铎尔孟比李治华大34岁，而且学识渊博，是李治华在北京中法大学最崇敬的老师，他不仅是权威汉学家，还是想象极丰富的诗人；他的主观意识很浓，他的见解不是臆想，而是经过深思熟虑。他常常在李治华的稿件上大刀阔斧地修改，甚至每一行都不放过，改得李治华很心疼。因此，争执是最正常的事。在争执中李治华是最大的受益者，知识和技巧得到全面提高。

双方都严格执行“星期二约会”，不管酷暑还是严冬！甚至铎尔孟在病情垂危之际也会照样交出校审稿。我不知道“今日不知明日事”的现代人是否还能做到这种严格的守信、承诺。

从巴黎北站乘火车到一个小火车站维阿梅（Viarme），下车后再步行四公里。李治华在这条四公里的小径上，曾经往返走了10年。直到1965年2月。

1955年1月4日星期二，李治华如约带着打印好的译稿去见铎尔孟。从头一天开始就下起鹅毛大雪，一场罕见的大雪覆盖了整个北方，完全突破了往年那种飘逸、温柔、点缀隆冬的诗情画意，而是铺天盖地下了整整一天，白茫茫一片望不到边际，让人们真正感受到那种万里雪飘的壮观，犹如身处北欧。雪，好像把一切都拉近了，又好像推远了，地上厚厚的积雪足有40公分。

冰清玉洁的世界真舍不得踩下去。李治华下了火车迎着满天飞雪，正不知如何下脚时，发现有两行隐隐的脚印，伸向他要去的方向。他没有犹豫，顺着脚印深一脚浅一脚地往前走，抬头看见远处有条红头巾在白雪皑皑的山峦中飘动，一位女士迎着风雪艰难地向前行走。他心想："这么大的雪还是有人走嘛，而且还是个女士，真不简单！"于是加快了步伐，他们的距离越来越近……

前面的女士停下来，回头一看："哈！是李先生吗？"说的是中文。

李治华有点意外，在这冰天雪地里竟会遇到一位中国女士。他透过飞雪的屏障，隐约地辨认出了对方，惊喜地喊道："是我，你是唐小姐吧？"

"是呀，今天是星期二，我猜，这样的天气只有你才会往华幽梦去，所以冒昧喊了一声。"唐小姐是学音乐的，声音好，传得远。她是去给铎尔孟拜年的，真是有心人。

他们一路跌跌撞撞，说说笑笑，走起来倒也不觉得那么累。他们用了比平时多两倍的时间才到达华幽梦。

"啊！终于到啦！"俩人舒了口气。他们在大门外檐下，仔细掸掉身上的雪。唐小姐个头不高，身材苗条，她取下红头巾，把被风雪弄乱的头发整理好，无奈地看看脚上那双湿湿的长靴和裤腿，皱皱眉，没办法只好这样了，她是出身名门的大家闺秀，从小养成注重仪表美的习惯。

推开侧门，心里有份难掩的激动，在铎尔孟温馨的客厅里喝杯热茶，该有多暖和啊！

放眼看去，在浓荫密布的树丛遮挡下，这里地上积雪还不到20公分，空气中弥漫着融雪的气味，草地上有几根小草顽皮地伸出头，有趣地观赏这难得一见的银色世界。雪，为那条红砂石大道铺上绒绒的白色地毯，一直伸向主楼，那么柔软洁白，怎忍心踩下去？恨不能飞越而过。他们轻轻地一步一步往前去，身后还是留下两行脚印……

“今天怎么这么安静？”唐小姐有点奇怪。

“下这么大的雪谁会出来。”

他们来到主楼，里面一片静寂：“噫！门怎么会是锁着的？”唐小姐诧异地问。

“我到后面看看。”李治华自告奋勇去查询。他们是华幽梦的常客，熟门熟路，但还从没遇到过这种情况。

看门人说：“华幽梦的工作人员按惯例过年休假两周。铎尔孟先生搬到离此十公里的尚堤驿一个旅店去住了。”

“啊？”唐小姐失望地喊了一声，差点软倒在地上，李治华伸手扶住唐小姐。

意外，但也无奈，他们转身向尚堤驿进军。雪更深，腿更沉……地上又留下两行向外的深深脚印。

雪停了，乌云奔驰之后，阳光露出笑脸，阳光好像是由尚堤驿发射来的，又好像是从心底里涌出。他们加快了脚步，迎着充满想象力的阳光。

路上，一辆车的车轮无助地陷在雪里，他俩上前帮助齐心协力地推，车终于摆脱困境，这才看清楚开车的原来是位女士，大家都去同一方向——尚堤驿。这位女士是位乐天派，车刚开动，她就愉快地唱起歌，随着节奏扭动着。她去赶赴母亲生日，唐小姐要去拜年，李治华赴星期二这个一诺万鼎的约会，三个约会奇妙地交织在一起，谱成一曲生活的颂歌。车窗外，一望无际的莽莽雪原，车里歌声荡漾，浩浩荡荡向等待着他们的亲人、朋友、老师前进！

尚堤驿会有浓浓的热茶等待着风雪中的来客。

尚提驿旅店大厅接待告诉他们："铎尔孟先生请客人到前面那座古堡去找他。"

他们俩高高兴兴地跑出来，刚才只顾赶路，根本没情绪欣赏雪景，现在才认真地观看：这是个很古老的小镇，到处都是一幢幢砖石建筑，地面是用石头或红砖铺设，充满着古朴的文化氛围，白雪覆盖下的银树在阳光下闪着耀眼的光。

唐小姐："他有这么好的兴致，真是太好啦。走！我们去找他。"

李治华："相比之下，我倒成了个小老头。工作压力太大，生活情趣都扔掉了。"

唐小姐边跑边说："是呀，我也快成小老太太啦。"

铎尔孟很有兴致地在古堡台阶上欣赏雪景，还没等他们开口便说："等我们翻译完《红楼梦》之后，马上举办一场有《红楼梦》诗选朗诵和舞蹈的音乐会！"

"好！太棒了！我报名参加钢琴演奏，您一定来参加朗诵。"唐小姐首先响应。

铎尔孟："好，一言为定。"

李治华想："铎尔孟老师正如歌德所说的，'有天才的人，一生中常常有几度恢复青春'，多么难得啊！"

这是多么富有诗意、充满激情的痴人痴梦啊！我崇拜他们的痴。

1981年11月，《红楼梦》由法国著名的伽利玛出版社列入法国最负盛名的文学丛书《七星文库》出版，社会上顿时掀起一股“红楼热”，把沉浸在文化自我欣赏中的法国，着实搅了一下。中国古典名著《红楼梦》与法国人心中的文学巨匠伏尔泰、狄德罗、卢梭、巴尔扎克的作品并驾于《七星文库》。报纸文章铺天盖地，巴黎众多的大、小书店在醒目的位置摆放着这套精美图书：书分上下两册，鲜红色函套，正面印着一幅大观园的水墨画，侧面是黑色中文字草体书写的“红楼梦”，红、黑相衬既华丽又非常中国味，书脊深蓝色羊皮面上醒目的烫金字“红楼梦”又非常法国味。

喜欢收藏书的立即付诸行动。

爱书的则在仔细地轻轻翻阅、考虑，毕竟价格昂贵。

爱看热闹的你来我往……法国人对书永远充满兴趣，座谈会、庆祝会、签名会……热热闹闹。一本中国译著得到如此热评，完全跨越了时空与国界的局限，它揭示了《红楼梦》中蕴藏的巨大文学感染力与穿透力，为热爱文学的法国人提供了真正接触与了解中国博大精深的文学宝库的机会。

李治华非常欣慰，欣慰的同时更思念他的恩师——铎尔孟（浩然）。他深情地说：“可惜浩然师已无缘相见了，唯愿他的名字和这部由他修润的译文得以与世长存吧！”是天意还是巧合？1981年11月《红楼梦》法译本的问世，正巧是铎尔孟诞辰100周年。在他100岁的时候梦圆红楼，也许是上苍对痴心人的悲悯，他该笑一笑吧！但以铎尔孟淡泊名利的生性，也许早把这事忘了，作为他的学生、合作者的李治华，却永远不会忘，他忠实地完成了老师辞世前的嘱托。

李治华对自己喟然叹曰：

《红楼梦》今日梓行，一世沧桑，几经辛苦，青春何在？而白发凋零矣！译此巨著，或可自慰慰人欤？

真爱无坦途。一段话，道尽了30年的艰辛，道尽了痴情人的痴心，道尽了无悔无憾的胸怀。这条走了27年艰难曲折的路。

《红楼梦》法译本，是翻译史上最长、最艰难的翻译之路。也是迄今为止世界上唯一将《红楼梦》诗、词、歌、赋，完完整整呈现给法语系读者的绝世之著。为了忠实作者的良苦用心，铎尔孟坚决反对以往对书中人名直接音译的粗暴做法，而是在充分理解曹雪芹对每个人名赋予的内涵后，按其意译成法文。四百多个人名！令人惊叹！没有真诚的爱，谁会有这份耐力？没有深厚的中、法文底子，没有对历史的深刻认识，谁敢去碰？最终还会像大多数译本那样，介绍一个三角恋的故事，完全曲解了原著。

李治华是中国人，出身于书香门第的他从小熟读《红楼梦》；铎尔孟在中国生活了48年，中国是他的第二故乡。故乡就是家，家就是永恒。爱它、保护它，这是他们根植于心的爱与情。

当时，法国文化界反对声此起彼伏，在舆论压力下，教科文也扛不住了，他们怀疑铎尔孟走这条耗时的路，是为了多拿教科文补贴。铎尔孟根本不予理睬，斩钉截铁地说，“我们走自己的路。”魄力、毅力、对中国文化的深刻认识，成就了这部绝世译著——法译版《红楼梦》。

“绚丽”呈现给大众，“艰辛”留给了自己。

第三章

浓重的历史回味

没有人就没有年代，就没有历史。生活中那些早已绝版的照片，仿佛在说一句话：这世界我来过……

我决定去寻找这条充满艰辛的路，一开始可能出于对他们执着精神崇拜的冲动，渐渐深入之后才知道，他们并不属于那种有轰动效应、容易捕捉的人。他们都属于那种默默耕耘、从不张扬的人，万般激情被包裹在沉静的外貌里，藏而不露，像山谷中的幽兰，没有炫耀，散发出迷人的清香，却又难觅踪影。一个世纪以来，历史的大变迁，早把那些人和事掩埋了。无论在法国或者在中国，都很少有人知道他们。我只能寻着幽香拨开一层层被尘封的历史，探索他们在历史上留下的足迹，慢慢地走近他们。

2000—2003 年，三年间，我去了从来没去过的山村、古堡、教堂；我认识了许多不可能认识的老人——他们是历史的见证；我聆听着他们那遥远的故事，那样地离奇、动人，让我情不自禁跟随着走进历史的隧道。这三年的收获比我到法国后的前二十多年的总和都要丰富，开拓了一个完全不同的领域，在这个领域里饱含了那么多的爱。我有义务把这些故事传递给更多的人。这种无私的爱，正吸引着越来越多的人去研究它、接近它、热爱它。

李石曾是铎尔孟的老朋友，他们还是同年同月生的老庚。李石曾是第一位中国留法学生。1906 年铎尔孟去北京，李石曾是主力推手，他们约定要为中国的民主努力奋斗。那时，他们都正值 25 岁的青春年华。李石曾要革他老子帝师李鸿藻、他叔叔军机大臣李鸿章的命……

也许出于职业的敏感和想象力，仅仅这些只言片语，就已经让我很兴奋了。我相信只要用心，一点点积累、摸索，锲而不舍，总会功德圆满。辗转询问了好多人，才终于找到李石曾先生的秘书钱直向先生，他们曾共事40多年，也许他还会告许我许多其他人的故事。李治华先生曾经对我说过，唐小姐最了解铎尔孟，而唐小姐在里昂中法大学学习时与钱直向是同学。

路，有时清晰，有时模糊，有时无迹可寻，但总有一束来自心灵的亮光在指引，那阵阵幽香在指引。

钱先生的家住得其实离我很近，10分钟的车程，我却差不多绕了半个巴黎。他是1936年到的法国，92岁高龄，一米八的个头，不弯腰驼背，也没有啤酒肚，精气神十足，有着河北人直爽的性格，举手投足间仍透着当年叱咤风云的气派。客厅墙上挂满了字画，有两幅是李石曾先生的墨宝，纸，有点泛黄，距今也有七十多年了。他笑嘻嘻地说:“以前每逢春节、国庆，我都会去大使馆凑热闹，老朋友见见面表示还活着。当然，每年也会传来谁谁谁没啦，心里挺不好受。但这也是规律，我倒不怕死，活过90就知足啦。我这两年岁数大了点，去的次数就少了，否则，你找我也不会这么费劲。”

我说:“我也是在大使馆打听到您的，钱先生您是知名人士，丢不了。”

他问我:“你们知道在法国，谁是第一个做豆腐的吗？”

“不知道。”

“你爱吃豆腐吗？”

“爱，可是在法国很难吃到好吃的豆腐，多半都有点酸，所以每次去买，总担心又买了块酸豆腐，顺嘴就问一句，你们的豆腐酸不酸？真傻！谁会说，对，我们的豆腐有点酸，你就凑合着吃吧？每到这时，我就会想起在北京农贸市场卖的热气腾腾的豆腐，老远就飘来一阵诱人的香。”

钱老开心地哈哈大笑，“你不懂，在巴黎只有两家的豆腐得了真传，不酸。下次我带你去。你知道吗，在法国真正的豆腐王是李石曾。”他眼里流露出深深的思念。

豆腐王？帝师的公子，民国政府元老，中法大学创办人之一！……我静静地听着。

“李石曾先生是1902年刚跨入20世纪的第一批留法学生，学的是农业。他是个素食主义者，不吃肉，爱吃豆腐，法国没有豆腐，他便在巴黎北郊买地、种豆。从家乡河北省聘请师傅和工人，把中国制作豆腐的方法引进来，在哥伦伯（Colombes）开了一家豆腐公司。这个人是个非常有头脑、目标远大的人。他把这些工人弄来并不是简单地卖苦力，他首先开办学校教他们学习知识、学习法语，摆脱愚昧。

“第一次世界大战期间，法国军队肉食供应困难，战士健康受到影响，李石曾就向他们推荐豆腐的高营养价值，他因为吃素从不吃肉，自己健壮的身体最具说服力。豆腐是中国食品，法国人不懂这是什么东西，怎么吃？战士试用后效果很好，慢慢接受了，把它称为中国的奶酪。李先生还得到了国家的嘉奖。”

我是第一次听到李石曾和他的豆腐的故事，很新鲜，以前只知道他创办中法大学的事。

“李石曾先生在留法期间，非常推崇卢梭和伏尔泰反对强权的主张，成为最早接受无政府主义的学生。他过着严格的伦理生活：素食、不嫖娼、不赌、不娶妾、不置产。后来又与铎尔孟、蔡元培、吴稚晖他们成立‘进德会’，把这种理念推上道德高峰。他们呼吁‘劳工神圣’，提倡人人皆应劳动，用工与读结合、学问与生计合一的办法，消灭劳心与劳力的差别，进而改变社会。”

钱老无不感慨地说，“我为李石曾先生工作了四十年，我对他的所作、所为、所思、所想，非常了解，他对中国革命、对早期的勤工俭学、对创建中法大学是有很大功劳的。他为中国学生赴法勤工俭学，说服法国政府退还庚子赔款。前前后后有2000多名中国学生赴法勤工俭学，造就了多少人才呀，历史上应该大大书他一笔。可我们不仅不提、不承认，反而把他当反动人物对待。国民党把他当无政府主义激进分子，共产党把他当国民党元老……”

我说：“从资料上看，李石曾从1948年与朋友们告别之后便没有消息了。”

钱老讲起李石曾先生的晚年，很难过，语速也缓慢了：“李石曾先生是个理想主义者，当初他在北京西山温泉建农场，提倡‘均权’。你知道什么叫‘均权’吗？其实跟共产主义差不多。他要在那里建立理想国‘西山桃花源’，提倡‘勤以做工，俭以求学，以进劳动者之智识’，培养中法大学的学生从实践中改造社会的信念。当时他既有社会地位，又有志同道合者贝熙业、铎尔孟等人的支持，一切都得心应手。后来的时势变化很大，官僚、贪污、内战、屠杀，来势凶猛，让他无法招架，把他的理想全打乱了，只有逃避，这是他最不愿意，却又不得不选择的路，他开始遍游全球。他不置产，就没有钱，以他清高的性格，怎能忍受长期被别人接济。

“1956年回到台湾定居，那年他已经75岁了。他是国民党元老之一，但他高傲，不屑与独裁者为伍的思想又极不合群。1973年突发性胃出血，医生需要紧急输血。李石曾因常年吃素，坚持要用素食者所献的血，千方百计总算找到一位老妇人符合条件。老妇人 90 整，身体很健康。李石曾说，我 92 岁了，她的年纪和我差不多大，我怎么能忍心用她的血。尽管老妇人坚持愿意输血救他，仍被李石曾拒绝了。”

无论外面的世事如何烟雨迷蒙，然清者自清。一滴绝无污染的水始终清凛，始终纯美。只要心中有信念，无论在哪里，无论发生什么事，你都会觉得那就是我。

钱老的人生哲学是：“静，顺其自然，天地万物不可强求。”这大概也是他的养生之道。

当我问起唐珊贞小姐时，他笑着说：“认识啊，这位唐小姐的父亲是清朝末年驻法使馆武官，是他把铎尔孟推荐给李鸿章，后来又有李石曾的鼓励，铎尔孟才到中国去的，他们还是拜把兄弟呢。这位唐珊贞小姐在哪啊？好久都没联系了，倒是她的两个哥哥我 10 年前见过。珊贞小姐还小吧？”

我说：“唐小姐都快 91 岁了。”

他笑了：“是吗？我以为她还小呢！过去我们在中法大学学习时是同学，男生怎么好意思问女生的年龄？啊，她都快 91 岁啦，日子过得好快！……”

他们的圈子其实并不大，都属同一个阶层。只是有点太久远了……

一晃 60 年，弹指一挥间。

2003 年是李治华夫妇结婚 60 周年，我应李治华先生邀请，去里昂市参加他和雅歌的钻石婚纪念。

李治华先生在信上说：

雅歌坚持“不张扬主义”，仅与儿孙们小聚以示庆祝，在巴黎的友人中，只邀请你一人参加。从里昂帕拉舍（Perrache）车站乘地铁到我家大约半小时，因你是第一次来还应该多准备15分钟才行。另外我正在给你写我家每个成员的简单介绍……

法国的地铁很发达，像蜘蛛网一样从地下覆盖着整个市区。人们在不开车的情况下，都会按地铁行程来计算时间，三分钟一班车，一分半钟一站，总共时间误差不超过10分钟。李先生的计算应该是准确的。他给我画了张详细的路线指示图，使我不会因走错路而耽误大家出发时间。好细心！这就是李先生的为人。

我很珍惜这次和他们家庭成员近距离接触的机会。过去也曾从李先生的介绍和照片上认识他们家的成员，单从感觉上来说并不陌生，甚至背得出他们的故事，但那不是我的第一感受，都是些间接认识，我甚至连他的妻子雅歌也没见过，虽然曾在无数的想象中和她对过话，但还是隔得很远……

7月12日早上9点，迎着灿烂的骄阳从巴黎里昂车站出发去里昂市区。坐在舒适的列车上，拿出资料想再研究一下，可一个字也读不下去；想设定一下采访计划，脑海里却一片空白，两眼呆呆地望着窗外那飞驰而过的远山、绿树、金黄色的田野，还有飘浮在蓝天的朵朵白云。于是，它们进入了我的思绪，时空开始流转，把现在、过去、过去的过去拉回到现在，许许多多人和事鲜活又模糊地呈现在我的视野里。这时，我真是感叹造物主的神力，能把世界万物已知、未知、从前、现在、将来，统统装进一个小小的脑袋里，让你去思索、去狂想、去行动！谁说人是渺小的？

10 点 55 分，车准时到达里昂。我没有乘地铁，而是以最简单的方法叫了辆出租车，提前到达李先生的家，给了他们一个小小的惊喜。刚进门，还没来得及寒暄，就传来一阵门铃的悦耳声，随着一声愉快的问候“Bonjour”，一位鲜花店的年轻小伙子，捧着一只花篮笑嘻嘻地进来，轻轻放在大餐桌中央，然后转身说了声“再见”，走啦。

大家的目光中有喜悦也有诧异，花篮里的鲜花不仅非常漂亮，而且搭配得很讲究。

李先生今天是主角，当然由他上前取下，展开那张贺柬。他轻声念道：“芝兰茂千载，琴瑟百年乐。”这是中国驻法使馆文化参赞刘桑先生送的。他眼里闪烁着兴奋的光，像圣诞节孩子收到礼物。他点头抿嘴笑了：“十个字精练、切题。”

周围的人不懂中文，只有眼巴巴地望着他，他又用法语解释，话音刚落，便是一阵长时间的掌声。李先生眉开眼笑地转头望着我：“刘公参怎么会知道我们今天有庆祝活动？是不是你泄露的秘密？”一束鲜花饱含着的浓浓故乡情，让他笑得好开心。

我笑而不答。笑而不答就是答，大家又一齐笑着、欢呼鼓掌。

他们选择位于里昂市北部的“金头公园”（Parc de la Tête d'or）作为欢庆的地点。据传说这个公园藏有一个金质的耶稣头像，公园因此而命名为“金头”。当然，传归传，至今人们并没有发现这个头像。以现代的科学技术，想找肯定会找到，也许是不愿去打搅吧，也许更愿它安安静静待在那不为人知的地方，默默地伴着游人，伴着游人的喜、怒、哀、乐，倾听游人对生活的诸种感受……这座创建于 1857 年的金头公园，它的价值并不在于是否真有个金头，而在于它见证了一个半世纪以来的变迁——战争、人事、政治，它包容了那么多平凡和离奇的故事。

也许在夜深人静的时候，独自坐在树林里，会听到不知是谁的轻轻细语，也许是不久前，也许是很久很久以前的声音，这是与心灵沟通的难得机会。我想,我们很多人都爱听故事,分享忧愁与喜悦。

公园离李先生家很近，这也是他们夫妇常来散步的好地方，不管是好心情还是坏心情，在这里走一走呼吸点新鲜空气，抒发一下郁积在心里的话，会畅快得多。

我陪雅歌漫步在公园小径上,雅歌对我讲起了10年前的事:“10年前，我们50周年金婚纪念，也是在这里举行的。那天，小儿子李永没能来参加我们的金婚纪念。他匆匆离开了人世，走的时候才28岁。他不该哟！是什么原因造成他对人生的绝望？为什么从不敞开他的心扉？是什么力量促使他三次去勇敢地拥抱死亡？他曾问我:‘妈妈，自己可以选择死亡日期吗？’他怎么如此冷静？难道是我们给他的爱不够？难道是上帝执意的召唤？……”雅歌至今也弄不明白为什么。

1964年小儿子出生那年，正是《红楼梦》翻译进行到最关键的时候。雅歌因工作和生活压力太大，丈夫又常不在身边，只有用酒来浇愁，大量的酒精使她终于病倒了，几次住院治疗。紧接着铎尔孟老师逝世，李治华的负担更重，虽然压力加大了，但大家对李永的关爱更甚。小儿子比大女儿英，整整小20岁。姐姐们经常推着小车带小弟弟到公园散步，在那绿茵的草坪上，他第一次学会走路，他聪明、可爱，成了全家的开心果……

巨大的打击，给老人留下永远难以抚平的伤痛。只有这座包容了150年历史沧桑的公园，才能了解他们心中的苦和甜。

在那最难熬的丧子初期，在那最痛苦的岁月里，李治华夫妇俩经常手牵着手在这座幽静的金头公园默默地走着，静静地坐在湖边椅子上回想着、诉说着。小儿子的身影，他的音容笑貌深深地刻印在这里。

今天是60周年钻石婚纪念。转瞬即逝的10年变化好大，大得令人不敢回首，大得令人惊叹时间像长了翅膀……10年前，几个孙子和外孙还是些到处乱跑的淘气孩子，如今个个都是端庄的大学生、博士生，在人生的道路上拼搏。

10年前才13岁的长孙李化生，今天带着女朋友来参加祖父母的钻石婚纪念，这给这对老人带来多么大的慰藉……

这座有着150年历史的公园没有什么人工装饰，在参天大树环抱中，小山坡下碧绿清澈的湖水，是那样的质朴、坦荡，像母亲的胸怀。围绕着湖边有许多白色餐桌，餐桌周围坐满了朋友、家人，人们在和煦的阳光下吃饭、聊天、晒太阳，让阳光在皮肤上抚摸，尽情享受城市中的大自然，享受喧闹中的宁静。而那四面是窗的餐厅就坐落在湖边，透过宽敞的玻璃窗，湖面上的群鸭戏水图便映入视野，幽静中透着温馨。

儿孙们分布在世界三大洲——欧洲、美洲、非洲，李治华和雅歌是家庭的中轴。长子在里昂，大女儿定居在马里，二女儿在斯特拉斯堡，孙儿孙女们有的在美国，有的在英国……21世纪的年轻人都是世界人，谁会待在一个地方？全家聚齐是件很不容易的事。今年是大庆，是盛大节日，他们像一群小鸟，带着他们的爱，带着最美好的祝福，一只只飞回到这棵根深叶茂的树上——这是献给老人最好的礼物。

今天，餐厅里洋溢着一片欢声笑语，欢声笑语为古老的金头公园增添了生命的火花。

宴会开始了，长长的餐桌两旁热热闹闹坐着17个人：李治华祖孙三代，雅歌的妹妹玛德兰，他们的二位老朋友和我。一次很平和的家庭式庆祝。

来自非洲马里的大女婿铎理查（Richard Toe，李英的丈夫），代表全家发言："我们虽然来自不同的民族，我们虽然都有自己不同的姓氏，但，我们都姓李。举杯！为李先生60周年钻石婚纪念。举杯！为65周年铂金婚我们再欢聚！"作为一个家庭成员，他的话虽然不多却诚挚、动人。

环视这肤色不同的大家庭，我的心被深深地激荡了，和大家一样兴奋地鼓掌，年轻人则跳着、笑着，要爷爷奶奶亲吻。

李先生在妻子脸上轻轻吻了一下，雅歌眼里滚动着泪花，就好像在昨天、在眼前，61年前的那次初吻，她也是眼里滚动着泪花。孩子们笑得更开心了。

李先生小声对我说："我们家的人都不善言辞，铎理查是全家最会讲话的。马里政府曾让他当部长，他不干，嫌麻烦。但因为他思维敏捷，善于用词，有时也代表部长出去谈判。"

我仔细观察过铎理查，他身材高大，穿一件典型的非洲白色大袍，应该有50多岁了吧，可他的脸上只有一些很难看出的细小皱纹，黝黑的皮肤闪着光亮，黑里透红很好看。我笑着说："莎士比亚笔下的奥赛罗应该是铎理查这种外形和颜色，黛丝狄梦娜爱上奥赛罗，李英爱上铎理查，自有道理。"

大家又是一阵欢呼，铎理查笑得最开心，他的声音是那种男低音，厚实有共鸣，像唱歌，我想到非洲的鼓和舞蹈。

李英搂着丈夫在他脸上使劲亲吻了一下。他们在赤道上共同生活了30多年，虽然经历了那么多的艰难困苦，但火一般的情爱始终未减。

1967年，那是中国很特殊的年代，铎理查带着一颗年轻、炽热、好奇的心，从法国来到中国，这是他第一次踏上这个神秘的国家，他要看看那里究竟发生了什么。作为来自第三世界的人，他受到最亲切、热情、同志式的接待，他不懂中文，只是在别人的指导下去听，听那些推翻旧世界的豪迈呼声；去看，看那些轰轰烈烈的革命场面；去想，想全世界都成红色海洋。

他只是一个对中国一无所知的外国人，在这个“革命大串联”浪潮中被鼓舞着，短短的几周他在不知不觉中变成了另外一个人，脑袋里充塞了连他自己也不懂的东西，但他难以抑制内心的兴奋、激动，这可能是他在非洲就有的一个朦朦胧胧的梦。

对中国，那是一个令人迷茫的时代，而法国也正闹着翻天覆地的学潮，而且其势汹汹。

铎理查回到法国里昂，回到他工作的工厂，立即投入到热火朝天的学生运动中，全身心地投入罢工、罢课……很快就被警察找了个理由把他递解出境。警察不能蛮横地对付法国人，难道还不可以对付外来移民的非洲人吗?

当时他和李英正在热恋。李英不顾政治压力与家庭的劝阻，坚决与铎理查一同去了马里，与他同甘共苦。马里40度的高温天气，并没把她吓住，两间茅屋也没使她退却。她在一所小学教书，开始创造自己的生活。

五年后，他们带着一双儿女回到法国探望父母，但外祖父母不承认这种未经上帝许可的婚姻，尽管有了两个孩子，也必须按规矩补办婚礼。李英重新披上婚纱在祖父母、父母、弟妹的簇拥下与铎理查站在上帝面前。她并没有幸福的喜悦，这不是为自己，而是在做给别人看的一种形式，他们早已是一对相爱的事实上的夫妻。

一晃36年过去了。

李英是李治华的大女儿，她秉承了父母的志向教书育人，在马里法国学校教法语。她该退休了，但当地的人坚持要求她继续上课，他们爱她，她也爱她的那些黑孩子。她说："他们需要文化，学习非常用功，个个都有颗金子般的心。"说起那些可爱的孩子，她总是滔滔不绝，立即给我们看她随身带来的录像。一家人围坐在电视机前，边看边听她讲述孩子们淘气、有趣的故事，逗得我们跟着她乐。李英的笑声很富有感染力，无忧无虑。

他们多次邀请父母到马里去做客。李先生很想去非洲看看女儿的生活环境，每次总听李英讲得津津有味，很想亲身体验一下，但遭到二女儿李明坚决反对："那里苍蝇太多，你们会得病的。"

李英反驳说："我们家也不是农村，有那么可怕吗？夸张！"

每次李英回来都要为此争执一番，30多年过去了始终未能成行。而她回到法国，自己总感到有点像客人。

他们育有三个孩子：大女儿在美国念书，李先生给她取名叫铎三洲（欧洲、亚洲、非洲的混合体）；大儿子铎三和（三大洲的和平）和小儿子铎三才（三洲文化互通）在法国上学。

我觉得李先生夫妇对大女儿这家似乎更偏爱一点，也许是一年难得一见的缘故，也许因为女儿那颗宝石般的心让他们喜爱吧！这么多年的人生锤炼，她身上仍然保存着那种纯朴、炽热的情感。

那天，我们聚餐后再到教堂做完弥撒出来，雅歌低头突然发现李英穿了条灯笼裤，她不满地对丈夫嘀咕说："干吗要穿这样一条裤子？"

李英开心地笑道："时髦呀，妈妈！"李英的性格有点大大咧咧，既不像爸爸也不像妈妈，我觉得她和铎理查很相像。

我特别喜欢她的大女儿铎三洲，她很美，黑红的皮肤，丰满的身材，性格、外形都继承了父母的全部优点，我给她拍了好多照片。她在美国读书，同时在一家台湾人开的餐馆打工、学中文。我和她可以中文交谈，她是孩子们当中讲中文讲得最好的一个。她既保持非洲人的纯朴、热情，又有美国人的经济头脑，谈到任何事立即会计算经济效益，为此，常常遭到法国表兄妹的调侃。

他们笑她："三洲只知道赚钱。"

她则回答说："没有钱怎么生存？" 这两个不同国度的理念又在撞击……

这些难忘的画面，这些凝聚在老人身边的热流，他们每个人都用不同的表达方式传递。60 年共同生活，60 年共同创业，60 年的人生道路好像走得那样匆忙，转瞬即逝。

我拿出那张 1942 年李治华为雅歌拍摄的第一张照片，刚一亮相，立即响起一片欢呼，竞相争看。儿女们微笑着望着父母，孙子们则大声喊道："真漂亮！"……照片上的雅歌正低头织毛衣，那样的文静、贤淑、清纯，她那时 24 岁，刚刚完成巴黎女子师范大学的硕士论文。后来，雅歌又把这张照片连同她的爱一齐交给李治华。

这张照片来自三个月前我去巴黎圣路易岛和李先生聊天，见他书桌上的玻璃镜框里，放了一张年轻法国姑娘的黑白照片，非常吸引我："这是您女儿吧？"

"不是！她是我老伴雅歌。"李先生笑着回答。

"雅歌？ 60 年前的雅歌？" 我拿起来仔细端详，照片因年代的关系已有点发黄了。我非常喜欢这张照片："这张照片太精彩了，最好去复制两张，以便保存。"

“好哇，就麻烦你了。”说着便动手撕掉镜框周围的胶条。胶条大概也有好几十年了吧，刚一动，竟粉碎性地剥落下来。我有点心疼，后悔不该去动它，但为时已晚。

我去复印时还担心，万一疏忽弄丢了怎么办？这种事还是有可能发生的，一再叮嘱复印店的人，这张照片很珍贵，千万别弄坏了。逗得他们直乐：“放心吧，没问题。”

趁大家传观照片时，我对雅歌说：“我的书出版后，我建议您换一个大信箱。”

雅歌不解地问：“为什么？”

“因为求爱信呀！您这张照片会让多少人疯狂啊！那种清纯、自然甜，是如今这个社会最难找到的。”

一句话又引来了大家鼓掌欢呼，连平常不苟言笑的妹妹玛德兰脸上也绽开了灿烂的笑容。她和雅歌只相差五岁，性格差异却很大，雅歌温柔、开朗，玛德兰固执、内向。我望着玛德兰会心地笑了，从她眼里我得到了答案——她由衷地为姐姐的幸福高兴，虽然她没有姐姐那么有福气，十几年前丈夫就去世了。

我问李先生：“60年的共同生活，特别是两种完全不同的文化背景的通婚，你们会有矛盾吗？怎么解决？”

“有，当然有！看你愿不愿意理解对方。”

他的重点是在“愿不愿意”这四个字上，很有意思，这也是他对人生的理解。“愿不愿意”是人们行动的心理根据，现在社会上的离婚率逐年上升，巴黎人的离婚率甚至已接近50%，除了喜欢寻找新刺激的因素外，各持己见，不愿意理解对方，恐怕是解体的重要因素。

看着这和谐的老少三代，看着这来自三大洲组合的大家庭，我想，无论是对朋友、儿女、家庭、国家、世界，都多么需要理解啊！理解会让人活得轻松、宽容，只有理解才能化解矛盾。生活在异国他乡的人常常会有一种莫名的孤独感，也许儿孙绕膝，也许爱人常伴身边，但心灵深处仍有渴求，这片土地尽管肥沃，但它不是自己的根，这里的水尽管清澈，往往不能解渴，他们更需要理解——无论是成功，还是失败。

晚上，在李先生家里全家聚餐，由李英和妈妈做饭，住在旁边的大儿子李源一家人都过来了，老老小小聚在一起又是一番热闹。李先生老两口一天劳累竟没有一丝倦意，依然精神抖擞，雅歌忙着做饭，李先生在客厅里和大家有说有笑。

这幢楼有三套单元是属于李家的，李先生住在五楼中间单元，右边住着大儿子李源一家，四楼右边单元的门上钉着一块小铜牌，上面写着"李永"的名字，这是属于小儿子李永的，这是永久的纪念，尽管他早已离开了大家，在父母、兄姐的心中他是永恒的，李先生做了公平的分配。每次李英从马里回法国，或者李明到里昂都住在小弟这里。

二女儿李明住在法国北部的斯特拉斯堡，这次回来住在离这里只步行三分钟的旅店里。她是位生性活泼的植物学家，有一个身材特别高大的男孩在英国攻读博士。席间，她唱起了一首30年代的中国儿歌："小麻雀呀，你的母亲哪去了？我的母亲寻食去了……"老老小小都站起来跟着她唱呀，跳呀，个个都会，而且是用中文唱，这好像是他们家的传统节目。我这个地地道道的中国人反而一句不会。事后问李明，她说，这首歌是小时候父亲教的，我们也学中文，只是不常用渐渐都忘了，有的还能听得懂。看得出来，李先生对孩子们渗透中国文化的用心良苦。

李治华先生不同血统的孙子和外孙们。

第四章

走进里昂中法大学

从中国到法国，上下几百年，来来去去，架设了一道牢固的彩虹桥，交流着文化，交流着经济，联结着友情……

铎尔孟是我最想写，却又是最难写的人物，有那么多的未知悬念：他为什么去中国？是偶然还是必然？在中国 48 年间，怎么度过三个时代变迁的？他心中的爱又是什么？创办中法大学是他和朋友们为之奋斗了几年的硕果，浇灌了他们的心血。后来是战乱，再后来就成了“遗址”,再也见不到年轻的中国学子那充满阳光的笑容，到处一片荒芜，见不到几个人。但建筑还在，遗韵还能感受。大门外悬挂的“中法大学”匾额，还能给我们讲述那段伟大的历史。

1919 年 7 月，法国政府决定赠送 500 张赴法船票给留法勤工俭学学生，这在中国社会上引起轰动。第一批 89 名学生于 3 月 17 日乘“英番”号，从上海起航。500 张船票根本就不够用，贝熙业、铎尔孟、李石曾只好又找到法国轮船公司商量，希望他们对凡经华法教育会介绍的学生，一律提供半价船票。

李石曾、铎尔孟等人则先期到达法国，为勤工俭学的学生解决在法学习和工作问题。贝熙业则负责为赴法学生进行体检，填写体检报告，并代表华法教育会为他们签发推荐信。前后约有 2000 名中国学生，获得赴法勤工俭学的机会。这是中华民族的财富。

钻石婚纪念后的第二天，李治华先生便带我到里昂中法大学原校址，重温了 1937 年他在那里读书时的历史，这是多层面的历史回顾。

一边走一边听李治华先生娓娓道来：20 世纪初，旅法学者李石曾、蔡元培、沈尹默、吴稚晖联合铎尔孟、贝熙业等人，向法国政府申请利用庚子赔款的余额建立“中法大学”，培养人才。经过多方努力，1920 年，终于同意在北京、里昂各建一所。当时，里昂市政府提出三个地方可供他们选择：

1. 一所中学旧址。

2. 空地。

3. 位于里昂西郊山上一座废旧的法国军营。

他们几乎没经过研究，便一致决定选择这座军营作为“中法大学”校址。这里虽然破旧，却有很高的历史价值，仅那座两千年前罗马帝国修建的引水渠道的遗迹，就足以令人惊叹的了。遗迹虽然早已残缺不全，但仍然非常壮观，从高耸的石壁上纵横交错的花纹，还能清晰地看出它当年的风采。我在想：选古迹做校址，我们的前辈好聪明，好有眼光！这应该归属于文化修养的必然，中国毕竟有五千年的文化积淀啊！

最有趣的是：里昂市政府每年向学校征收一法郎的租金。虽只收一法郎，但它符合法律程序。

那时，从北京中法大学保送到法国来的留学生，生活很艰苦，学习条件也并不很好，这里主要还是为了语言过渡。语言过关了，便可以转到法国其他学校深造。里昂有很多大学可供选择，特别是医科大学，在法国也是顶尖的，所以当时并不主张建教室。但李石曾、铎尔孟他们不同意，希望有相对稳定的学习环境让学生能静下心来。最终里昂政府只得答应修建了几间教室、图书馆和两幢宿舍楼，使后来的留学生学习环境有不少改善。这里前后接纳了 420 多名中国留学生。后来他们都成了社会精英。

我和李先生还有他的大儿子李源，我们三个人沿着历史的遗迹，在灌木丛生的斜坡路上、宿舍外，在两千年前古罗马修建的引水渠下，有说有笑，一路感慨，不知不觉已经快到山顶。我突然想起李先生都88岁了，会不会累？刚回头，一转眼他已经走到我们前面去了。他步履轻松，好像又回到66年前。我和李源相视一笑，快步跟在他后面。

李源是位很有成就的基因学专家，攻克的目标是癌症，他是里昂医学院癌症研究所所长，还兼任美国洛克菲勒医学院的客座教授。他穿得很随便，脚上和老爸一样，一双布鞋。李先生发现我对他们爷儿俩的布鞋很有兴趣，便给我们讲了一段“鞋”的故事：

“我爱穿布鞋，不仅因为舒服，而且还有历史根源。小时候我们家很清贫，父亲在顺天府尹家当家教，我们全家随父亲住进尹家。人家穿戴讲究、气派，我们不能和人家比。我母亲是位极要强的人，我们穿的虽是布衣布裤，但件件干净、整洁。母亲为我们剪裁、缝制衣服，让我们总能有新衣服穿。她还亲手做鞋，打袼褙、纳鞋底、绱鞋，就像变魔术一样，几天就能变出一双柔软舒服的布鞋。但孩子们正是淘气贪玩的时候，成天又蹦又跳，一双新鞋用不了多久就穿烂了，布鞋有点明显的供不应求。母亲想了个办法，在新鞋上涂上桐油，晾干后变成硬邦邦的小雨鞋，这下的确结实多了，但没有过去的鞋那么软了。

“我10岁那年，母亲去世了，留下很多双小雨鞋。脚虽然在长，却舍不得扔，这是母亲一针一线做的啊，便忍着疼继续穿。过了一年多，父亲实在无力照顾我们兄妹四个，决定续弦。在继母尚未过门之前，我们兄弟三个开会商量对她的称呼问题，一致决定只能叫她‘妈’，不能叫‘娘’，‘娘’是母亲的专用。但继母不同意，一定要称她‘娘’。双方坚持不下，最后继母采取‘鞋’外交——给我们每人买双鞋，称呼这才顺利过关。”

时间虽然已经流逝了80年，但提起妈妈那双手，李先生还是那么依恋：“母亲劳苦了一生，最终只在南下洼子坟地，筑起一个小小坟头，立一块石碑‘李门姚氏孺人之墓’。1974年带李源回北京，原想让孙子给奶奶磕个头，可是南下洼子早建起一座清真寺，坟也没有了，哪还有母亲的石碑？……”我们默默地走着，妈妈的影子又在眼前闪动。

李源的性格和他老爸也很相似，不爱多说话，偶尔聊起来也是轻声细语。我向他询问：“什么时候去实验室看看你的小耗子？”

“好呀，咱们一会就去。我给你们看一种棕色耗子，它可是我们的功臣。”说起他的宝贝耗子他就兴奋，两眼放着光，这种神态在平时是很难见到的。

耗子一下子转移了沉闷的空气。李先生耳朵很尖，听见我们在说实验室，便笑着插了一句：“他老婆抱怨说，在李源心里耗子比老婆重要。”我笑了，但李源没有笑。各家都有一本难念的经，这个问题好像很严肃。科学家可能就是这样，一是一，二是二，不像我们搞艺术的千变万化，捉摸不定，想象力太丰富。

我们慢慢参观建筑在山坡上的中法大学校园旧址，谈论那时的生活、学习，回忆第二次世界大战期间，同学们在山坡上开荒种地的情形。李先生说：“那时候巴黎被占领，我们这里还是自由区，一些离开里昂的同学又逃回来了。住没问题，大家可以挤，但吃是限定供应，发生了困难，我们就自己开荒种菜。瞧！那片地就是我们的菜园。”他指着宿舍楼前面那片杂草丛生的斜坡：“那时候的留学生谁会种菜呀，好在这里的土质特别好，怎么种都活，我们天天去看，恨不得明天就能吃。自己种出的菜，吃起来好像味道不一样，格外香。”

李先生今天兴致特别好，不知道是他陪我们，还是我们陪他，总之，他爱讲我们爱听。

我们爬至山顶，我想从这里看里昂全景，转了几个方向都被浓密的树丛挡住了视线，无奈，只好在一块大石头上坐下来稍事休息。李源平时工作很紧张，更难得有机会如此悠闲地听父亲讲过去，嘴上不说，心里挺美。

李先生调整了一下呼吸，又讲了一段他的“姻缘”故事：“我是 1937 年秋到的里昂，在国内从中法大学附中就开始学法语，后来考上伏尔泰文学院，以全优成绩毕业，选派到法国留学深造，法语应该不错了吧？可是不行，没有语言环境还是不行。”他指着山下面一间旧教室，“那是 1938 年春天，德拉法日（Delafarge）教授给我们讲法国文学课，他发现教室里有两个中国人，瞪着眼好像没完全听懂。他问：‘你们班上有两个中国学生，谁愿意来帮助他们？’有两个女孩儿举手：‘我们愿意。’她俩微笑着走到梁小姐面前，梁小姐选择了一位。德拉法日教授指着剩下的那个女孩对我说：‘她可以帮助你。’女孩大大方方地向我伸出手，‘你好，我叫雅克琳，’这个女孩就是后来的雅歌。雅歌是学语言学的，翻译《红楼梦》她主要为我把关语法。你说命运是不是很奇怪？”

的确很奇怪，人生旅途上不知什么时候、什么地方会蹦出一个什么人来，这个人可能就会影响你一生。怎么会偏偏遇上他（她）？怎么会在千百万人中偏偏和他（她）有心灵感应？有人说姻缘是前生注定的，也有人说上帝造人是一对对地从天上扔下来，飘呀飘，也许就在你家隔壁，也许天各一方，也许中间会遇到几个过路客相伴一段路，但最终，上帝造的这对“原配”还会走到一起。

德拉法日教授无意间成了他们的月下老，如果他在天之灵有知的话，定会为他的这对学生携手走过了 60 年的共同生活而感欣慰。

李尘生女士曾对我讲过德拉法日教授的另一个故事：“第二次世界大战时期，德军占领了巴黎，里昂也岌岌可危。德拉法日教授最担心里昂中法大学图书馆的藏书，这些中文书来之不易，很珍贵，他怕遭到毁坏，便决定把他家地下室腾出来，然后约了几位他信任的学生帮忙搬，他也邀请了我。图书馆离德拉法日教授家很近。我们几个同学每到夜深人静，就悄悄用小车搬书，这事绝不能让别人看见，万一泄了密，那可是要出人命的。德拉法日教授是用生命在保护这批书。第二次世界大战结束后，完璧归赵，一本也不少。”

德拉法日教授在用生命保护书，保存文化的传承。这批书现在保存在里昂中文图书馆，与铎尔孟捐赠的一万多册书汇集。

我们下山了。中法大学进门不远处有个小山坡，中间有棵茂密的参天大树，我们驻足仰望。我问：“这棵树有几百年树龄吧？”

“不止，至少有一千多年了。”

李先生指着树下那张油漆成绿色的铁椅：“这不是新椅子，它至少有 100 多年历史了，我们过去常在这里坐。”

“那就再留个纪念。”我请李先生坐在铁椅上。他很放松地靠着椅背，任由我拍照，挺专业。

我给李先生拍各种不同场合的照片，也有将近三年的历史了。他不仅适应了，渐渐发现拍张好照片挺不容易，并不像家庭拍照，拿起来“咔嚓”一声“OK”，特别是傻瓜相机，三岁小孩都会。他看见我为了一个角度，在大庭广众之下，一会跪在地上，一会爬上栏杆，跳上跳下，有时还挺危险。记得“9 · 11”事件刚过不久，我从地铁一号线跟拍出来，在圣 · 保罗（Saint Paul）站出口处，正端着摄像机给李先生继续拍摄，突然一个阿拉伯青年伸手捂住我的镜头，说：“这里是法国，不是日本。”我抬头一看，那里站着一堆阿拉伯男女，一个个嘻皮笑脸气焰嚣张的架势。他们看见我手上拿着摄像机，肩上挂着照相机，习惯性地把我当成日本人。把我们当成什么人并不重要，重要的是安全，我什么话也没说，连看都没敢看他们一眼，怕因眼睛里愤怒的光惹来“挑衅”的恶果。我拉着李先生快步离开这是非之地，我很清楚，在这种时候什么事情都可能发生，何况我们俩一个老人，一个女人，打得过谁？法国人又不爱管闲事，等到警察赶来，早就一命归天。时间长了，我们也配合默契，有速度，有质量。

李先生笑着说：“上学时，同学们最喜欢坐在这里玩，还特别爱大声说笑。”

“为什么喜欢在这里大声说笑？是不是这里特别凉快？”

他笑着使劲摇着手说：“不对，不对！你瞧！前面这栋楼是过去的女生宿舍呀！”

“啊！”我终于明白了，他在不失时机地调侃一下老同学。青年时代的趣闻逸事总是令人难忘，他们这批老同学在学术上都很有造诣，现在活着的不多了，有的同学在国内还惨死在“反右”和“文革”运动中。李先生常说：“如果我早期回到中国，恐怕既不能翻译这么多本书，也不可能活到今天，更不可能有机会翻译《红楼梦》。”他是有感而谈。

历史怎能忘记翻译家傅雷之死！怎能忘记作家老舍之死！怎能

忘记红学家俞平伯、作家巴金的遭遇！噩梦苦苦折磨了巴金几十年，他躺在病床上痛苦万分地重复说：并非我揪住“文革”不放，正相反，是“文革”揪住我不放。俞平伯被当成异类反反复复煎炒……李治华虽然隔着遥远的海洋，生存在另一世界，但那是他的国家，被残害的是他的同胞、亲人，是他崇敬的人，他的心怎能平静，怎能不疼，怎能不焦虑，怎能不感慨？那时才50岁的李治华已是满头白发。

李先生感慨万分地说：“我在法国还有三位中法大学的老同学：张德荃，生于1912年，研究化学；宋守信，生于1914年，研究原子医学，在法国科研代替钱三强；马民元，生于1912年，研究物理学。我们每年10月1日左右便在与巴黎圣母院后面一桥之隔的‘中国乐园’餐馆，聚会吃饺子、聊天。我住在圣路易岛，离这里很近，沿着塞纳河过两道桥，穿过密特朗总统街，十几分钟就到，是‘中国乐园’的老顾客。我们这样的聚会已持续了十几年，老板对我们每个人的爱好知道得清清楚楚，不用吩咐早就准备好了。”

2003年10月3日，李治华先生邀请我参加了他们的这次聚会，充分领略了和他们在一起的乐趣。在家里都是爷爷，在社会上都是退休人，在学术界都是老前辈，在这里却都是老顽童。

四位老人中数马民元先生最健谈，张德荃和宋守信则微笑着听他侃，他们是在欣赏，是在享受友情，对与不对，都绝不打断。马老先生不仅知识面宽，而且记忆力惊人，说起话还霸道，别人插不上嘴。李治华是他们的小老弟，在这些老大哥面前，更没有说话的份。但当我举起照相机时，李先生则会权威式地警告他们：“不许看镜头！”他们立即乖乖地把视线转开，故作自然聊天状。我想乐又没敢乐，拍完了才终于忍不住哈哈大笑起来。和他们在一起感到很自在，甚至有些受宠，像是当了一回小熊猫。饭吃完了，也尽兴了，便各自拿出支票本付自己的餐费，君子之交理当如此。

临别时，老人们一齐邀请我明年再来和他们同聚。马老先生雅兴未了，他在我的笔记本上挥毫写诗一首《醉高歌》——半首西江月：

多载处居西欧，时有宴聚酢酬。
举杯唯愿常有酒，国泰民安人寿！

他对国家的期望，对友情的眷恋，还有对我这个小朋友的祝福，都饱含在这短短的“半首西江月”里面。这时，我的心有些沉重，也有点酸楚：他们都是人类的财富，确切地说应该是我们中华民族的财富，尽管他们身在欧洲，但他们身上流淌的血是中国血，心是中国心。人老了，情会更浓，思乡心会更切，谁能解乡愁？

我想起了钱直向老先生，我曾劝他：“您92岁了，人太多的聚会恐怕不宜经常出席。”我指的是大使馆举行的联欢活动，每次总是人员超额，很拥挤，空气也不好。年轻人到那里，是为足吃一顿；老年人到那里，是为见一面老友；小老板想方设法去，是为了荣耀，那里的名人太多了。大使和参赞平时谁也见不着，这时也微笑着和大家点点头，还可以合影。各取听需，自得其乐。

他笑了，笑得很开心：“我得去啊，在那里可以见到很多熟人，平时没有机会，我们是见一次少一次，只要大家高兴，第二天死了也是乐着走。”他很豁达，在自己寻找乐趣，解自己的心愁。

下午，离开中法大学，开车去李源的实验室，途经“罗马剧场”的遗址。天气很热，怕李先生中暑，就请李源把车停在前面的树荫下，我一个人下车跑步去看。匆匆忙忙只能爬上外面的围墙，再越过围墙上的铁栏向远观望、拍照，好在围墙不高，很容易爬上去。

放眼望去，宽阔的草坪后面是结构紧凑的环形建筑群，一层一层地铺设在山坡上，虽然只是些断壁残垣的废墟，但仍然很壮观。现代城市剧场虽然华丽，却并没有这么大的气魄，高大的绿树从背面包裹着这座剧场，树丛中隐隐约约还看得见一些砖红色的墙。那里面又是什么样？也许正在上演罗马悲剧、希腊喜剧、世俗闹剧、哑剧、歌舞剧……

从事导演艺术的人哪有见到剧场不动心的？何况是见到两千多年前的古罗马剧场。近距离地仔细看看、走走、想想、听听，摸一摸砖石，坐在那里尽情想象一下，在这座可以容纳一千多观众的露天剧场里，高雅诗人戴着面具朗诵的情景，那该是什么样的享受啊！虽然遥远，在遐想中它却已在眼前，好像我正随他们一起进去观看……

不能再想下去了，那边李先生还在车里等着呢，赶快跳下来跑回到车上。过去从史料记载上看过，但亲临的体验却带给我一种超越的全新感受。虽然只简单地满足了一点感观需要，吊起了胃口，那也够叫人欣慰的了，但总还有种不满足感。

李源好像看透了我的心事，答应下次专门陪我再来。

下次吧，我相信人生总会有很多下一次的。

车开了，我的视线仍依恋地望着渐渐远去的“罗马剧场”……

李源一走进实验室立即活泼起来，打开电脑找到他的小耗子，让我们坐下仔细欣赏，然后去给我们取饮料。从他脸上愉悦的神态到轻快的动作，都与在金头公园、中法大学和家里见到的李源判若两人。望着屏幕上一只只可爱的小白耗子、棕色耗子……全景——推近——特写，小家伙们嫩声嫩气地叫着，吱吱呀呀地说着。我猜，李源肯定能懂它们的语言、它们的表情，难怪他像见到了心爱的情人那样柔情、高兴，连我这个初次见面的阿姨都有对话、亲吻它们的欲望。

李源对它们的爱很深，他关注它们成长中的每一点细微变化，这不仅仅是一个科学家关注自己的成果，他的这种爱更近似父爱。他向我们介绍他的骄子——棕色耗子："这种棕色耗子身上的抵抗力较其他同类强很多，这是基因研究的结果，这是新一代的试验成功，将为攻克癌症提供可靠的依据……"他还讲了很多物理、基因的原理，我根本没听懂，囫囵吞枣，瞪着眼只知道点头。他大概长期和小动物打交道，很善于从无言的眼神里去了解需要，所以讲得更通俗、更慢、更耐心……隔行如隔山，科学家能欣赏文学艺术，而艺术家却未必懂科学，我们会为研究的成果欢呼，甚至用艺术手段去表现他们，但这中间隔着一座好高好大的山。

屏幕上突然出现了几个红色报警号。李源说了声："它们可能遇到麻烦了，我去处理一下。"便穿戴上消毒衣、帽、鞋进去了。我们在办公室静静地等着，挺担心，连大气也不敢出，生怕呼出的大气会影响那些小生命……

不多久他脸上布满笑容地出现了："没关系，这种事常常发生，只是要处理及时。"

李先生补充道："经常半夜一个电话，立即就得赶来。"

我忽又想起他夫人的怨言"在李源心里耗子比老婆重要"这句话。科学家更是那种一旦投入，便不能自控，走得越远，越难停步，一个突破，带来更新的责任。李源的科研成功，将使千千万万的癌症病人获得新生，这是一个科学家的爱的全部含义。

我们获准进到实验室第一线去参观那些功臣。李先生说："我来过几次也没让进去，今天是特别优待你。"被优待，心里当然美滋滋的。我们穿戴上消毒衣鞋，经过了三道防线才进入"居民区"：一间间洁白的小房间内四周并排着一个个小笼子，算是宿舍、起居室兼游乐场。

李源一进来，它们就高兴得跳上跳下，大家都形容耗子是"鼠目寸光"，它们不是凭看而是凭借敏锐的嗅觉辨别出李源而兴奋的，动物的感情有时更胜于人。这些小耗子以身试毒，为人类健康做贡献，无悔无憾，它们短暂的一生也很辉煌不是吗？

离开里昂的那天上午，我在李先生的书房里翻阅老照片。那是厚厚的几大本，照片下面年代、人物、地点，都标得很清楚。我看到几张我熟悉、崇拜的作家——巴金、姚雪垠、丁玲的照片，看到胡絜青就会想起老舍，我的心在紧紧收缩，在翻腾。这一代文豪的遭遇是那样惨烈，这是发生在世界已经进入文明的20世纪中期啊，怎不令人胆寒！……

李先生没有经历过"文革"的折腾，感触没有我那么深。他在一旁看书，我们各想各的，互不干扰。书房里静静的，静得连窗外叽叽喳喳的鸟声都听得见。

这些记载历史的资料，缩短了我们之间的距离。我非常需要这些照片，想提出借几张回巴黎复制，又怕遭到拒绝，几十年的珍贵物品岂能轻易借人？有些犹豫，但还是提出来了。

没有任何解释，李先生很痛快地同意了。

傍晚临走时，他交给我一个大信封，里面不仅有他和雅歌、铎尔孟近百年的照片，还有他保存下来的一些文件。我从他手上慎重地接过来，顿时有种沉甸甸的历史分量、沉甸甸的重托和信任。两天前出发来里昂的时候，心里还是空空的，走时却感到很充实；他们的过去、现在，都实实在在地萦回在我心中，储存在我的记忆库里，产生的感受难以言表，而“以言来表”，又正是我要做的，我的心很热，肩上却有点重，这可是一部史诗啊！

乘高速火车（TGV）回巴黎，是夜间行车，可以不受窗外景色的干扰，人也不多，很安静。刚一坐定，便迫不及待地拿出李先生交给我的大牛皮纸信封，小心地取出照片铺在小桌上，细细地、一张张地翻看、重温，有些激动，手竟然有点不听使唤地抖，也许是因为第一次见到渴望已久的铎尔孟照片，还有1918年法驻华使馆的外交官、诗人莱热为铎尔孟画的素描像；1920年著名画家亚科莱夫（Alexandre Iacovleff）给铎尔孟画的速写；1920年铎尔孟在北京成立中法大学时与蔡元培等人的合影；还有从1954年到1965年，铎尔孟在华幽梦辛勤校审《红楼梦》时期的照片和通信……上午在李先生书房并没有看到这些资料，此时，真有点如获至宝的欣喜。李先生把他所知道的浩然师，全部给了我，我怎能不激动！尽管不多，但已尽其所有了。他把一段段历史鲜活地展现在我眼前。

黑白照片被岁月染成暗黄，上面似乎还覆盖有一层难以辨别的历史尘灰，有的还残缺了，但还算清晰。我轻轻地、轻轻地，生怕一不小心被我的鲁莽，被我那难以抑制的激情所惊动。我看到了80多年前，稚气未脱的李治华依偎在父亲身边；1923年李治华与父母、弟妹在北京教子胡同38号顺天府尹何乃莹家的全家福；1937年9月，李治华乘法国邮轮“狮身女首”号，航行在通往法国的海上；1938年全体留法学生在中法大学合影。看到他1967年离别故土30年后在北京与父亲、弟妹的合影；看到5岁时的雅歌；看到亭亭玉立的雅歌；看到1943年李治华和雅歌在里昂的结婚照，新娘的服饰非常简单，不解释还以为是张普通的生活照呢，她手牵着小表妹，旁边是姨母——也是参加他们婚礼的唯一亲戚。

现年88岁的李治华与9岁时的他对比；5岁时的雅歌和现年85岁的雅歌。一不小心，时光突然流逝了80年！怎不令人惊叹！80年之后，我的儿孙们也会这样来品评我的照片吧！照片虽然只是历史的简单见证，只是些星星点点的岁月痕迹，却都隐藏了不为人知的故事。没有人就没有了年代，就没有了历史。世上最美的不是照片，而是它帮助我们留住记忆。生活中那些早已绝版的照片，仿佛在说一句话，这世界我来过。

这时，唯有在这时，我才会从一两句提示中，梳理出一个又一个的人生故事；唯有在这时，我才会从一张张古老的图片中，去认识那个时代，掌握历史勾画出的精神面貌。也正是这些点点滴滴的细节，才凸显他们傲人的品格，凸显那一颗颗痴心，凸显那份真情。而这些人恰恰是《红楼梦》在法国命运的关键，他们也许只是历史过程的人和事，但却创造了历史的丰富！

我理解了他们的信念，他们以毕生精力创造文学，但创造的却是生活。真正的信念并不憧憬胜利，而是相信生活，相信自己……

如今，被尘封的历史将再现，再现这些《红楼梦》法译版翻译过程中的梦和路。我坚信，他们在中法文化史上将永垂不朽。

2004年10月，在回北京的前一天，突然接到李治华先生的电话。他告诉我，亚科莱夫先生的摄影展在巴黎举行，而且是最后一天。亚科莱夫是1919年法国雪铁龙汽车公司举办首次巴黎—北京汽车拉力赛的随团画家，他和铎尔孟是好朋友。我手上正有一张亚科莱夫给铎尔孟画的铅笔画，简单几笔，一个活生生的铎尔孟便跃然纸上，眼睛含着笑，特别生动。

现在的李治华先生已进入角色了，随时都在帮我找资料，我好高兴。没有他的支持，我这本书根本无法完成。

在展厅，我见识了亚科莱夫先生在1919年巴黎—北京汽车拉力赛途中的摄影作品。亚科莱夫喜欢骑马，他总是骑着马四处捕捉，留下他的记忆。他拍摄的风情照千姿百态，那些100年前的中国风情，让人百看不厌。铎尔孟这张速写，是他们到达北京的欢迎会上即兴画的，神情抓得非常到位。

李先生在回忆录中曾经多次提到他的这位恩师，而且每每谈及都很动情。他尊敬他，感激他，这几个闪光点远看去好像是一扇门，走近又消失了。为翻译《红楼梦》一同工作了10年，他们之间有超乎常人的信任。依李治华先生的性格和为人，怎么可能冒昧地去打听老师的过去，过问老师的内心世界和他的生活？其他和铎尔孟有密切关系的人早已作古，没有更多资料可查，没有更多踪迹可寻，找不到答案，往往是刚走两步，线就断了，只好又从头开始。之前我甚至连他长得什么样都全然不知，怎么下笔？铎尔孟是《红楼梦》法译本的重要人物之一，怎么可能没有他？怎么可能写一个抽象的铎尔孟？现在，我从这些照片、文件、友人的描述中开始认识他，从认识到了解，还会有很长一段路。

铎尔孟先生乘鹤西去迄今已50年了，他会有兴趣参与我的创作吗？他会愿意成为我故事的主人公吗？他会抽时间对我讲他的故事吗？我想会的，从我见他照片的第一眼开始，我就得到了肯定的答案。答案始于一张照片的眼神，这很奇怪，对于我却是事实。

我的视线从他的照片，转向 1962 年一位中国女士写给铎尔孟的两首充满真情的诗。那时，李先生和铎尔孟正在艰辛地翻译《红楼梦》。一首是《〈女冠子〉寄浩然》，娟秀的字体在印着一朵橙色菊花的米色诗笺上：

七月元日，幸拜仙翁飘逸，浩然时，鸟语堪听细。鲜花映眼丽，寄言仙境客。切莫自伤悲，万丈红尘有，赏心知。

另一首《五言寄浩然》写在印有一枝橙色海棠的米色诗笺上：

士与知己共，女为悦己容。浮生百年间，难得赏心重。誓不嫁他人，为君保此身。若是缘宿定，终必结婚姻。

诚挚的深情非常感人，这是铎尔孟私人感情生活的秘密，过去从未听说过，今天，我看到了，触摸到了。长方形的信纸是用宣纸做的，宣纸很经得起时间考验，几十年过去了，至今仍是新新的，墨迹完好，让人错以为是昨天，是刚才写的，似乎还能嗅出纸上的墨香。虽然落款上明明白白写着 1962 年 7 月 1 日，但还是有些突然。面对女士那颗纯真的、坦坦荡荡的心，我不愿去做猜测，毫无根据的瞎猜会带来伤害，哪怕微小的伤害也是不尊、不敬，也是对爱的亵渎。

我打开手机拨通了李先生的电话，希望能得到些答案，我想，他应该是知情的。

他回答说:“浩然师辞世后，这位多情女士遵守自己的诺言，终生未嫁。”说到这里他便停住了，没有透露其他任何细节。

我是不是问得太多了？这是他的个人秘密。难怪李先生没有当面给我看，而是让我带走，自己去找答案，这样可以避免问答之间的尴尬。我低头凝视手中的诗笺——情书，它好像为我进入铎尔孟的世界开启了一扇窗，一扇似开非开的窗，一扇可能永远无法开启的窗。

能拥有这种专用诗笺的该是个什么样的人？能写这样诗的人是谁？她在哪里？铎尔孟没有接受她的爱，为什么把这两封信保存至终？作为遗物又交给李治华，现在，又交给了我……不知道。这将是一个恒久的秘密，一个神圣的爱情故事，令人敬佩的罗曼蒂克诗篇，一个《红楼梦》中的梦……我的眼睛湿润了，天底下也真有如此多情的人，现实生活瞬息万变的情和爱，商品化了的情和爱，更加衬托出她的可贵，也许有人会笑她是情痴，痴就痴，那是她自己的选择。

我的视线又从诗笺移向铎尔孟先生的照片：这是一位智慧型的男人,自信心很强,有着学者、诗人的潇洒和想象力,他眼里是笑——含着幽默；嘴边是笑——洋溢着善良；他的笑中有着孩子般的纯真……多可爱的老头儿啊！他的确是一位很值得女人去爱，去心甘情愿为他付出一切的男人。

这张 1962 年的照片也该有 81 岁了吧？在恋人心中年龄早就失去了实际意义，她第一次见到铎尔孟就深深地爱上了他，爱就是爱，爱只凭直觉，爱没有理由，爱不能强求，所以她又相信缘分，相信命运。从女士诗里透出的青春气息、激情和文学修养，她应该是在 35 岁左右，正是爱情炽热、想象力开始完善的年龄，她把对铎尔孟的爱珍藏在心底，占据了全部空间。

在端详铎尔孟先生的同时，我也已经被他深深吸引。如果有人问我会不会爱上他，我会肯定地回答："是呀，为什么不呢？"

唉！可惜他不爱女人，从来没爱过女人——除了他心中的母亲。

从里昂回巴黎，高速火车以350公里的时速在飞驰，我的思绪却飘忽到时光隧道的另一端，那是整整一个多世纪前……

中法大学里昂海外部成立于1921年。
2002年，李治华先生在里昂中法大学。

第五章

华幽梦的神韵

两个国家的文化背景不同，但人的命运总有那么多相似之处。生命，因智慧而闪耀迷人的光芒……

要了解铎尔孟，必须认识华幽梦，他的最后 10 年是在那里度过的，那里有他的身影、他的神韵、他的灵魂。

李先生曾详细介绍过去华幽梦的路线，但他也说过：“这是 40 年前的事了，现在可能变化很大。”我想这是对的，特别是偏僻的地方，交通变化应该更大。高速火车遍布法国，那里总不会还要走四公里吧？当然，就算真的保持原状，那也得去！李先生不是走了 10 年吗？我走四公里也没什么。只是天气太热。过去法国人常说，法国的天气和女人的心一样，一天十变。现在可没这么潇洒，2003 年 8 月，盛夏的法国正遭到百年不遇的热浪袭击，到处都像火焰山一般，碰到这种气温，谁都招架不住。为了不至于在毒日下瞎找乱转，半路中暑，就得有备而行。首先，我从电脑上查出华幽梦的地理位置、交通状况、通讯联络，其实它离巴黎才 45 公里，并不远。然后打电话咨询。

一位小姐回答说：“下火车后，会有一辆专门往返于车站和华幽梦之间的出租车。”她把司机的手机号给了我，顺便还说，“明天下午 4 点钟有音乐会。”她不失时机地进行了广告宣传。

这是个周末，我准备好防暑用具便出发去渴望已久但概念仍很模糊的华幽梦。

在巴黎北站买票，并且问好了回程的时刻表，一小时一趟，最后一班车23点22分，顾虑全无，轻松上车。40分钟就到了维阿梅车站。下车后果然发现有辆可容纳八个人的出租车，正等候在车站外的小广场上。司机是个个头不高的小老头，有着乡下人那种朴实、热情。他对大家说，回来可随时打电话叫他，同时把写着电话号码的卡片，每人发一张给我们。不像巴黎的出租司机，一副懒洋洋、冷冰冰、爱坐不坐的神情。

汽车穿行在山间林荫道上，很少的车辆，很少的行人，到处郁郁葱葱，空气清新，首先从视角上先凉快起来，小风再一吹，暑气顿消。在巴黎热蒸笼里苦熬了好几个星期，总算享受到了一份舒服。仅用了10分钟，华幽梦山庄便展现在眼前。我的心在跳，就要见到久久思念的朋友，我们虽从未见过面，但却那么熟悉、渴望，铎尔孟先生的音容笑貌，时时清晰地闪现在我眼前。今天，是个很不寻常的约会。

约会没有主题，只为寻找一种神韵，一种无以言表的心灵感应。

“华幽梦”这个名字和我的主人公紧紧相连，它在我心里，在我的梦里反复出现，如今真的到了，却又不愿马上走进去触摸它。人的感情就是这样奇怪，明明近在咫尺却又不愿马上拥抱它，反而要停下来调整呼吸。我在山庄外驻足，我想，我既然是来拜访他，就应该一切遵循他的韵律节奏，岂能贸然闯进去？夜间工作是他几十年的习惯，这个时刻他正在安睡，怎忍心惊醒梦中的诗人。于是，向前又走了一段路，再回头远距离地感觉华幽梦——这座神秘的山庄，和曾在这里生活、工作过的神秘诗人，然后再慢慢贴近它、了解它。

华幽梦山庄完全不像那些皇家城堡，喜欢把全部的华丽都展现在你面前，让你因它的雄伟而生敬意，而感到自己的渺小。华幽梦是那样的含蓄，那样的纯朴，那样的幽静，它们如此和谐地融合成一体：灰白色围墙前是一条窄窄的流溪，后面是茂密的参天大树，大树中间藏着隐约的主建筑……仰望着这座气势不凡的山庄，心里顿生敬意——不仅仅因为它是13世纪的遗址，不仅仅是因为铎尔孟先生在这里住过，也不仅仅因为在这里曾孕育过破天荒的《红楼梦》全法译本，而是它的感染力，它让一切浮躁平静下来，这大概是创建者的原意。

刚两点半，一辆辆飞驰而来的汽车，已占满了停车场，他们是来参加音乐会的。停车场与华幽梦山庄，隔着一条不宽的小河，河里流水清澈，水面上漂着落叶、灌木、杂草，它们随意地伸展到水中任意嬉戏。经过正门前一道不宽的石桥，然后是高大的铁门，门里，迎面是一条宽阔的红砂石路。再往前是很大的圆形水池，水面上布满睡莲，有红，有白。砂石路从两面包抄过去，再合拢成一条笔直的路通向主楼，路旁大树林立，像战士一样站得笔挺……

迎面不远处，一对新婚夫妇缓缓走来，旁边是摄影师和亲友，新娘长长的白色婚纱，拖在红砂石地面上，微风一吹，飘起来像朵白云。白云在绿色树丛的陪衬下，格外鲜亮，一个小女孩举着手上的一束野花，跑上去献给新娘，新娘在小女孩脸上深深一吻。这时，主楼顶上的钟声敲响了：叮当、叮当、叮当！……钟声，让钟楼下的人不仅共享时间，也共享生命。虽然从不相识，也好像朋友那样，大家不约而同地拥上前向新人祝贺："祝你们幸福百年！"法国人的热情，那种愿意承认美好事物的热情，在世界上是数一数二的。

下午三点，音乐会开始了，是在一楼宽大的厅里举行，没有舞台和幕帷把观众和演员隔开，而是在一个平面上互相呼应、交流。

演员从观众后面，穿行到前面大约有50公分高的平台表演。一共四个演员，穿的是黑色衣裙，在钢琴伴奏下演唱古典歌剧《卡门》《茶花女》片断，没有任何音响设备，完全是演员的真实音色，水平的确很高，难怪有那么多人从很远的地方来听。

唐小姐年轻时常在这里演出，铎尔孟在这里居住的10年间，也从不放过周末音乐会。据唐小姐说，他很喜欢听古典歌剧片断，他说："音乐给我带来灵感，法国的古典歌剧常常使我联想到《红楼梦》，两个国家的文化背景不同，但人的命运总有那么多相似之处。"

从左侧五颜六色的玻璃窗折射出神秘的光照，比正规剧场的照明更让人产生联想。

音乐会结束后，到楼下喝咖啡。这里又好像是展厅，墙上挂满了曾到这里来表演过的艺术家的照片，有现代音乐，也有古典音乐的名家，照片中竟然还有我认识的旅法中国作曲家许舒亚先生，真是巧遇啊！

在这里，我和华幽梦年轻的文化中心主任弗朗西斯·马雷沙勒（Francis Maréchal）先生见面了。我谈到此行的目的，是想了解一些铎尔孟先生当年的情况。他开始一愣，因为没有预约，也没事先提出要求，他没有心理准备。我拿出铎尔孟、李治华的照片进一步解释，他们为翻译中国名著《红楼梦》在这里生活和工作了10年。他还是有点一头雾水。他那么年轻，最多不超过40岁，怎么能认识这几位老人，何况这么多年从来也没人提到过。他们比他的父亲还要大，铎尔孟应该是属于他祖父那个年代的人。

几秒钟的停顿，他让我等一等，便进办公室去了。不多一会儿，他带了两位管理资料的女士来。马雷沙勒先生轻快地说："她们可以帮助你。祝你好运气！”

我在想，是不是掉进《红楼梦》的人都会多少有点痴、呆、傻？好在马雷沙勒先生理解了我，理解我这种破常规的约会，是为了寻找我心中的梦。法国这个富有浪漫主义色彩的民族，非常尊重别人的梦想，绝不因你离奇古怪的构想而嘲笑你，他们相信，一些伟大的成果常常从非常离谱的想法开始。

我随同两位女士去到顶楼资料室。我觉得根据李治华先生的描述，这里好像就是铎尔孟的图书室。但她们不置可否。

她们从那覆盖着一层薄薄尘埃的历史资料中，终于找出了铎尔孟的照片，都有点惊喜。她们似乎也是第一次见到这位曾在这里住过10年的老头：他嘴上叼着烟斗，眼里含着笑，站在他的书房里。还有一张铎尔孟和朋友的合影，据说他特别喜欢和朋友聚会。他和华幽梦的主人顾安先生是一对相见恨晚的朋友，从照片上俩人的神情中不难解读出来……看见我那么兴奋，她们也受到感染，一会又从另外的文件夹里，找出一张1952年5月4日唐小姐在这里演出的说明书，白色封面上印着一只水墨画的丹顶鹤，后面是冉冉升起的红日，下面写的是“中国文化艺术表演”（Journées de Civilisation Chinoise），很中国味。她们还清楚地记得这位钢琴家很漂亮、文雅。

“这份资料，也许你也有兴趣。”她们把原文件给了我。

“当然，非常感谢。”

华幽梦的老主任顾安先生，对中国文化有浓厚的兴趣，他并没有刻意推动，而是出于一种发自心灵深处的爱，一种对文化的需求。中国的表演艺术在这里从未间断过，他常说：“古老的华幽梦应该蕴含多层面的艺术。”弗朗西斯·马雷沙勒先生告诉我，他们已邀请上海乐团冬天到这里演出。

中国表演艺术带着它独特的韵味，进入到古老的华幽梦。如果铎尔孟先生也能来参加这场音乐会，我不知道他会高兴成什么样，他肯定会有很多话要问，问这些从第二故乡来的艺术家朋友们，那里半个世纪以来的一切变化。上海艺术家们也会惊异地发现，在这古老的山庄里还有位“老乡”。

几十年过去了，这些照片、说明书，还保存得那么完好。

我说：“可惜没见到铎尔孟的那些书，我原以为他那间书房还在，特别想进去看看。”其实，这是我到华幽梦来的目的之一，我希望在他的书房里去感觉他。

她们的解释是：“铎尔孟先生去世后，华幽梦要进行装修，这批书先转移到尚堤驿修道院。因为书太多，保存有困难，最后转到里昂市立图书馆保存。”

“只要还存在就好，我会到里昂图书馆去，它们对我很重要。”

她们笑着说：“放心吧，里昂图书馆比我们这里的条件好多了。”

华幽梦没有忘记他们。

这座由路易九世国王创建于 1228 年的修道院，历经 700 多年变迁，成了如今的国际文化中心。修道院没躲过 18 世纪大革命的洗劫，一座石头建筑的大教堂，被毁得七零八落、残缺不全、伤痕累累。那座庞大的钟楼，硬生生地被砸成瘦骨伶仃的样子，站在那里，满腔悲愤地直指蓝天，好像有好多话要向上帝倾诉。有人曾上去过，刚爬到一半，就被钟楼的颤抖吓得跑下来，可站在下面观看的人，根本没看见钟楼有任何动静，从此，它被封了，没有任何解释。

华幽梦主人顾安（Henri Gouin）先生当年买下这座古堡，不惜代价精心进行修复。据说，在法国买座古堡并不贵，而一旦买下，那维修费、保养费、管理费、税费，惊人的数字会把你的财产耗尽。在欧洲，对于古代遗迹大多不做外部修缮，让其剥落、陈旧、坍塌，让砖石间钻出枯藤杂草，让门上的铜环生锈，使整个院子仍然处于原始状态，保持格调。看似危险其实不必担心，暗中加固，再保持原貌。当然所耗的资金远大于外观修缮。

在巴黎经常见到这种情形：某区某街某幢楼房，因内部设施太陈旧需要重建，如果外观上有石雕之类的古建筑，市政原则是，内部如何重建他不管，但外面这道门墙的装饰绝不能破坏，必须保持原状。这是修旧如旧的法律原则。好在科技发达，这也很容易，拆空内部，紧贴着这道外墙重建，外旧内新，但所耗费用超出同等建筑的两倍！

顾安是位热爱生活、热爱文化艺术的绅士，他并没把钱看得那么重，但到了后来，也有些难以支撑了，特别是沉重的税负。他把前面的遗址改为“国际文化中心”，仅留后面的别墅给自己住。私产变成了公产，既减轻了负担，又让古堡因艺术重获生命。这座修道院到底有多大面积，谁都说不清楚，因为前、后两院早已被树林和墙隔开了，后面是私宅不能参观，但它和前院又是一体。

山庄对面是一片巨大的原始森林，右侧广阔的田野中间是一片湖水，据说铎尔孟生前几乎每天傍晚都到这里散步。

傍晚，我顺着围墙绕着整个华幽梦走了一圈，竟然用了一个钟头。

钟声又响起了，似乎所有族群，有生命和无生命的都被它统领，都被它一小时、一小时安排得紧紧凑凑。正巧这时黄昏降临，田园湖畔倒映着晚霞，金光镶嵌在白云边缘，整个山庄被一片灿烂点燃，古堡、自然，古代、现代，浑然一体，分不清是大自然把古堡拥入怀里，还是它们本就相依相存？只有那座撑起满天红云，瘦骨伶仃，几百年固执地站在那里的钟楼，还在提示着：当年它残存下来并不是因为结实，而是革命者手下留情，把它留作瞭望台，进能杀更多人，退可保存力量。这里曾经尸横遍野，但愿历史的悲剧永远不要重演！

曾经，路易九世国王每年都随母亲带着100多名宫廷侍卫到这里度假，那时，这座宁静的教堂就会车水马龙，彻夜灯火辉煌。

一时间我竟忘了身在何处。

这晚，我有幸住进“圣路易卧室”，也就是铎尔孟生前住过的。可能是上帝眷顾我这个苦心人——预约这个房间的作家因事要推迟几天才来。工作人员打电话给他说明我的职业、目的，征求他的意见。对方开玩笑说：“没问题，只要漂亮，她愿意住多久都行。”

踩着铺设着紫红色地毯的楼梯，慢慢上去，拐了三道弯才到二楼。走廊南面是一排房间，房门都很高大，不知哪间是我该进去的。我慢慢往前走，终于在右侧尽头一间双开门的房间门上发现有块小铜牌，上写着“圣路易卧室”，对了，就是这里。

伸手轻轻敲了敲门，没有声音，稍停，再敲，还是没声音，这才推门进去，打开灯，蹑手蹑脚里里外外视察了一遍，确定无疑才放下背包。神情有点鬼头鬼脑，心也有点跳，连呼吸都感到有点短促，总觉得里面不知会有个什么人。华幽梦毕竟不是一般的旅店，各国艺术家都有，藏龙卧虎，也不知谁是龙，谁是虎。有的还喜欢恶作剧，没准儿刚脱衣服，不知从哪里钻出个人来，吓你一跳，还是慎重点保险，免得闹笑话。

细细看来，房间差不多有四米高，厚厚的石墙，冬暖夏凉，所以不管外面有多热，屋里始终保持在15度左右。起居室里有沙发、大写字台、落地灯、书架，书架上胡乱地堆了些书、报，写字台上也堆了些信件之类，还有个装满烟头的烟灰缸，主人是谁，既无从猜测，又何必费神去猜，我又不是为这位老兄来的。

我轻抚厚厚的紫红色丝绒窗帘，望着那古老的四周雕花的紫檀木大写字台，有种故人相见的亲切。我轻声问道："你们曾忠实地伴随着铎尔孟度过了10年，我想你们不会忘记他吧？能把你们看见的、听到的故事告诉我吗？我相信这间房里每个角落都留有他的气息、他的分子、他的身影。"

我坐下，拧开台灯，推开桌上房主人的信件，从背包文件夹里取出资料和铎尔孟的照片："安德烈·铎尔孟先生，我们的约会从这里开始吧！"我仔细翻阅着资料，端详着他的一张张照片……在他的归宿处，紧靠着他的灵魂，我将获得点悟，得到正确解读，从遗留的气韵中去感受他、认识他。

今夜的思路出奇地清晰，他的一切都在眼前展开。

1954年，盛夏的夜晚，一辆车驶进华幽梦山庄，汽车停在主楼门前。

华幽梦的主人，亨利·顾安先生热情地上前欢迎这位法国诗人、学者，这位从1906年去中国游历了48年后，重新回到故乡的游子——铎尔孟。但车里没有回乡游子，司机说："先生在大门口就下车了。"顾安先生虽有点着急，因为客厅里朋友们正等着他们。但他更高兴，这是他心中的铎尔孟，他们虽尚未谋过面，却神交已久。他想，在这个时候最好谁也不要去打搅，随他的兴吧。

铎尔孟刚一接触到华幽梦，便立即被它的神韵吸引，迫不及待地跳下车:“简直是天堂！一个神秘的天堂。”回来之前，他的住处始终没确定，据说可能会安排他去养老院。万万没想到会是这里！他情不自禁地像朗诵诗歌一样地高声喊起来。他的音色很好，在北京中法大学教书时，是全校公认的叫座老师，很多外校的师生也会跑来听他朗诵诗歌，那是种享受。

在大自然的怀抱里，他突然变得年轻了，几乎是小跑着沿着通向森林的小径走去，踩在红砂石上的脚步发出悦耳的沙沙声，令他陶醉。好久没听见过这种接近大自然的声音了，眼前到处是郁郁葱葱，仿佛置身在一个绿色世界里，之前所有的杂念、郁闷、痛苦、无助、彷徨，都消失得无影无踪。

森林前面的潺潺流溪，使他驻足，流水声轻柔婉转，似少女的细语，又似一首悦耳的乐曲，令他感到清新、舒畅。他跪下去双手捧起溪水往脸上、头上浇灌，他又回到孩童时代……流溪后面的大森林却有着截然不同的气质，深沉、内向、稳重、静穆，有一种天籁的声音，它没有被城市征服，始终保持着自己。他被感染、被融合了，完完全全地被融合了，甚至像接受了一次大自然的洗礼。

儿时，他常常和大安德烈在自己的庄园里，骑马飞奔，在小河边嬉戏玩水……他在心里千百次地呼喊:“大安德烈,你在哪？……”

顾安先生还是忍不住决定去找他，他们在流溪旁会面了。他远远地看见铎尔孟满头满身湿淋淋地伫立在那里，面对着森林。顾安先生放轻脚步，轻轻走过去，站在他身边。俩人就这样站着、看着，久久地……

“欢迎您，铎尔孟先生！”

“谢谢您，顾安先生！这是座充满田园诗意的圣地啊！我好像接受了一次大自然的洗礼。”

顾安诚恳地说：“您的赞美真让我高兴，铎尔孟先生，希望这里的一切能给您带来快乐。”

俩人大笑着紧紧拥抱。

这天晚上，华幽梦举办了欢迎晚会，没有皇家气派却有香槟和真诚。铎尔孟举杯走到唐小姐面前：“谢谢！你给我找到人间天堂。”

顾安先生也举杯过来：“唐小姐，谢谢你给华幽梦带来一位知己。”

站在人群后面的艾田伯教授，面带微笑，缓慢地向铎尔孟走来。

铎尔孟也同时抬头看见了这个老朋友，他举杯以同样的节奏，向艾田伯走去，像慢镜头，慢慢把距离推近，一步，一步……十几年没见面了，啊，这位潇洒的情种竟然也有了白头发，他身边还站着位温柔的黑头发中国姑娘。他想，这家伙还是那么爱女人……

“哗！”他们扔掉酒杯，紧紧拥抱在一起。

“好久没你的消息，我还以为你死啦！”艾田伯重重地捶了铎尔孟一拳。

“我？没那么容易！你该不会又惦着我什么吧？”铎尔孟端详着他。

“我惦着你，为什么？”

“对于你这个老狐狸，我总要时刻提高警惕，我现在最重要的是休息，休息！”

艾田伯诡秘地一笑。在这个非常、非常需要他的时候，这个老家伙真的从天上掉下来了，真是天助我也！如果他能为已列入联合国教科文选题的《红楼梦》法文版把关，那就真的是功德圆满。但他很小心,他知道这个倔老头不好伺候。不过他在中国浪荡了48年,早该回来了。

朋友们谈到中国的变化，谈到朋友之间许多有趣的事。艾田伯真的一字也不提《红楼梦》。

铎尔孟被安排在全山庄最舒适、宽敞的套房“圣路易卧室”——房间因路易九世国王曾住过而得名。窗外正对着那片令他陶醉的森林，耳边还会听到溪水的轻唱。右边窗外是那瘦骨伶仃直指天际的钟楼，后面拱形石廊雕刻着一个个故事，屋檐上栖息着成群的鸽子……一切都非常完美。

还没等参观完，顾安先生便提议先去看他的专用图书馆。一进门，他就吃惊地瞪大眼:“怎么会？……”几个月前从北京运回来的书，已整整齐齐地摆放在一排排书架上。

顾安先生解释说:“这是唐小姐的功劳，只有她懂中文。”

铎尔孟感叹了：欧洲人讲命运，中国人讲究缘分，1906年他去中国，是在唐小姐父亲的帮助下如愿实现；1953年，唐小姐从中国到法国留学,是他签署的法语合格书；今天，又是唐小姐在华幽梦为他做了安排，把他心爱的书整理得如此完美，这是命运也是缘分吧!

这一夜，他根本无法入睡。也许他该为未来做一个规划；约几个朋友出去玩玩，到海边把自己扔进大海，好好享受大海的洗礼。

事实上还没等他实行自己的计划，艾田伯的计划就找上他了。他可以拒绝一切，但无法拒绝《红楼梦》。这是上帝的安排，是他的使命。

铎尔孟25岁离开法国时还是个英俊小伙，73岁回到故土已是满头银霜。旅居中国期间虽曾多次回到法国小住，有点像客人匆匆而来，又匆匆而去。这次真的回来了，完完全全地回来了，这里是他的根，他却一无所有，没有财产，没有存款，无亲无故。外祖父去世后，他是巨额财产唯一的继承人。他对财产没有兴趣，拒绝继承。在中国，他一直生活在优裕的环境中，好似走在一条铺满黄金的路上。他有过很多钱，都是随来随去，潇潇洒洒，从不为金钱所累。他和李石曾有相同的人生信念：不做官，不置产。

现在，命运之神又把他安排到天堂般的华幽梦，宁静的山庄给了他无穷的灵感，与《红楼梦》结缘，终了他丰富的一生。

1965年2月初，春雨绵绵的一个星期二下午，当时《红楼梦》第二次校审已进行到第50回，那是铎尔孟生命最后的日子。也是在这间屋里，李治华走进来有种不寻常的感觉，空气出奇地好，他想：老师要走了，忍不住泪下。

铎尔孟患的是前列腺癌，非常痛苦，他的眼睛平时就大而有神，这时更加清澈透明。他微笑着对李治华说："我很感谢你，10年来你一直遵守我们的'星期二约会'，今天是最后一次，上帝给我们开了一个玩笑，没让我在大限之前完成……"

铎尔孟苍白、瘦削的脸上，那丝笑容清楚地呈现在我眼前，我好像还听见一声轻轻的叹息……

我的心有点沉，熄了灯，推开窗户，深深地吸了一口森林散发出来的清新空气，极目望去，黑黝黝的树林挡住了视线。我轻声问道："铎尔孟先生，你好吗？"窗外一片静寂，连最轻微的落叶沙沙声和奇怪的折裂声都能听到。

耳边传来轻微的踱步声和诗词的吟哦声，好像很远，又好像就在室内……

寂静的夜空，天上的星星和红砂石路两旁镶嵌的地灯，互相携手伸向密林深处……夜慢慢地亮起来，黑暗中射出淡淡的月光。月光配合着星星和萤火虫的闪亮，使夜色变成了透明的朦胧……

下面传来轻微的沙沙声，也许有人在散步，也许是那遥远的从前，不知是谁的脚步声、车轮声，被遗留下来。

耳边传来细微而清楚的声音：“铎尔孟的全称应该是，安德烈·罗凯特·迪特·铎尔孟（André Roquette Dit d'Hormon）。”我默诵了两遍，是啊，过去大家只知道他叫安德烈·铎尔孟，根本没有提到过他姓氏的全称。

我猛地惊醒了，环顾四周希望能找到声音的来源，没有，屋里仍然只有我一个人，窗外也一片漆黑。好奇怪！在静思中竟然有了对话，有了交流。我相信感应，迅速把全称记录下来，把它牢牢记在我心里，从姓氏开始去认识他。

在他生活了10年的房间里，我以独特的感觉和他做了长长的夜谈。他给了我开启他心灵窗户的金钥匙，我把知道的点点滴滴又重新汇集、梳理……

第二天一早，有人轻轻敲门，是昨天陪我去资料室的玛丽女士。她送来一包资料说：“主任同意把这些照片和有关资料送给你。”她又笑了笑：“祝你成功。欢迎你再来！”

法国是个文牍主义非常严重的国家，办事效率很低，一件简单的事，也会因那烦琐的信件、纸张，拉锯扯锯，最后把那点锐气、激情，磨得干干净净，时间白白地一天天过去了。法国人见惯不惊，早就习以为常。一个约会，明明现在就有时间，也非要放在一周以后。记得我曾经和一位研究莎士比亚戏剧的权威教授约会，他痛快答应了，但约会时间被安排在一年以后。

一年以后我们如期见面。他是个60多岁的老教授。我简单介绍了我的京剧《奥赛罗》从改编到演出的过程。他吃惊了："你为什么早不说呢？这对我的研究很重要，我可以专门为你开课。我需要看看你的录像，一定很精彩。"

"当然，不过我要回中国，一年后才回来。"

面对现实，我常常感叹，法国停滞了，她好像在半醒半睡之中。过去蓬勃发展的朝气到哪里去了？什么时候才能醒过来？我从华幽梦主任马雷沙勒先生身上，似乎看到一丝曙光，他的节奏很快，一天也没让我等，也许是铎尔孟绝对无主题变奏的激情触动了他。

《红楼梦》似一艘闪烁着彩虹的飞船，它不知道绕地球转了多少圈，终于在1981年11月才姗姗来到法国。它让法国人足足等了两百年。

第六章

又一株幽兰

才女总伴着孤傲，孤傲又决定了她的命运。她有一颗充满美妙音符的心，青春永驻，怎么会老？

回到巴黎，立即向李治华先生询问唐小姐的联络方法，我想他一定知道。

李先生说："好久没有联系，听说她住进养老院，电话大概已经换了吧。"我的心立即凉了半截，刚接上的线别又断啦。

"她还健在吗？"有点提心吊胆。

"在吧，没听说她有什么事，她只比我大两岁。"

啊，两岁，也就是说唐小姐已经90岁啦！健在就好，健在就有机会。在法国生活的人寿命都长，而且个个健康，90岁的人上街乘地铁、坐公共汽车，潇洒得很。绝不接受别人的搀扶或让座，那是在伤害自尊心，在你们眼里难道我老了吗？个个都不服老，除非真有病，有病的需要照顾的老人，胸前会挂着一个小小塑料牌，上面写着姓名、年龄、病名和随身携带的救急药，临时发生问题便于急救。

"里昂有位李尘生小姐和她关系很好，我打电话问准确，再告诉你。"李先生又补充了一句，他说话、做事一向有条有理，不紧不慢。我急也没用，只有耐心等。

李先生和夫人每到夏天都去泊郎驿乡下去住，那里凉快、空气好，还有自己的花园可以活动。我想，这么奇热的天，那位李小姐可能早避暑去了，谁会待在里昂这个火炉里挨烤？

我和李尘生小姐在李治华夫妇“钻石婚”纪念日曾见过面，她精通中、法文，曾和李治华先生合作编辑过欧洲华人学报，在里昂中法大学当过30年秘书长。我们谈得非常融洽，她热情、直爽的性格和学识，给我留下很深的印象。她请我去她在里昂的家做客，她的家很小却很温馨，当时，在这个小小的房子里还住着一个中国女孩，刚到里昂还没找到住处。她深知孩子们在异国他乡不容易，总是伸出援手。她有颗永不泯灭的金子般的中国心。

李尘生的父亲是有名的钢琴家李树化，1919年到法国勤工俭学，后来就读里昂中法大学。1926年，好友林风眠应蔡元培的邀请回国教学，林风眠力邀李树化同行。李树化的妻子珍妮已有孕在身，他们在马赛港口上船时被海关扣留。这是法国政府对国民的保护措施，他们不理解法国姑娘为什么要嫁给中国人。她是心甘情愿的吗？会不会是被拐骗？在他们心里法国人是高等人种。直到珍妮的父母确认后才放行，全船人竟为此延迟了两天起航。

1927年，李尘生小姐出生在北京，她长得大眼睛、高鼻子、满头黑发，非常漂亮，父母亲把她视为宝贝。但当她进入社会后，却受到不停的麻烦骚扰，在那个时代的中国，对这样一个外貌的姑娘，不是喜欢，而是视她为异类，是“杂种”。同学们躲着她不和她接近。她孤独、没有朋友，有的男孩子爱上她，在社会压力下一次次离开了。婚姻总是与她擦肩而过，她的心灵遭受到严重的伤害。参加工作后受到的压力更大，每次政治运动，学校领导总会对她说：“我们对你一视同仁，没有歧视。”没有歧视，就是一直存在歧视！按照当时的政治术语是“内控”。为什么内控？她的外貌就是“证据”，她的母亲是法国人，她就有“里通外国”的可能，这就是当时的国情。

“为什么你们让我长成高鼻子？我是中国人为什么我长得和中国人不一样？”妈妈说：“你应该骄傲，你是中法两国的桥梁。”父母的安慰并没医治她所受的创伤。问苍天，苍天默默无语……父母决定带她回法国。

1956年，经过周恩来总理特批，她随父母到法国生活，因为她的母亲是法国人。她离开中国，也带走了心中的挚爱：“这辈子只有一个人爱过我，他一直住在我心里。”

直到现在她讲起这些往事还是非常激动。她是里昂大学中文系副教授，工作条件很好，再也听不到“没有歧视”的暗示，再也看不到怀疑的眼神，但心理的障碍永远不会消失。中、法优秀的混血，不仅带给她聪明和智慧，也带给她美丽的外貌、高挑的身材，但同时也带给她那么多遗憾。

回到法国里昂之后，她依然觉得格格不入。法国政府不承认中国学历，她只能到外贸公司做翻译、文秘工作。直到53岁时，她才获得了汉学博士学位，成为中文系的终身副教授。后来她在里昂市立图书馆中文部做义工时，抢救整理的那些资料均被国际专家视为无价之宝，其中相当一部分资料以及古籍在中国如今已是绝版。1992年，法国政府授予李尘生骑士勋章。

当她知道我正在撰写铎尔孟、李治华他们翻译红楼梦过程中的故事时，特别高兴，再三表示将全力支持我。她虽然没参与，但这件事是知道的，也非常敬佩铎尔孟。

李先生来电话兴奋地对我说：“你的运气不错，我找到了你要的电话，你拿笔记下来。”他挺高兴地把唐小姐的电话告诉我。

我放下电话立即开始联络唐小姐。

没人接，一连三天都没人接。我又有些急，做了各种设想，自己吓自己。愈急愈热，市场上电风扇早就脱销，家里的几把扇子都扇烂了，晚上热得睡不着，端把椅子坐到楼下院里去，草坪在毒日焦烤下竟变成一片非洲沙漠。心想，照此下去我也快烤干了。不行！必须马上调整心态。我急，别人为什么要和我一样急？我急，难道地球也会跟着我转吗？我急，天气就凉快啦？着急于事无补！心静自然凉，静下来考虑、研究、读参考资料，再一步一步往前走，何况这些天收获已经不小了。

一个星期后，电话终于接通了，我好高兴。她的声音很细而且还有点颤，上海口音，我立即把兴奋的调门调低了两个音阶，节奏也放慢了。我先做了自我介绍然后再讲目的。她说："我老啦，已经91岁了，很多事情都记不起来了。"第一次的通话到此结束。我真后悔，怎么没想到我提出的问题会使她产生不安，会搅乱她的平静？会让她重温记忆的痛苦？这也是种刺激啊！对老人本应该渐进的，怎么会这么冒失？

我再打电话询问李尘生认不认识唐珊贞小姐。

她说，"我们认识几十年啦，前几个月还去看过她。你要找她怎么不早告诉我？"她似乎比我还急。我从她的口气里知道唐珊贞与她的关系非常好。

10天后，我打电话向唐珊贞小姐表示道歉，并且抬出李尘生小姐："我去里昂参加李治华先生60周年结婚纪念，见到了李尘生小姐。"

"她给我打电话说了。"她的情绪似乎轻松多了。随后，她又提到巴黎的几位中国艺术家，我都做了如实回答。从问话中我知道她需要了解我，而且她已经做过调查。老人做事当然应该更慎重，谁愿意给自己人生的尾声添乱。我们的距离拉近了。

唐小姐说:“我住在一所修道院的养老院里，每天上午祈祷，下午弹琴给大家听。”

难怪我按一般老人的作息时间打电话总没人接，她的生活内容还那么丰富，音乐始终伴随她。我被允许下周去拜访，她把路线讲得详详细细。

“嘎吱！……”推开养老院又高又大的门。门太老了，很费力，声音还有点刺耳，其实左侧那扇大门上就有道小门，我没看见，干了件费力不讨好的事。院里静悄悄，又是一座石头古建筑，从外面只看见长长的高墙，宽宽的大门，没想到里面别有一番天地：正面是铺着石板的小院落，种了些花草，后面被一幢三层楼房横挡在那里，没有正门，必须从两侧拱形小门出入，门框上倒垂紫罗兰，很好看。正入神，身旁传来亲切问候:“你好！我的姐妹。(Bonjour! ma soeur.)”声音是那样的柔和、悦耳，有点像神父布道的音调。

我下意识地说了声:“你好！(Bonjour!)”赶快转过身来。两位年老的嬷嬷正笑容可掬地站在传达室门口。我说明来意，其中一位示意请我到屋里稍等，转身进去拨电话通知唐小姐……

我没有进去，继续留在外面观察。

自从准备写这本书以来，我已经接触到很多“古”，对“古”的兴趣越来越大，从李先生给我详细讲巴黎的发源地——圣路易岛的历史，讲述那棵生长在巴黎圣母院后面，扎根塞纳河，与巴黎同龄的柳树——巴黎第一春；从圣路易岛伸向新巴黎的一座座古桥的故事；里昂的古罗马遗迹；从华幽梦到眼前的养老院，以后还会有更多……到法国十多年了，这次是最集中、最丰富的知识强补……

我的适应能力比起很多旅居海外的同胞，算是最差劲的，到法国的前五年都没有进入规定情景，其他人五年的时间早就生根发芽了，可我还游离、徘徊在外，陌生、不开心，时时都准备开路回国，只是出于不甘心才终于留下来。中学时代就熟悉、热爱的作家们——雨果、巴尔扎克……如今，生活在他们身边，却感到比在中国距离还遥远……在中国我是法国人，在法国我是中国人，好像被吊在国界线的半空中……我陷入深深的苦恼。

那年夏天，正值暑假，我坐在香榭丽舍大街露天咖啡店喝咖啡，举目望去，街上的游人百分之七十是外国人，不同肤色，不同国籍，穿着五彩缤纷的各式服装，带着各自的文化，神情悠闲地漫步在这里。巴黎人外出度假，他们到巴黎度假，要不是语言，很难分出谁是谁，气氛是那样的协调，完全和巴黎融合在一起。我想，是他们给“花都”增加了绚丽，是他们装点着巴黎，巴黎具有多大的聚合力和包容性啊！……经眼前景象轻轻一点拨，我的心豁然开朗，呼吸也畅通了，几年的淤积始于点化，真是不可思议，但人生的转折又往往如此。

迅速拿出笔和本，伏案咖啡桌，写了我的第一篇散文《巴黎—巴黎》。从此，开始动笔写一些感想见闻，写一些发生在周围的人和事，再深入去认识它、了解它，以一颗诚挚的心和巴黎交朋友……渐渐，我终于爱上它，成了人群中间的一员。这也许就是佛家讲的因果关系吧，现在是再认识的开始……

唐小姐从左侧院门缓缓出来了，啊！我苦候了一个多月的重要人物终于出场了。她身材不高，瘦瘦的，银发清爽地盘在脑后，穿一身宽大的深蓝色中式衣裤套装。我快步上前双手紧紧握着她瘦瘦的、柔软的手，这双手竟会弹出那么美妙、动人的乐曲，给那么多人带来快乐、享受……她抱歉地说："我的腿不大好，走得很慢。"其实以她的年龄不能算慢了，她是属于那种生性要强的人。

进入生活区，丝毫没有令人惊叹的神秘，只是餐厅、厨房，干净得令人不相信世上还有尘土、油烟之说。远远见到一位神父，他站起身表示致意，神父的眼睛平视，说不上面部有什么表情变化，但善良，给人以信任。厨房门口站着两位厨师，满脸含笑地向我们问好，从他们眼里，我读到一个符号"祝福"。这里恐怕难得有外人来拜访，偶尔来一位亲友大家都会为她高兴、为她祝福。

唐小姐浅浅一笑，回答道："谢谢！"谈不上高兴与否。在养老院住久的老人，或许都会有种缺少爱的孤独，但他们又躲避着那瞬间即逝的关爱，宁愿习惯在这简单的孤独中封闭自己，何况，外面的世界已早非他们所能"知"的了，所以绝不轻启门窗。这大概也是唐小姐对我慎重接待的原因吧。

我们走到祈祷大厅外面停下来，这里不是那种尖顶建筑，不是那种阳光可以通过五彩玻璃折射进来、让人产生神秘莫测感觉的教堂。大厅很实在，仅供修养员祈祷忏悔。快走到人生尽头，生命对他们早已失去了神秘。窗户被厚厚的窗帘遮盖得很严，几盏半明半暗的烛灯照耀下，清楚地看见那架紫红色的立式钢琴。这大概就是唐小姐的全部精神寄托，她不忏悔，只是通过音乐向上帝诉说……我觉得有点气闷，觉得好像在一个什么梦里。

耳边传来唐小姐的细语："我现在已经不弹古典钢琴曲了，改编一些简单的中国歌《小白菜》《小麻雀》《红豆词》弹给她们听。她们都老了，太复杂的听不懂。"声音有点遥远，她也好像在一个什么梦里。

我猛地惊醒过来，听明白了，她的心仍紧紧系着中国，紧紧系在中国文化上，虽然整整半个世纪没有回去了，虽然用中国语言表达感情也有些困难，但她想，想她的母亲。

走到楼梯口，她说："我们慢慢地上楼，电梯让老人乘吧，我住在二楼，不高。"

她 91 岁不属于"老人"？我不知道该怎样回答她。我想：人老心先老，她有一颗充满美妙音符的心，怎么会老？

她的卧室是按照她原住宅布置的，房里摆放着中式古旧家具，我想应该是唐小姐的，而且是按照她过去的生活习惯摆放，一切照旧，不会有陌生感，如同还生活在自己的家里。室内右侧墙上，玻璃镜框里的一张照片首先映入眼帘，我的视线立即被它抓住：那是三个年轻女孩紧紧依偎着一个漂亮有风度的女人，旗袍和发型都很讲究。我惊叹她们那种高雅的美，完全没有当今美女们那种矫揉、性感，赤裸裸的呈现，让人失去想象。这几个女孩不仅漂亮而且纯洁可爱，嘴角上挂着一丝笑意，仔细端详又各有个性，这真是一幅 30 年代美人图的再现。

唐小姐摆了摆手："嗨，那是过去的老照片了，没什么可看的。"

我好奇地问："哪位是您？"

她走过来伸手踮起脚想取镜框，但位置有点高。

我问："可以帮您取吗？"

她点头说："好呀。"

如果我不问，她会端椅子爬上去，或者叫人拿梯子来，这是她处处要强的个性使然：拒绝帮助，拒绝同情，拒绝施恩。

我是个习惯自作主张，还有点毛手毛脚的人，来之前曾告诫过自己，每件事、每句话都必须小心又小心。从接触她的那一刻起，我立即意识到这是位非常有个性的人，不是想象中的老人，我的心态必须随时调整，否则绝对无法适应，更别奢望她会给我一把钥匙开启她的心扉。

我想到那些探寻宝藏人的耐心、细致、专注、执着。

我们坐下来，她指着站在右上方的女孩说："这是我，旁边两个是我的妹妹，坐在中间的是我母亲。"这张照片正好是70年前的留影，唐小姐的脸上闪过一丝笑意，那丝笑意和照片上的笑很相似，虽被岁月模糊了，但仍有痕迹。模糊的岁月又令人产生无限遐想，那丝笑意蕴含着90年全部生活……我们好像回到了过去，空气一下子凝固，谁也没说话，听得见彼此的呼吸声……她似乎也很久没有这么近距离回味过了。

我从包里拿出一块深蓝色的丝织头巾："不知道您会不会喜欢这种颜色？"

她接下，打开："喜欢，我最喜欢蓝颜色，谢谢你！过去在家里常用这种丝织品，到法国后就不那么容易了。"她的情绪缓和了。

我又像变魔术似的拿出一盒月饼："今天是中秋节。"

"啊，我早记不得了，到法国后不过中国节，渐渐忘了……"看到月饼，她有些兴奋："京剧脸谱，这么漂亮！这里有个嬷嬷是中国人，我要送两块给她。"她想到另一个同胞，想到要与同胞分享，兴奋里透着她的思念，透着她的情怀，50多年了，那里的变化……不知从何去想，想再回去看看，早已失去这个能力，也只有在独自一人时，想想而已，思念被深深埋藏在心底。埋藏在心底的思念，今天，被薄薄的丝巾和小小的月饼，掀起阵阵波澜。

这盒月饼是我女儿从北京带回来的，包装的确很别致，红色衬底上印着京剧脸谱，一盒12块，12个不同脸谱，挺招人爱，甚至有点不忍心吃，盒里还配有6只朱砂小茶杯。如今，国内的礼品越来越讲究外包装，味道也丰富，有甜，有咸。她起身去沏茶——她保持了喝热茶的中国习惯。

这间卧室兼起居室，大约有16平方米，属于古建筑的规格：高、厚墙、窄窗、不热。窗外是绿树，阳光透过树丛再照射进来，早已失去了威力，很凉快。她在这里生活有人照顾，生病有人管，但必须忘掉过去。

忘掉过去是否会让孤独来得更早？忘掉过去是否会有病态的孤独？孤独的心是否更接近上帝？我不信教，难免有这么多问题。当年唐小姐反对铎尔孟住养老院，而她自己最终还是住进养老院。修道院的养老院并不是人人都能进住，因为她的三妹是修女，而且见过保罗二世，她才有幸住进来。铎尔孟没住养老院才会有翻译《红楼梦》全法译本的激情，唐小姐住进养老院才有她晚年的这种“安适”。各得其所，这大概就是命运吧！

我们喝着茶，听她断断续续讲述着从前的故事，讲铎尔孟一些不寻常的经历，讲那些离奇的、遥远的、不太完整的故事。这段时间我已习惯了听老人讲故事，他们爱重复，重复之中有时会突然冒出一个新的事件，那也不能急，慢慢听，再等他重复第二、第三遍。他们常说：“过去几十年的事早忘了，你一提又想起来了。”他们的圈子其实也不很大，互相之间总有联系，总有踪迹可寻，几个点连起来就是一条线，几条线就组成一个面。

唐小姐行二，人们都称她二小姐。父亲是外交官，母亲是二房，出身书香门第，常伴父亲在欧洲生活，语言不通使她很苦恼，一气之下，聘请家庭教师，让六个儿女统统学外语，英语、法语、意大利语、西班牙语、阿拉伯语，以此弥补自己的不足。大妈妈看到孩子们学得很苦，心疼，常为此与唐小姐的母亲争执：“孩子都这么小，正是玩的时候，干吗非逼他们成天叽里呱啦说个没完。”大妈妈没出过国，体会不到语言不通的痛苦，认为这纯粹是在赶时髦，让孩子受罪。

那天又为学外语的事，两位夫人发生争执，这时，铎尔孟来了。他是这家的常客，不必回避，孩子们高兴地围上去：“大胡子叔叔，大胡子叔叔！……”叽叽喳喳说个不停。铎尔孟讲的是中文，大夫人触景生智：“瞧，他们外国人不都会讲中文吗，学什么外语？让世界都讲中文好啦。”唐小姐讲到这里自己也禁不住乐了……

我给她读我描写铎尔孟的那段文章：“……是一位智慧型的男人，自信心很强，有着学者、诗人的潇洒和想象力，他眼里是笑——含着幽默；嘴边是笑——洋溢着善良；他的笑中有着孩子般的纯真……”

她听得很专注，完全地沉浸，久久才从回忆中醒来。她笑了，笑得很深情，笑得很好看，而且变得年轻了，她望着我：“你认识他。”

“不认识。”

“你文章上描写的正是他啊！”

她这一句“你文章上描写的正是他啊”叫我又激动又陶醉，得到唐小姐承认，这比得到历史专家的承认更重要。铎尔孟已经在我心里复活了。李治华先生曾说，他和铎尔孟只是师生关系，没有更多接触。唐小姐和他是世交，是朋友，了解他会更深，她的感觉应该是对的。

我告诉她，三年来，为了搜集资料我走访过很多人，查阅过许多资料，也去华幽梦了。我拿出那张她开演奏会的说明书：“您还记得这张说明书吗？”

唐小姐惊喜地接过去，仔细看：“啊，整整30年啦，你怎么会有它？我搬过几次家，东西越搬越少。”

“对我来说，这一切都很珍贵。这是份复印件。”她非常小心地放进抽屉。

“铎尔孟先生特别喜欢我弹奏的古典乐曲，在华幽梦音乐厅演奏，几乎每次他都会到场。有时，他会要求我弹几首中国民间曲调。有次我弹奏冼星海的《黄河大合唱》，刚一结束，他就跑上台紧紧拥抱我，还流泪了。但他要求我以后不要再弹这首曲子了。”……

从交谈中，每每提及铎尔孟她都会动情，那种很深的感情。感情是很难说清楚的，她比铎尔孟小32岁，称他为叔叔，但这并不妨碍感情性质的变化，大家都知道她爱他，崇拜他。爱上他也很正常，凭我的直觉，她绝不是那位写诗的女士，因为她好像不是这种需要用文字来表达的人，她有音乐。

我试探着问：“好像铎尔孟先生那里一直保存着两首情诗。”

“我从来不过问他们那些事情，我只知道我的音乐。”她当然知道，只是不说。最后她还是补充了一句：“都不在了。”语气中有点不屑。

我的这个问题，无意间破坏了谈话气氛。铎尔孟在她心中的位置太重，根本容不下别人。

这期间，负责管理的嬷嬷已经来过两次了，明是问好，实际上是在提醒。尽管意正浓，言未尽，我也得赶快刹住，约好下次再来。临走时我取出相机：“可以给您照张相吗？”

她断然拒绝：“不，不要照相，这么老了太难看。”

我还没死心，指着桌上她的一张近照：“送我一张照片也行。”

“不行，这是我满90岁时寄给自家兄弟姐妹的，不送外人……”她又补充一句：“人老了就难看，我现在连镜子也不要照。”

她太爱美啦，年轻时太美，是不是会造成一种精神负担，怕看岁月留下的痕迹？也许我不够美，也许我很现实，也许我还有点阿Q精神，也许我还爱自我欣赏，所以天天看镜子，还爱照相，怕把脸上的皱纹照出来，就把镜头拉远点。总之，天天都有好时光，何必限定自己，跟自己过不去，人生潇洒走一回，岂不快哉！

她送我到楼梯口，有点依恋，完全消除了刚来时的那种防范心理。

她年轻时这么漂亮，又有这么好的艺术天赋，怎么会一直单身一人？我已知道了好几位中国才女都是单身直到终老，都曾有过爱，有的爱是短暂的，有的是把爱埋藏在心里。我在想，才女是不是总伴着孤傲？孤傲是不是决定了她们的命运？

沿着来时的路往回走，速度放得很慢，在离养老院不远的公园树荫下坐下来，既不是累也不是怕太阳烤，而是脑袋有些飘飘忽忽，好像还在她的故事里，在那轮廓不清的故事里。每个人都有独特的不能遗忘的人和事，当人生走到尽头的时候就构成了一生。我必须赶紧把紊乱的思路梳理清楚，把那些片断连贯起来。这是一本厚重的历史啊！

唐小姐的父亲唐在复是铎尔孟的好友，唐先生曾任清朝末年驻法使馆的武官，他与铎尔孟在互教互学语言中建立了深厚的友谊，铎尔孟的中国梦是他向李鸿章极力推荐下才得以实现。1950年唐小姐要到法国来留学，在北京通过法语考试的老师恰恰又是铎尔孟。后来，铎尔孟回到巴黎，在唐小姐的协助下住进幽静的华幽梦，完成《红楼梦》的校审，唐小姐功不可没啊！这是两代人的情谊，这是天时、地利、人和，这些构成《红楼梦》在法兰西的必然命运。

香港凤凰卫视《唐人街》摄制组，在法国拍摄专题片《红楼梦里人》时，曾跟随我去过李治华在泊郎驿的家、华幽梦山庄、巴黎圣路易岛李治华的老家，去过塞纳河边、咖啡店、里昂图书馆……这一组录像如今成了绝唱。专题片的解说词描述了他们闻风而动的拍摄动机："……当得知《红楼梦》法译本的翻译者们，竟为此花费了27年光阴时，我们被深深震撼了。这是怎样的一群人，又是怎样的一个故事呢？……"他们被震撼、被吸引才踏上征途，用图像再记录，记录下那段梦想成真的艰辛历程，与世人分享这些珍贵财富。可惜，唐珊贞小姐拒绝采访。

里昂图书馆是最后一个采访点。我拨通中文部主任溥力（M.Boully）先生电话，说明意图，他欣然应诺："我去车站接你们。我们不见不散！"一口地道的北京话"不见不散"好熟悉、好亲切。没有语言障碍，整个摄制组突然感到轻松了。

10月，法国持续了两个多月的高温，终于舒缓下来，不再那么热气逼人了，一下小雨还得穿上毛衣。难掩的兴奋，沿途有说有笑，这个约会我们等了将近三个星期。《唐人街》摄制周期一般在10天左右，单为这一组资料竟等了三个星期！但又怎能放弃？那里有曾与铎尔孟先生朝夕相伴几十年的一万多册书啊！当我们从巴黎到里昂，一出车站就见溥力先生站在那里，虽没见过，却又那样熟悉，"不见不散"的余音尚在耳边萦回。

宽敞的中文部藏书楼，静悄悄的，空气中弥漫着一种特有的书香，整个藏书楼没有丝毫人工炫耀，平淡得令人肃然起敬。这种敬，不是走进卢浮宫或者其他博物馆那种惊叹的崇敬，而是对那些爱书、惜书、读书、苦心孤诣藏书又慷慨赠书的人的深深敬意；是对在第二次世界大战时以生命为代价，保护里昂中法大学图书的狄巴比（Georges Dubarbier）老师的敬意；是对为图书整理付出多年心血的李尘生教授的敬意……每本藏书都有一个动人心弦的故事。卢浮宫里的蒙娜丽莎，人人都喜欢在她面前拍张“到此一游”的照片，真懂吗？不见得。大家都说她如何如何好，她就成了广告品牌。这里是幽静的山谷，只有爱它的人才会被吸引，才会跋山涉水，我们是循着铎尔孟的足迹来的，想从书里得到疑问的解答，想和它们谈天说地，想读那些听说过却没读过的书，想在书斋里感受家的温暖。

溥力先生40来岁，不仅爱书，而且是位责任心很强的人。他的中文已有很深的造诣，曾在北京语言学院学中文。他说：“整理、修复，这是我一辈子做不完的工作。”望着这些大小不等、颜色各异、年代不同的浩瀚书海……我想，他的话没有丝毫夸张，图书整理是件很细致的工作，它需要知识、耐力和爱心。

从中国来参观的学者，看到他们精心的工作，看到这些从四面八方汇集到这里的中国书籍，很有感触。他们说：“散藏在中国民间的许多失传的古书，‘文革’期间遭到不同程度的破坏，太可惜了。”

我的视线停留在那一摞“文革”时期《人民日报》刺目的社论上……心被猛烈地灸痛。那些往事又出现在眼前……当年铎尔孟离开中国只是痛心，如果他看到那种状况，以他那高傲、耿直的性格又会如何呢？

溥力先生拿出一包准备好的资料，小心地轻轻展开……有铎尔孟的文件、照片，还有关于中法大学的资料，其中有几张非常珍贵的照片：1920年中法大学成立时，蔡元培、铎尔孟等众多学者在北京大学的合影，残缺的照片留下难忘的历史痕迹；还有铎尔孟在北京新鲜胡同四合院住所的照片，从照片上看应该是40多岁，一张是神情专注地用毛笔书写，另一张是在看书，他手上拿着烟斗，眼神里透着一种凝重，好像有很多话要说，又像在思索着什么。书房里有浓浓的书香气，各种名人赠送的对联、条幅，反映出他当时的身份地位。这是他真实生活的写照。据说，他在家喜欢着中式服装，只有外出办事时才换上西服。这是我寻找了好久好久的照片啊。这也是我第一次看到铎尔孟上书民国政府的《说帖》和《中华民国立法院组织私议》，真是太珍贵了！真是难为溥力先生了，难怪他要我们等三个星期。

在文件中，我突然发现一张铎尔孟的身份证，André Roquette Dit d'Hormon（安德烈 · 罗凯特 · 迪特 · 铎尔孟），禁不住喊了一声："他还活着！"大家望着我笑了。他们觉得我好玩，我觉得他们什么都没懂，身份证应该和执证人在一起，为什么他不在？他应该在这里。虽然那张早已变得暗黄的身份证，明明写着发证时间是1962年，时间早已流逝了40多年，这位120多岁的老人也许真的常到这里来看书，来和他心爱的老伙计们相会。

这里是藏书楼，不对外开放。我们得到特殊优待，可以翻看，可以复印，可以拍摄。法国支持创作、研究，信任创作者，只要有成熟的构思，他们会尽其所能地详细讲解、提供资料，只有一个简单要求：出版时注明资料来源。成功了，大家会格外高兴为你祝贺、欢呼，失败了都可以理解，因为那是要由许多因素组成的，但你现在正在进行。

溥力先生遗憾地说:“资料不多，全部在这里了，好像大家都把他忘了。”

“没忘，我没忘，中国也没有忘。瞧！他已经成了我们凤凰卫视的明星啦！”

回程路上，一个个都不说话了，需要思考的问题太多……

1952年5月4日，唐珊贞小姐在华幽梦演出的说明书。她生于1913年，父亲唐在复是清朝末年驻法使馆武官，铎尔孟的好友。

第七章

铎尔孟的中国梦

冥冥之中，命运似乎早就做好了安排，这就是命，天命不可违。在中国48年的磨炼，也许正是为了曹雪芹……

20 世纪是一个具有强烈刺激的新世纪，是一个多元化的世纪，是一个多变的世纪，而中国在哪里？一直困惑着致力于追寻中国形象的法国作家和学者，他们想直接触摸中国的灵魂。中国清政府达官贵人中也悄悄掀起一股法国热，公使夫人们出入宫廷，她们的服饰、举止都吸引着深宫里的皇眷，特别是语言，有点远见的官宦人家都在聘请教师教授儿孙们学外语。

1902 年，晚清军机大臣、帝师王佐李鸿藻的公子李石曾，决定远渡重洋去法国学习。他是位很有才气、很有抱负的年轻人，尽管父亲很有势力，但他要靠自身的努力拯救这个国家。他认为导致中国封建落后的根本原因，是闭塞、缺乏先进科学文化。他随出使法国的大臣孙宝琦到法国留学深造，以实际行动实现他的人生价值。

李石曾在清朝驻法使馆武官唐在复家偶遇铎尔孟。两个年轻人一见如故，铎尔孟跟唐在复武官已经学过两年中文。李石曾在北京也学过法语，俩人谈得非常投机，更巧的是他们俩都是 1881 年出生，正是风华正茂的 21 岁。李石曾比铎尔孟大一个月零十天，算是兄长。自此以后互相学习语言，介绍两国不同的风俗文化、政治经济，由于气质、教养、学识、见解的相同，很快成了莫逆之交。那时铎尔孟已获法学和文学博士学位，李石曾从农学院毕业后，正开始经营他的农庄，制作豆腐。

1906年,李鸿章受载沣亲王之托,为他物色一位法语教师。当然,法语教师首先要会讲中文，人品也头等重要。

李鸿章把使命交给驻法使馆武官唐在复。

唐在复不仅精通英、法文，而且能干、交际很广，他从众多的熟人中选择了铎尔孟。他了解和信任这个年轻人，无论学识、气质、品德，铎尔孟都是最佳人选。几年前他们就开始互教互学语言。铎尔孟以他的聪明、勤奋，不仅能讲一口流利的中文，还会写点中文诗词，唐先生非常欣赏他的才气，也因此成了知心好友。如今铎尔孟和李石曾又成了好友，中文更是有长足进步。

唐在复经过反复思考、权衡，终于向铎尔孟讲明了:“安德烈，载沣亲王希望在法国请一位家庭教师，教授格格、贝勒学法语，你有兴趣吗?”

铎尔孟竟兴奋得跳起来:“没问题，这对我是个认识中国的机会。”他一口答应了。

唐在复非常慎重地提醒他:“我是中国人，我不能说中国还如何落后，但那里是亲王府，人心叵测，反复无常，人与人之间的关系很复杂，甚至充满险峻。这与你的法国生活习惯完全不同，特别是与你优裕的生活环境不同，你必须要有充分的思想准备。我知道你既有智慧也非常勇敢，但你个性太强，我希望你认真考虑，对你，这将是个很重要的决定，也许它会影响你一生。”

“为什么要考虑?难道我还是个没长大的小孩子吗?到中国去亲领博大精深的神秘文化，亲领那里的风物人情，这是我的梦啊!如果需要，我愿意把我的一生献给她。”铎尔孟坚定的态度征服了唐在复。

李石曾听到消息后格外为朋友高兴，他们满怀豪情地说:“中国文化是世界文化的一部分，要发扬或保存世界文化，需使人类免除战争，长久地享有和平。而和平之获得，唯以教育促进国际的文化合作。我们无论在法国还是在中国，都要努力为实现人类文明而奋斗！”

在以后的日子里，他们探讨的不再是语言，而是宫廷的规矩和中国社会、北京的地貌，以及如何寻找到好书和北京好吃的豆汁、涮羊肉、烤鸭……有共同志向的热血青年在一起，总有那么多说不完的话。

铎尔孟虽然还没有踏上探险的征途，但他心中的北京，早已清晰地呈现。他既得到唐在复的指导，也得到李石曾的鼓舞，他准备迎接一切幸运、一切挑战、一切苦难。

法国马赛港口。

远处停泊着即将起航的邮轮，旅行的人们熙熙攘攘……

25岁的铎尔孟，蓄着一脸修剪得很整齐的络腮胡子，在李石曾和唐在复的陪同下，缓缓走向邮轮。

唐在复停步，再度叮嘱铎尔孟要处处小心行事。他既怕铎尔孟年轻气盛得罪醇亲王，又怕铎尔孟到中国，人生地不熟受委屈。

李石曾笑着说：“事情没那么严重。关于宫廷、王府的许多陈规陋习我早就向他介绍过了，他是被醇亲王请去教法语的，现在，法语在宫廷里很时髦啊！教好法语就行了，有时间好好研究一下中国社会。”

铎尔孟眼里燃烧着炽热的火：“唐在复先生，石曾，我不会后悔的，永远不会后悔！我是到中国去实现我的中国梦啊！我所有的心灵创伤，只有在博大精深的文化中才能得到医治。”

李石曾从口袋里拿出一封信："这是我写给父亲的一封信，他是当朝军机大臣，必要时他会保护你。"

唐在复赞同地点点头。

铎尔孟轻轻推开李石曾的手："石曾，谢谢你的关心，我想，我会运用我的智慧。"

李石曾微笑着："这我相信。好！到了北京别忘了去喝豆汁，吃涮羊肉、烤鸭。"

铎尔孟："豆汁什么味？"

唐在复摇摇头："我们上海人不吃那种东西。"

李石曾很有兴趣地说："那是北京老百姓的最爱，有点酸，有点涩，有点臭……是吃了能让人上瘾的东西，有点像你们法国的山羊奶酪。"

铎尔孟："啊！我已经等不及了，现在就想吃。"

呜！呜！

汽笛，催促着远航的游客。

1906年3月，铎尔孟带着一个年轻诗人的梦，踏上东方之路，乘邮轮经香港、上海、天津港到北京。走走停停，这中间竟用了两个多月时间。所有的一切都激发他无限的兴奋，早把海上惊涛骇浪的险遇，忘得干干净净。

按唐在复先生的安排，他先住唐家休息，由唐夫人负责接待、安排。然后再层层通报，好在这又不是急事，慢慢来。

时时会有宴请，都是王爷府的，从穿戴上看得出级别越来越高。他知道清朝官员的官衔，都在衣帽和挂在胸前的珠子上，他并不特别清楚都是些什么人，也从不过问。每次宴会都成了他学习了解中国的机会，他像一块海绵广吸知识，从街市上的书摊到饭馆的菜肴、匾额……什么都要刨根问底，直到满意为止。他也会耐心讲述法国风俗人情，他健谈、思维清晰、音色很好、中气十足。

有一次，他们请来京城著名的青楼女子弹唱陪宴，婉转的琴声、歌声、举手投足间的娇媚温柔，令人心醉。没想到在人们心目中以浪漫闻名的法国人，竟然坐怀不乱，他叼着不离嘴的烟斗，半闭着眼完全一派对音乐的沉浸，神情很悠闲。他感到比起巴黎沙龙的室内音乐会，这种音乐更令人沉思，令人陶醉。

他常去逛书摊，书对他的吸引力更大，喜欢就立即买下，而且出手大方。商贩们喜欢这个一口京腔、态度和善、总是带着微笑的法国人。他识货，不像那些不懂装懂的老外，把破烂当宝贝，所以他们爱接近他，货卖识家，把他带到家里看藏书，他也会不失时机请教。他比好多外国人聪明，是因为他明白中国民间的能人多得很，绝不可轻视；他比好多外国人理智，是因为他懂得对文化精深的国家，越走近它才会越感到它的深奥。心态是他的导航。

他爱逛街，前门楼、天桥、菜市口这种地方尤其爱去，他要全面认识这个国家。京城人蛇混杂，贫富悬殊、横行掠夺、愚昧无知无处不在，他痛心，但又不知能做什么。那天，他正在书摊看书，突然听见人声嘈杂，回头看到一个醉醺醺的英国人在街上公开侮辱一个中国女孩。他愤怒了，分开围观的群众，上前一阵拳脚，把近日来积压在胸中的火都集中在他的拳头上。虽然对方比他高出半个头，身体也比他魁梧得多，也只能无力还击，只有招架，可能是他从小练过拳，也可能是大个子英国佬喝多了……

巡捕来了，一看是外国人打外国人，爱打就打吧！管不了。赶快绕道走开……

京城的人爱讲故事，英雄救女孩的事被添枝加叶地广泛流传。
亲王府对他的种种测试全部通过，无可挑剔。

载沣亲王在醇亲王府隆重接待这位家庭教师，他要亲自见一见这个法国人。铎尔孟以他特有的气质风度征服了这位亲王，尤为令亲王佩服的是，这位看似文质彬彬的读书人，却能见义勇为。言谈之间，更没想到他对中国诗词懂得这么多，到京才短短一个多月，他竟然知道那么多京城的事，而且很有见解，虽然眼里时时透出点傲气，但诚恳、有为。

载沣是个很有城府的人，他比其他王公想得更深、更远。让儿女们学西语、了解铎尔孟，都是他的策略。

铎尔孟教学很严谨，娇惯了的格格、小贝勒，并没把学西语当回事，法语的每个发音都让他们觉得怪怪的，总想笑，嘻嘻哈哈闹着玩。王爷府的老师，遇到这种情况，大都会睁一只眼闭一只眼，何况是第一堂课。没想到这个平时笑嘻嘻的法国人竟大发脾气，“啪”一拍桌子，吓得一个个全傻了眼，像定格的镜头。

站在窗外的亲王满意地笑了。

在醇亲王府是不会缺少书的，各种藏书、字画应有尽有，铎尔孟如饥似渴地攻读，书房里彻夜亮着灯，还时常传出他轻声诵读诗词的声音。遇不懂的地方他就向王府里的教师请教，他的虚心、诚恳赢得了大家的尊敬。因彼此无任何利害冲突，交往变得简单了，常在一起喝茶、研讨、叙谈……这是他汉语长足进步、最难忘的一段时间。

渐渐，几位大格格也参与到学习行列。铎尔孟的音色属于男中音，浑厚有共鸣，朗读法语像唱歌一样，很好听，有时他也会用法语朗诵他翻译的中国诗词。他的教学方法很灵活,听、写、读、唱……小贝勒、小格格们的学习兴趣越来越浓，学房里时时传出爽朗的笑声。爽朗的笑声在王府是很难听到的,笑声冲破了王府森严的气氛,笑声感染着每个人。这里是另一个天地。每天一个半小时的课时，在这有限的时间，亲王府的王妃、侍女们常借故在学房外走走、坐坐。这高鼻子蓝眼睛、和善的男人，没有给她们造成任何精神上的恐怖，反倒给她们带来些许快乐，带来一种异样的吸引。下课钟声一响,“唰”地全都离开，以最快速度。

中秋节，亲王福晋苏完瓜尔佳氏找到这最好的借口，抱着小溥仪，在王妃、侍女的陪同下，浩浩荡荡到这里来赏礼。她早就听府里人传说这个法国人的趣事，但还一直没见过连王爷也称赞的外国老师呢！下课钟声一响，侍女们托着各式瓜果、点心，进入宽大富丽的学房。

铎尔孟礼貌地向福晋致意:“您好！亲王夫人。”

“铎先生，您好！”福晋还礼，同时上下打量着这个气宇不凡的老师，下意识地扫了一眼几个已成年的大格格，她想得比亲王更现实。

聪明的铎尔孟看见了福晋的这一瞬。

大家正准备坐下来吃点心，年仅一岁的小溥仪突然对这个怪怪的人有了兴趣，他伸手要这个高鼻子抱。福晋和王妃们互相看看，不知怎么办。

铎尔孟伸出大手把溥仪接过来，孩子在他粗壮有力的手臂上很舒服，好奇地抚摸着大鼻子，嘴上咿咿呀呀地说着。

铎尔孟一向很喜欢小孩，看见小溥仪这么有趣，便把小家伙举起来一上一下地摇着，逗得孩子咯咯咯地笑，很开心。突然，一泡尿飞泻而下……堂内所有的声音顷刻间戛然而止，只听见尿喷射在衣服上的声音……

福晋、王妃眼睁睁望着却不知所措，铎尔孟高举的手竟一动不动，直到尿完了他才放下孩子，笑起来。他那纯真的笑声很有感染力，紧接着全体大笑。

福晋破天荒第一次笑弯了腰："铎先生，真有定力呀！"

"夫人，不是定力，是小孩有权撒尿呀！"铎尔孟很有礼貌地回答了福晋。

这件趣事很快在宫廷传开了。

慈禧龙颜大悦，她要见见这位"有定力"的法国人。

铎尔孟在载沣亲王的陪同下晋见了"女皇帝"。老太太对他很客气，也很有兴趣地问了问他的情况，还送了几件见面礼给铎尔孟。

内宫的烦琐礼仪，让年轻的铎尔孟感到的不是帝国的威严，而是腐朽和窒息。整个晋见过程很短，但从这很短的交谈中，他从心底里反感这个老女人。"女皇帝"的眼里虽透着专横、霸道、冷酷、反复无常，有着权欲极强的老人的共性，但同时又明显地透着虚弱和缺乏智慧，一个庞大帝国的臣民竟被这样一个昏庸的老太婆把持，太不公平了。

他曾经接触过许多中国的有志之士，他感到，在20世纪这个新时代，中国也必然会出现法国大革命那样的决定性变革。

不久，醇亲王府突然忙碌起来，人们上下穿梭往来，气氛中有喜悦，也有些紧张，失去了往日的悠闲。首先是大格格不来上课，紧接着小格格、小贝勒也不来了，好像发生了什么不寻常的事。他首先想到的是战争！战争又何来喜悦之情，那是为什么？他的起居生活不仅被照顾得井井有条，而且室内陈设在更新，换得更精致。

他有点纳闷，但又不便问。

应该有人向他解释，但没有。

他信步到常去的东四牌楼茶馆，沿途没有什么异样，心里踏实了许多。要了杯茶慢慢喝……

进来两位茶友："恭喜铎先生！"

"来，请坐。为什么恭喜我？"铎尔孟和他们的关系很随和，笑着反问。

"别装了，心里正偷着乐吧？"年轻的茶友拍拍铎尔孟的肩，俨然一副"三年早知道"的神情。

"我？我乐什么？"铎尔孟有点认真了。

他们深知铎尔孟待人一向坦诚，从神情看来的确还被蒙在鼓里，这才说："别看你会说中文，毕竟是外国人，怎么会知道咱中国的事。醇亲王的儿子要当皇帝了。"

他真的吃惊了，犹如晴天霹雳："什么？皇帝！他还是个吃奶的孩子呢？"

"老佛爷钦点的。"……

提起小溥仪，他就联想到慈禧那又尖又长的手指甲，她那尖刀似的手指甲会戳进孩子可爱的小脖子……一想到此，他就浑身毛骨悚然，背脊发凉。可怜的小溥仪！一个不久前连撒尿都管不住的小家伙就要当皇帝，要管理这么大的国家，这简直是笑话！不可思议！小溥仪变成了皇帝，载沣成了监国摄政王……

他想起来了，难怪，最近亲王府气氛的确有不同寻常的变化，紧张中带着喜悦。

尽管亲王府曾给他留下过许多美好、难忘的回忆，尽管他早感觉到大格格对他的情意、福晋的打算、载沣的计划……想让他留下来锁在深宫，但这绝对不是他到中国来的原意。

他匆匆赶回王府，留下一封信便走了。

载沣虽然欣赏他，却并不了解这个淡泊名利，视文化、自由为生命的法国人。

载沣需要他，是因为小溥仪——当今的皇上，需要一个有智慧、有爱心的人教导。李鸿藻教导过同治、光绪两位先帝，他更欣赏铎尔孟的知识渊博。危机四伏的清朝廷太脆弱、太脆弱了……他需要人才，为此，他放下架子曾多次请铎尔孟回来，都被拒绝了，没有任何余地地拒绝了。对于一个有学识的外国人，不能强迫只能等待。铎尔孟不辞而别离开亲王府，也许是明智的选择。他太聪明了，有多少人禁得起权和利的诱惑？载沣更尊敬他。

这位法国诗人需要的是属于自己的生活。

铎尔孟很爱这个国家。为什么？连他自己也说不清楚。他一生都在寻找宽厚的爱，也许在中国文化底蕴中找到了精神寄托，也许是潜意识中的中国缘，也许是命运吧！他愿意为它付出。在载沣亲王府教授法语，奠定了他的社会基础。之后，他成为北洋政府的外交顾问。他对职务并没多大兴趣，而是身处上层接触到一些社会改革派，并与他们一同投身到领导社会进步的洪流中。

1912 年，袁世凯北洋政府聘请了 22 位外交顾问，铎尔孟是最年轻的一位，也是敏感度最高、责任心最强的一位。到中国 7 年了，他深感这个国家将因自我封闭而固守、腐朽、没落。因制度的衰败，管理不善，致使这个文明古国的许多珍贵文物遭到破坏，有的被权贵占为己有。他憎恶那些骄奢淫逸不劳而获的纨绔子弟。他向北洋政府提出成立“古物古迹调查会”，完善“遗产税”，以保护国家文明的完整性，保护国家财产不被少数人侵吞。

他正式上书向北洋政府提出征收遗产税：

> 继承遗产属于傥来之物，而非劳动所得，对此抽取什一以供国家之用，当无不乐从，此税仅在承袭遗产时征收一次，更非寻常赋税之比。各国均以遗产税为深合法理，并且早经实行，成效卓著，此税揆之中国情形，尚无窒碍难行之处。

他作为外国专家的言论引发社会热议，在媒体的宣传下渐达共识，认为征收遗产税确有必要。民众反应空前热烈，遗产不是劳动所得，富家子弟继承大量遗产，容易养成依赖习惯，且遗产纠纷比比皆是。征收遗产税可免除家庭间的争端，免除国民的依赖性，免除贫富阶级的悬殊现象。遗产税俨然成了劫富济贫的天使。虽然民众支持呼声很高，但由于袁世凯正忙于称帝，此事也不了了之。但他的提议却也成了标志性的时代进步的象征。

铎尔孟经历袁世凯称帝闹剧之后，看透中国黑暗内幕，很灰心。他对贝熙业说：“我曾参与推翻封建王朝事业，这座建在千年传统上的王朝如同纸牌塔一样瞬间崩塌。胜利来得太容易，也导致革命者后来迅速失败。突如其来地登上权力顶端，新的领导人没有做好准备，他们没有经历艰辛的奋斗即登宝座，因此在坐上权力宝座后不久就跌落下来。现在的领导人如不能将中国拖出故辙走上进步，我将不再与他们合作。”尽管如此，他仍然在倾情关注这个国家。

1919年，铎尔孟作为民国政府总统顾问，为中华民族的昌盛与进步，他又雄心勃勃地呈书《说帖》《中华民国立法院组织私议》，提出重用知识分子、团结五族、健全法制、健全自下而上的选举法……并且明确提出应以农工商学为主体的国情，不要照搬欧洲法律：

《说帖》

法人铎尔孟

尝致法律之成，本乎习俗，证之史册，固有然矣，能近取譬莫如英伦成案，是据本无成文，其他各国虽已根本习惯明定法典，然不成文法仍复援用，是今日之法律即昔日之习惯，今日之习惯即异日之法律，循序渐进，非关人力，故欲立一国之大本，如民刑诸法，非以本国之习惯为根据断难行之有效。革命以前，法国无法典，法典之订始自拿皇，然拿之为此，初非臆造，类皆取资于百年来各省所用以听讼之成案，故能施行自如，历久不弊。中国自前清末叶已知以法律为亟亟，延至今日弥成急务，有识之士均欲谋所以进习惯于成文者，既震于外国法律之类备，自顾缺然，愈思借鉴，改弦更张，舍近就远，重在外法，遂于国俗转多膜视。夫儒者达权，识时为俊杰，研寻外法藉资参证自不可少，但遽欲反客为主据以厘订法典，人情风土各不相谋，削趾就履，所伤实巨，不可不察也。征之日本明治维新，亦尝厘法典矣，百端待理而惟此之务一若刻不容缓者，非以便民也，盖急于收回领事裁判权之故。方之中国情形正复相似，然日本尚能收效于万一者，亦正有故。盖维新以前，各路诸侯已各有诉讼成案之辑，逮乎厘订法典，除聘法国顾问法律专家罢沙那特、参酌法国及各国之法律为订法典外，另延本国精通法学之士，取各省之成案，以研究本国相沿之旧习，两两相较，献其同而替其异，而法典乃成。然日本今日承学之士犹病其取法外国，急则治标为势所必然，至然非所期于久远也。愚陋之见，宜迅选兼通中外法学之人员多人，分赴各省，按法学之规程分别门类，研究各该省风土习俗之有关于法律者，如古代辅轩采风故事，以研究所得汇报于中央，更与外法互相比较得失，然后用以厘订尽善尽美、万古不刊之法典，则法律既获改良之效，中国固有之文明亦不致绝传于世，而外人亦将因其能实施之故争引为促障看，焉不伟哉！

《中华民国立法院组织私议》

法国法学硕士、文学博士铎尔孟

社会者，进化者也，应时势之要求，随人群而变化。纲纪法度之在社会，或历十数年而穷，或历数百年而穷，穷则变，变则通，未有历久不敝者也。欧西各国自卢骚主倡民约论以来，谓主权应在国民，人人咸有选举资格，共和国中民为本位，奉行此说尤若天经地义。余法人也，目睹斯制流弊滋多，顾以积习难回，未易骤改，不愿中国以后起之英步前车之辙，略述所知，用当鉴戒。

普通选举制度，意在普及选举、平均权利，陈义措词匪不佳妙，顾于实事殊难适合一国之大，贫富高下，至有不齐。中下社会谋生不遑，何有政治？应选何人，当选何利，均非所问。政客党人缘以为利，垄断选权，把持政务，少数党人遂得操纵多数国民，而政党专制之风成矣。盖民智未足，与以政权，徒受垄断，固难见效。就令民智已高，可以参政而尽人畀以选举之权，是驱通国之人尽入政治争竞潮流之内，势必尽弃所业竞尚争冲。争之不胜，继以金钱，金钱不已，继以武力，苞苴贿赂，廉耻尽伤，流血杀人，惨剧频现，举国沸腾，厥利安在？欧美斯制久苦难行，中国两年以来亦尝以普通选举之法选举，议员票以贿求，人以利进，无论真才，不可得而夤缘，鼓噪之风为害滋大。仅仅两年，社会纲纪斫丧尽矣，不可戒哉！夫人群所托是曰社会，谋民生乐利者，当以社会乐利为前提。社会之成厥由团体，民相聚而成族，族相聚而成团，团相聚而成国，故求真正民意当自团始。中国士农工商分民为四，其实四者之分未尽，可恃同一。商也，或业金铁，或业丝茶，畛域互分，关系各异，未必真能一致也，惟同一丝业或同一铁业，团体较小，范围较隘，利害相同，关系亦相同，以之代表可得真意，此即各国最新倡行之利益代表制度（Représentation des Intérêts），最宜适用于中国今日者也。

此种制度并非创见，欧西各国久有言者，硕学（Benoit Duguit）二民主张尤力，盖慨普通选举制度流弊繁多，设此新规期于补救，而各国历史所垂以及现制所行，有已见诸实事者，略举数端，以见大概。

第一，法国一八一五年临时宪法第三十三条所定，凡商人或实业团体应各有代表于议会，其代表之法，凡地方商业协会与地方咨议会各举所知之人列表公布，作为有被选举资格，而以平常有选举权者选举之。（此制发布未久，以政体变更遂未果行。）

第二，奥国一八七三年法律所布及一八八二年所修改之选举法，其下院议员共有三百五十三人，分为四类，由大地主选举八十五人，由商会工会选举二十一人，由各城市及商业繁盛之各镇各埠选百十八人，由农民选一百二十九人，其后惑于学者之说，改为普通选举法，而种族之界侵轧之风遂从此起矣。

第三，日斯巴尼亚于普通选举法外，另定一种选举之法，凡长于文学曾在文科大学者，曾隶财政国友会者，暨曾在商会工会农会者，各为一团体，均有选举权利。

以上所举皆为先例，中国今日情势允宜采用新制，不应更蹈旧迹，兹略为变通如左。

中国商会包罗太广，农会工会尚未发达，以之为选举标准未易允协。以吾所闻，中国本有所谓三百六十行，广东有所谓七十二行，商者，盖皆以一业为一小团体，相护相维，与外国组合（Union; Corporations）之制正复相似，而信赖维护之处过之。至于农家者流，一村一里之间各有村正里长等名，率以年高望重者充之，颇有自治精神，以之为选举单位似最适当。国家似宜明布法令，详为规定，各就所隶行业所属村里间接选举，不以个人为单位，而以团体为单位；不以人数为代表，而以利益为代表，如此则所举者必为互相信服，是以代表真正民意，一也。中国以农立国，以工商辅之，两年以来政党用事意气之争，是争法理空谭，无当实用。至于民生利病，实业进行，均不遑计。今酌采农工商各业素所信赖者，使得列席议会，不特于民生疾苦利弊有所献替，而于中国财政之困穷既已真知灼见，将来或筹赠税，或议兴利，必能有所裨益而玩捍格，二也。……盖普通投票名为公之国民，实则操自私党，少数党人享其利，多数国民受其害，其生计困穷或地位界卑下者不免愤时疾俗，致恨于国家政治之不良，因怨生恨，因恨生怒，而同盟罢工暴动鼓噪之事起矣。今既以小团体为选举标准，则所代表者，即为若辈信赖利害痛痒，实共系之情可上通，事无隔膜……三也。政党为物，本属赘疣，利少害多，有识同认，然在普通选举不能不有政党，既有政党不能不有排挤攻击，此在民智已高、国基已定、政治经济已富之国，籍两方之督促助政治之进行，亦殊有益无害。若民智未进、国基未定，如中国今日者，不宜更有冲突争执致误进行。今如上文所述，以所业为代表，以利益为标准，则实事求是，无意见之虚争，而有磋商之实益，即彼此利益偶有抵触，政府可以居中判断，政治不受影响，以之行于国基初树之中华民国尤为适当，四也。中国将来立法院采一院制或两院制尚在未定，以现有之参政院，职权地位隐有上院性质，则将来只须设立下院足矣。下院代表民意，上文所述选举制度足为真正民意之代表，不愧共和国家之议会，然仅此一项或嫌其近于实利而远于事情，不能不加入学问卓著之流以为折中调和之用。惟学问经验为义绝泛真者难求，伪者幸进，易蹈从前议会之弊。兹之所定，凡学问经验卓著者，先将资格明为规定，发交各处依资格保荐。保荐之道有二，一由中央长官或地方大吏二人以上会保，一由民间学会或自治团体经有法律认可者二处以上会保。凡经保荐者，认为有被选举资格，发交各省人民选举之，庶真才可以入选，而政客党人无由幸进。

上举两种办法，第一种以利益为标准，第二种以人才为标准，均不宜有省界之分，盖一经分划，易生畛域，且通才难得，限以区域更难罗致。中国五族共和，将欲强国邦基，首宜破除种界。欲破种界，首宜统一选择制度，不应有此疆彼界之分。奥国种族之见由选举而生，其明证也可鉴之。

以上各端，略见大概，立法院为宪政运用枢纽，议员选举、立法组织纲要，贵能运因时制用，不以各国成规为拘束，而以中国国情为准绳，庶无闭门造车之患，刍荛所及，聊供一二用备采择。

第一次世界大战一结束，法国政府立即将注意力重新转向远东和中国，派遣特使格里莱来华考察。格里莱与驻华公使馆一致同意要帮助中国发展经济，积极参与中国经济发展进程，同时宣传法兰西文化，帮助中国培养人才，以抵消英美在中国不断扩大的影响。他明确提出，主动退还部分庚子赔款，用于吸纳中国学生赴法留学和工作。

贝熙业、铎尔孟、莱热和他们的中国朋友们，从报告中看到了希望，他们加紧活动，动员一切可以动员的力量，争取早日使“格里莱报告”的建议成为现实。为此，铎尔孟和李石曾专程赴法为中国学生赴法勤工俭学造势，并运动退款。经过研究，法国政府积极采纳了“格里莱报告”的主要内容，筹备接待中国留学生的工作，社会舆论也热切期待中国学生的到来。

铎尔孟开始把自己沉浸在中国文化教育中，他认为，“希望应该寄托在未来一辈的身上，教育才是救中国最好的办法。”他与李石曾、吴稚晖、蔡元培、贝熙业、葛兰言（Marcel Granet）、儒班、韩德卫等中法有志之士组织成立“华法教育会”“留法勤学会”。后来，他们决定联合起来向法国政府要求，从庚子赔款中抽出部分余款建立“中法大学”，培养留学生，同时由法国驻华使馆在北京成立“法文研究所”，促进文化交流。世界已进入20世纪了，国与国之间应该重新认识，重新建立新关系。但事情进展得很艰难、缓慢，法国政府并不那么心甘情愿。

1920年，中法大学终于在北京成立了。1921年里昂中法大学海外部也成立了。优秀的学生一批批漂洋过海，为拯救危难的中国学习科学知识。

铎尔孟和李石曾，一次次往返于中国和法国之间，两个国家在他的感觉上好像很近，近得抬腿就能到，伸手就能触摸，喊一声就能听见，可一次航行就要33天！

当铎尔孟带着胜利从法国回来，船进入到中国海，他兴奋、感慨，扶栏遥望，好像能听到朋友们的呼吸，好像能看到朋友们的笑脸。

落日，把邮轮笼罩在金红色霞光中，风平浪静。突然间狂风怒吼，眼看着远处海浪铺天盖地滚滚而来，无处躲，无处藏……船，在惊呼、混乱中粉碎了，彻底粉碎了……本来就是一艘破旧的船，哪禁得起巨大的风浪？当时，法国的朋友曾警告过他，劝他乘下一个航班，但任何力量也挡不住他急切的心情，他毅然登上邮轮远航……他靠着一只小舢板在海上漂了三天……

一艘中国渔船上的人把他从死神手中夺回来。他睁开眼睛，看见围在他身边的是一张张在海上被吹晒得黑黄的脸，一张张满含着憨厚、真诚的笑容："啊，他活过来了！"

死里逃生的铎尔孟，狼吞虎咽地喝完一碗又一碗鲜鱼汤，这是他永生难忘的鲜鱼汤；他更难忘，一个名叫海生的渔民兄弟，为了救他竟葬身海底……他把这个名字铭刻在心里。

他的生命早已和中国血肉相连。

七七卢沟桥事变，铎尔孟在法国得到消息后，立即赶回北京：他心系着中国、朋友、中法大学，还有他的书。他早已把中国视为自己的国家，中国的命运和他血肉相连，他对中国没有失去信心。

中法大学在日占区生存艰难，日本要求增加日语课程。李麟玉、贝熙业、铎尔孟几位董事经研究后，决定以私立学校之由拒绝日本的要求。但在强权之下并没有坚持很久。1938年7月后终被日本勒令停办。为了保住这所来之不易的大学，李麟玉派代表潜行南下准备南迁。1939年终得如愿迁往昆明，使中法大学得以保存。贝熙业、铎尔孟、李石曾等人则坚守北京照管校产。

第二次世界大战，日本侵略者拼尽全力在日占区灌输日本文化，尤其是对中国的文化古都——北京，企图在思想上奴役中国人。1939年，铎尔孟与朋友们不顾危险坚持出版《法文研究》，成立中法汉学研究所，开办法文班，学者可以任意借阅英、美、法等国名著。以中法汉学研究为名，庇护了许多中国学者，使他们得以摆脱日伪的控制，在相对自由的空间继续研究，争取民族解放。

1941年10月22日《新民报》曾撰文详细报道：

> 汉学研究所的成立是为沟通中法两国文化，与巴黎大学中国学院及河内远东学院具有密切关系，研究所所长铎尔孟先生，行政工作由法国大使馆派文化参赞杜伯秋（J.P.Dubosc）负责，法国方面的学者有施莱默（Schlemer）。研究所由中法学者联合组成研究组，重点研究中国民俗学、语言学、考古学和编印中国古籍的索引。研究所很快进入工作状态，在10月下旬已经有来自法国和越南的法籍公费生在该所学习，他们在中法学者指导下得继续研究汉学。由燕京大学社会学教授杨堃指导的民俗组已经运行。整个机构充满活力，预示着某种希望。

汉学研究是以其纯学术身份，由法国使馆开办的，日本尽管百般刁难视为眼中钉，但也没办法，只能在暗中监视。对中国知识分子来说，中法汉学研究所，如同黑暗中的一盏明灯。

法国学者施莱默先生，在1983年的回忆录中对铎尔孟在“汉学研究所”的工作、人品，有过深情的回顾：

途经天津后，我到达了北京，为中法汉学研究中心工作。那是我第一次见到铎尔孟先生，该中心的成立者之一。他是一位有学问、有着贵族气质的人。他不仅是法国文学专家，他也对中国文学充满兴趣。尽管如此，他对自己的写作十分挑剔，精益求精。一旦发现句法错误，他会猛地一惊，神情激动。

我对我未来上司的第一印象是这样的：他是一位和蔼、风趣和认真的人，还是一位举止很讲究的人，像其他中国人一样，他谦恭有礼，非常注重形式和礼仪。这样的印象占据了我对他第一印象的大半。但之后这样的印象发生了改变。与他数次深入的交流让我感觉他更是一位长者，甚至是一位慈父。

之前那些将他当作上司、当作领导的感觉现在已经全然消失了，他的精神、他的思想完全打动了他的同事——我们这些年轻的下属，我想我们已经心灵相通，我们完全愿意为他赴汤蹈火。当然，这不仅仅是在工作上，也是在生活上。这也是他的心愿，一个很快就实现了的心愿。

他是那样的有涵养，他的思想是那样的丰富、深刻，他的人格是那样的公正、正直，他的话语是那样的美丽，有时有点文言。他的训诫总是一成不变：“激活你们的文字吧！”对待文章的翻译工作，他总是要求我们不停地查阅字典，研究语法。一遍一遍地翻阅拉鲁斯词典，曾经把我逼到了抓狂的地步。记得有一次我们一起讨论“bordé”（船底包板）一词在苏轼的《赤壁赋》中的翻译，铎尔孟先生固执地认为这个法文单词让人看到就想起那种小船，不如“canot”（小船，艇）这个词来得更好。

对文字的斟酌、钻研对铎尔孟先生来说就是一种常态，他为此常常工作到深夜。

在中国生活四十多年来（他 1906 年来到中国，和 Marcel Granet 几乎同时，此人与铎尔孟先生一起翻译了《诗经》），他也担任过一些政治角色，做过国民党的顾问。日本来侵时，他竟自愿做政治俘虏，在北京城东他的住所中把自己幽闭起来。除了星期三的下午他从不出门（法国使馆的官方庆祝节日除外）。有那么几次，我和我的妻子有幸邀请到他们来我家晚餐，铎尔孟先生那些诗一样的语言至今让我难忘，他说话风趣，而和我们，他谈古论今。他对法国文化的渊博学识不比对中国文化少，和他在一起度过的时光像是在天堂，那些现实的烦恼都不在了，只有一个纯净的、思想的、灵魂的空间。这样一周才有一次的晚餐聚会总是随着半夜的到来而结束。回家后，铎尔孟先生还会继续做他的工作直到一两点，之后他会点上他所谓的“思考烟斗”（里面有某种提神的药物）。第二天的早晨，他会照常念晨经和颂赞经。

有时到他家中拜访，能看见他着一身棕白色的中式长袍。有时他也会早晨 11 点起床，将近两点的时候吃午饭，快 3 点的时候开始工作，晚上 10 点吃晚餐。之后他又工作到一两点，照常点上他的“思考烟斗”，凌晨 3 点左右睡觉（这算是早的了）。

他的作品很有神秘色彩，这位完美主义者，对自己的写作从没有满意的时候，因此他拒绝将它们出版。他告诉 Bussière 医生（他的遗嘱执行人）在他死后烧掉他所有的手稿。尽管 Bussière 医生多次表示难以忍心遵从他这样的决定。

有时，晚上 9 点半到 10 点的时候，我在中法大学内住所的电话会响起来，然后我悲伤地想，本来正常平静的一天就要被打乱了，我妻子也用很无奈的眼神看着我。电话里铎尔孟先生说："施莱默先生，你现在能过来一趟么？我们一起看看XX或XX东西。"到了他的住所，一个家政人员过来帮我开门，领我穿过大院（夏天这里满院都是茂盛的蜀葵，冬天则是光秃秃的），到主人的阁楼，房间里放着两排接近人身高的书橱。一坐下来，便有人给我端上中国特色绿色茶具装着的茶水，还有充满东方香味的香烟，工作也就此开始了。

然后我要讲讲我们是怎么做翻译工作的。1939年到1943年，汉学研究所曾连续出版月刊《法文研究》（*Études françaises*），为的是让中国人了解法国文学以及我们这里是如何翻译中国文学作品的。杂志里有一部分叫"中国文学"。铎尔孟先生总是按照他的那套严格标准来翻译诗句。一个中文音节对应两个法文音节，一句五音节的诗句需要十音节的法文句子来对应。在韵脚上，只要中文是押韵的，法文也需要押韵。而对于文章的翻译，铎尔孟先生需要至少两个助手，一个中国人，一个法国人。这是个完美的组合方式，在铎尔孟先生的指导下，我们总能顺利完成任务。而我也一直听从铎尔孟的要求：尊重中文原文的本意。有一次，铎尔孟想出了几句绝妙的法文翻译句子，我忘了是翻译的什么了，他两眼放光，神采奕奕。但是最终由于中国同事感觉和原文不搭调，他还是放弃这样的翻译。

有时我自己或者和同事张芝联先生一起去他家里工作，那度过的时光是非常丰富多彩的，一点也不觉得累。虽然我们只有两三个人，虽然我们对话很少，大多数时间都是在安静地工作。

我还记得1945年我们的第一期"中国文学"板块将要出版

的时候，里面一篇关于汉武帝野史的翻译。我和同事在他的家里一起工作，铎尔孟先生和我，我们两个法国人穿着装有衬绒里子的蓝色中式长袍。工作的进展比预想的要快，铎尔孟先生把时间计划安排得天衣无缝：下午3点开始，晚上10点晚餐——炸酱面。吃完饭，我们继续工作。深夜，我们几个一个个都要困趴下了，我们请铎尔孟先生也一起睡觉，他却一次次坚定地拒绝，然后点上他的烟斗："睡吧，你们睡吧！"凌晨6点，他也不堪重负了，让我们回家，他才休息。

1945年3月，日军入侵，我们的CES也不得不关闭。北京的法国人越来越少，我和铎尔孟先生的关系也变得特别紧密。

我最终没能成为汉学家，对此我表示深深的、由衷的遗憾。然而我也从没有停止过敬爱的铎尔孟老师要求我做的，对灿烂的中国文化的反复思考和研究。最后，对我影响最深的，对我现在的职业、生活以及其他的一切都深有影响的还是与铎尔孟老师在一起的那些时光，铎尔孟老师让我养成了思考的习惯，让我学会了如何优美地进行语言表达，让我明白了引经据典的重要性，让我学会如何"激活文字"，让我懂得做人做事都要真诚，要尊重事实。

北大张芝联教授，曾在汉学研究所工作过，他说："在战乱的大环境下，学术单位的生存也是相当困难，铎尔孟一些最亲密的、曾一起创办中法大学的老朋友——葛兰言、马伯乐、拉卢亚，或忧愤而逝，或在纳粹集中营被迫害致死。以铎尔孟倔强的个性他能平静吗？他的脾气越来越大，常和行政主管杜伯秋吵架，我们只能远远听着他们吵……"往事已经过了60多年，往事好像隔了几个世纪，但回忆起来还是难以平静。

战争时期，他把仅有的钱拿来帮助那些有理想的学生，送他们去延安，送他们去法国，寻找自由的火种。

铎尔孟作为中法大学和北京大学教师，作为中法汉学研究所所长，一直工作到1954年。在这个漫长的岁月里，他潜心研究中国文学特别是古诗词，他和这个苦难的国家一同经历了那么多的杀戮……他常常会听到呼喊，他想去救，但又救得了谁？他虽有颗炽热的心，但力量是那样的微弱。民国推翻清朝，他欢呼中国的进步，以国务院顾问身份，多次苦心向民国政府立法院提出建立以人为本的法制，健全选举制度，以制止血腥屠杀。铎尔孟说："我是中国人，我要把自己完全地融合进这块土地。我要和她一同承担苦难，享受欢乐。"

1949年中华人民共和国成立后，法国驻华总领事雅克列维奇（Jankélévitch）向法国外交部多次提出，要遣返一部分法国人，主动关闭汉学研究所。铎尔孟和汉学研究所的负责人都主张继续留在北京，不愿中断他们的研究工作。这样，汉学研究所又继续存在将近三年之久。

1953年11月9日，北京中法大学正式停办。

紧接着，北京市政府向汉学研究所下达口头通知，令其停止活动。

来接收的北京市政府官员向铎尔孟表示，他可以留下来。铎尔孟拒绝了。他从事的事业都不复存在了，自己留下来又有何意义。

遵照法国外交部的训令，汉学研究珍贵藏书、资料和数据，转运往巴黎大学。在发送完汉学研究所的藏书后，铎尔孟开始运送他自己的个人图书馆。在中国48年，他最醉心就是收集中国古籍，如今他的收藏已有三万多册。这么多年来，历经政治风云动荡，这些图书都没有散失。现在要回到法国，其他的钱、财、物对于铎尔孟都轻如鸿毛，但这些书却是重如泰山。

他在海关装了 34 个箱子的书，但被海关通知，按规定其中有一半的书籍不能运出关。留恋、不舍、无奈，他只好带走可以出关的书，留下了一万多册同样与他相依几十年的珍贵书籍。他写信请法国领事馆将余下的这一万多册书，转送北京图书馆。虽然每一本书在苦苦寻觅中都有一个有趣的故事，虽然旧得发黄，旧得残缺不全，不知被多少人翻阅过，不知给多少人带来过知识和快乐，但他和它们必须分别……

他挥动无力的手："再见啦，老伙计！"

这种撕裂的疼痛，让他突然感到老了，感到那样的疲惫，从来没有过的疲惫，他疲惫得迈不动登上巨舰扶梯的脚步。也许是这片梦牵魂系的土地和文化，使他脚步太沉重，他疲惫得连举手擦拭泪水的力气都没有，这是他 48 年来第一次流泪，一个男子汉在这个时候也许应该流一点眼泪吧，眼泪也许会减轻一点失恋的痛苦。

"柬埔寨"号客轮。

铎尔孟戴着中式礼帽，抽着烟斗，坐在甲板上沉思：48 年前从法国乘"玛丽亚"号豪华客轮来中国，那时是多么年轻啊；48 年后乘"柬埔寨"号回法国却已衰老得无力上扶梯……岁月，岁月是个抢劫犯。他嘴角露出一丝苦笑。

一个法国记者认出了他，走过来和他攀谈，他知道接近一个大人物不容易，要有时间和耐心，何况在这个倔老头心情不好的时候。当然，说不定这是个机会，人在心情不好的时候，也许有倾吐的欲望。轮船在海上要走一个月，有的是时间。

终于，铎尔孟按捺不住内心的激愤：

我在中国48年，你可以看出我是多么眷恋这个国家。我今天离开，是因为我一生的事业都被毁弃，我留在那里的所有理由都被一砖一瓦地拆散……我都数不清在海上往返过多少次，但这一次离开，对我来说是一次撕裂。没有事业，我在中国也成无业之民。尽管中方正式非正式表示我可以留下来，甚至他们提出正式要求，但事实让我不得不走。我甚至没有时间打好行李。没有东西可以不经检查离开中国。我最关心的是我现滞留在北京海关34箱的书，这是我50年的积累，是我的最大希望，不知是否还能重见。其他一瓷一瓦也未被允许带回。对我来说，73岁重新开始冒险。我的生命不再有意义。我将生活在对自己的哀悼之中……

他自叹，无才可去补青天，枉入红尘许多年。

铎尔孟没想到，他真正的中国梦才开始，生命中真正的使命才刚起航。曹雪芹竟先他一步在华幽梦等着与他拥抱。这就是命，天命不可违。

60年后，曹雪芹还将在北京欢迎他归来，携手同游大西山。

第八章

初识《金玉缘》

历史、社会、爱情的悲剧，千百年来总是在一幕幕上演、闭幕，又重演，更迭的是表演形式和内容……

翻译《红楼梦》缘起于1954年4月的第一个周末，那是个无法忘怀的日子，巴黎大学的艾田伯（Etiemble）教授约请李治华到他办公室。艾田伯教授当时正担任《世界文学代表作·东方知识丛书》主任，这套丛书是由联合国教科文组织负责的。因为是周末，所以一般约会都会很简单，何况李治华家在里昂。

艾田伯开门见山地说："我在计划翻译中国文学作品，你想翻译一部什么？"

李治华不假思索地回答："《红楼梦》。"它就好像是在心里憋了很久的一个词，一下子蹦了出来。

"《红楼梦》？"艾田伯以为听错了，又重复了一句。

"对，是曹雪芹的《红楼梦》。"李治华望着对方，不紧不慢回答得很肯定。

艾田伯教授脸上的表情凝固了。他瞪大眼，望着面前这位东方语言学校的中文系教师，半天没说出话来。虽然他知道李治华曾翻译出版过《元曲》和《元代杂剧》，但《红楼梦》分量太重。艾田伯是位很有造诣的汉学家，为把中国优秀的文学作品介绍给法国读者，他不懈努力了几十年，10年前他就有翻译《红楼梦》的意愿，但始终没敢去碰。他知道这是个硬碰硬的活儿，需要具备起点和终点两极语言的深厚知识，他自认水平还不够，最终不得不遗憾放弃。

在法国的中国学者不少，他经过慎重考虑、选择后，才找李治华谈话。他的原意是：在周末通知李治华，让他有思考时间，下周再回答。没想到这个年轻人好像早就胸有成竹，回答得干脆、肯定，没有一丝犹豫，而且平静。他想到，李治华出生在中国书香门第，自幼接受严格教育，而且从 13 岁进中法大学附中，19 岁入伏尔泰文学院学法国文学，现在，到法国也有 17 年了，他的夫人又是法国语文教师……李治华的简历一页页在他脑海里飞快闪现。

办公室里静得能听见呼吸……

空气舒缓了，艾田伯脸上露出凝重的笑容。他向李治华伸出手：“好，祝你成功！”

四只手紧紧相握。

谁会想到 1954 年 4 月的这个周末，竟决定了《红楼梦》在法兰西的命运。谁又会想到四只手第二次相握，相隔已是 27 年后的 1981 年 11 月——为这艘东方巨舰的驶入，一位已是耄耋之年，另一位则满头银霜。真是：“天若有情，天亦老！”

李治华说：“当时为什么说《红楼梦》而不说别的？我也不知道，可能是这本书在我心里占的地位太重要了吧！所以没有任何犹豫，更没考虑到会有什么困难。现在回想起来，也为自己当时的胆量吓了一跳。”他又补充说：“毕竟那时才 30 多岁，初生牛犊不怕虎嘛。”

胆量，恐怕得追溯到 1924 年……

“为什么《红楼梦》对我发生这么大的吸引力呢？那与我童年生活有密切的关系。我生在一个清贫之家，不过我们的邻居却是一个富贵荣华的满清官宦大家族，顺天府尹何乃莹家。当时，他正想给他的两个孙子找一位家庭教师，就聘请我父亲去教他们英文和数学。为了方便教学，何家便把我们全家都接到府里住，两家关系相处得很和谐。何家与《红楼梦》里的贾府相比除了官爵、府第相似之外，在子息维艰上也极相同，传宗接代的儿子都早殇，只好过继。何家王姨娘生了个儿子，为怕又夭亡，便让孩子按我们李家兄弟排行，我们虽然家穷，但几个孩子个个生龙活虎，借点福气，两家孩子年龄相仿，常在一起玩耍。

“《红楼梦》里的许多描述，我都能从记忆中的何府找到原型，就仿佛有宝玉第二次神游太虚幻境的感觉，‘好像曾到过的’。的确，《红楼梦》里叙述的大门、垂花门、月洞门、角门，正房、厢房、耳房，穿山游廊等等，都和府尹家的大同小异。曹雪芹时代的建筑与府尹时代的建筑，前后只差一百多年。

“每逢看到《红楼梦》里叙述驯骡驾着轿车出入于荣国府大门的时候，我耳朵里听到的，却是顺天府尹家的轿车，咯里咯啦的穿过那座花岗岩门道的声音。那座大门给我留下的印象太深了。人小，个头又矮，迈不过去就只有爬着翻过去。

“《红楼梦》记述丧事的文章很多，描写得最详细、最生动的要算是第13、14回秦可卿的丧事，和第110到111回贾母的丧事。中国丧葬礼仪烦琐复杂，如果没有亲身经验，很难理解和翻译。正好我在幼年参与了府尹夫人的丧事，排场基本差不多。这为我翻译《红楼梦》这些章回的描述，就有形象借鉴，觉得省力多了。

“府尹的正室姓乔，山西人，也是大户。她是一位庄严和蔼的贵夫人，使我常常想到贾母。除了他的遗孀之外，府尹还留下两位如夫人，大姨太太和三姨太太。我没见过二姨太太，可能早已亡故了。这两位如夫人都是南方人，大概是他在江浙为地方官时所娶的。

府尹过继了一个儿子，取名浙生，大概是他生父在浙江为官时所生。他的夫人陈静娴是扬州人。我们兄弟管何浙生叫‘大爷’，管他夫人叫‘大妈’。

“我们这些小孩最喜爱的游戏是放风筝。在《红楼梦》的第70回，有一段叙述宝玉和众姐妹放风筝的故事，写得很精彩：‘这里小丫头们听见放风筝，巴不得七手八脚都忙着拿出个美人风筝来。也有搬高凳的，也有捆剪子股的，也有拨籰子的……’

“如果译者没有放风筝的经验，恐怕就要老太太吃柿子——嘬瘪子啦！我看过一些国家翻译的《红楼梦》，对这些难度大的细节，有的是忽略，有的是乱解释，弄得人哭笑不得。按照铎尔孟老师的要求，全译，任何细节都不能少。幸好我有这些生活的底才知道它们的出处。

“如‘搬高凳’是为了架风筝用的。风小的时候，一个人站在高凳上，两手把风筝高高举起，另一个人手持线桄子，把风筝线撒到一定的长度，觉得风来了，口里喊声：‘撒！’举风筝的人松开手，扯线的人向前跑，才能把风筝放起来。

“再如‘捆剪子股’，也是因风小，放多节蜈蚣风筝或宝钗放的那个‘一连七个大雁的’才用得着。在一根长竹竿上，斜着捆一个小木棍，呈剪子张开状，以便高高挑起风筝。这些都是我们小时候玩熟的了。翻译时，一呼就出来。

“我不但会放风筝，也会扎风筝，并且把这种技巧传给了我家老三——李源。他今年夏天就在地中海岸，给他两个孩子糊了一个藕荷色的豆腐块儿，放起来比一些买来的风筝都高。前几年看到《南鹞北鸢考工志》，才知道我们幼年在厂甸哈家风筝铺买的风筝，都是按照曹雪芹所绘的彩色风筝谱制成的。来到法国以后，又翻译他的巨著《红楼梦》，这样说来，我和作者的‘缘分’还真不浅啦。”

这些生活，恐怕都是李治华得天独厚的条件。

何夫人陈静娴为人厚道、知书达理，很喜欢李家小兄弟，他们不仅一个个生龙活虎，还聪明、懂礼貌。如夫人王姨娘，喜欢读书，家里有不少小说。少年李治华自幼爱读各种书，见王姨娘有那么多有趣的书，便经常借故跟母亲去串门，带着二弟静逸，跑到王姨娘房里忘情地看书。

何夫人有个贴身丫头叫小兰，小兰天生聪明、干活灵巧，很得夫人喜欢，夫人闲时也会教她识几个字。每次李治华兄弟来看书，她便拿着书来请教。李治华说："静逸虽比小兰小好几岁，但当起老师来一板一眼极认真，酷似父亲教我们兄弟读书的神情。"一个认真教，一个如饥似渴地刻苦学，小兰竟在短短三年内把王姨娘的藏书读完了。

1930 年，15 岁的李治华已是中法大学高二学生，住在西山碧云寺不常回家，逢年过节才回来一次，已经长成仪表堂堂的大男孩，反而有些腼腆、矜持，一举一动中规中矩。

过年，母亲带领李治华兄弟去何家拜年，何夫人、王姨娘向他询问一些在学校学习的事，李治华除了详细介绍西山碧云寺的环境和学习情况，还讲些法国巴尔扎克的小说给大家听。那是她们从来没接触过的世界，她们有些吃惊，真是士别三日当刮目相看呀！这个头两年还到处乱窜找书看的男孩，如今也是一个有学问的人啦！她们听得很专注，神情中含着尊敬。

那个叫小兰的丫头，瞪大眼睛听得格外入神，她觉得那个叫巴尔扎克的法国人，有点像她的爷爷，爷爷也爱给她讲故事，讲的都是些穷人家不幸的故事，那时，她常常听着听着就睡着了。那只是另一个梦里的事，离她好远……现在，一切都在眼前，她也有了像巴尔扎克故事里的经历，她和那些人好熟悉。

何夫人笑着说："我们家小兰，要是投胎在官宦人家，准是个才女。"

王姨娘感叹说："如今，官宦人家的子女也未必有她用功。"

何夫人爱怜地望着小兰："将来给咱们小兰找个好人家，才不至于委屈她。"她说得很认真。

小兰红着脸跑开了。她并不怨命，她知道"命"是老天爷前世注定的。如有可能多读点书，这是她唯一能达到的心愿。这几年她读的书越多，越觉得自己懂的事多了，聪明了，也更爱笑了。

吃完晚饭，小兰提着灯笼送李家母子出来。

李治华的母亲拦住小兰："别送啦，天这么冷，别冻着。"李妈妈为人厚道、慈祥。

何夫人说："让她送吧，小兰是个知恩必报的人，她是感谢治华讲的故事呢！"

王姨娘顺手拿件斗篷披在小兰身上，鼓励她："去吧！"

小兰笑了笑，提着灯笼在前面领路，脚下的积雪发出清脆的声音，很悦耳，夜色下盛开的蜡梅和娇艳的红梅，浓香映着雪色更添几分年节的情趣。

其实两家院子相隔不远，进了垂花门，过了栅栏门，就是李家住的五间西厢房，只是隆冬的夜晚有些凉，雪花在北风呼啸中飞舞，树枝也因雪的停留变成银色。雪，对孩子永远有着梦幻般的吸引力，静逸和治华高兴得蹦蹦跳跳地喊："下雪啦！下雪啦！"绕着银树你追我打，还淘气地故意往地上摔倒，欢声笑语夹杂着远处噼噼啪啪的鞭炮声……

到了李家门口，李夫人对小兰说："进屋喝杯茶再回去。"

"不啦！李夫人，我有件事想求李大少爷。"她眼里有期望。

李治华的母亲注视着小姑娘，关切地说："小兰，有什么事尽管说，只要我能做到。"

小兰从身上掏出一个钱包："李太太，李大少爷如果有时间上街，路过书店请帮我买几本书，他有学问，会挑。这是我这几年积攒的钱。"她双手把钱郑重地交给李治华的母亲，含着深深的嘱托，这是她的一个重要决定。

李妈妈有些激动，眼里涌动着泪花，小兰的行动超出她的想象。她用手轻轻拂去小兰头上的雪花，慈爱地望着这个从10岁就被卖到何家当丫头的女孩。这个女孩是她看着长大的，那年刚进府，只能干些超体力的粗活，后来，何夫人看上这孩子的灵巧，把她挑来当贴身丫头，她的生活才有点转变。几年过去了，不知不觉中孩子竟有这么大的变化，知道学知识上进，由一字不识的文盲，变得能断文读书，由一个小黄毛丫头变成亭亭玉立的女孩……她心里有种难言的酸楚，她在思考"命"是什么，为什么总那么不公平。

李妈妈把小兰的手推回去："小兰，我们家也有很多书，你可以自己去选几本你喜欢的书。"

"不，李太太，我就是想要自己买，我已经想了很久了。"小兰的语气很肯定。

李妈妈懂了，她收下小兰的钱。

小兰像完成了她人生的一件大事，舒了一口气，脸上绽开了笑容，那种笑容好美，像一朵傲然开放在寒冷冬天的蜡梅花，又像一朵亭亭玉立的荷花，在污浊的环境里却那么洁白。

雪下大了，漫天飞舞，小兰提着灯笼步履轻快地往回走，那点亮光，在白茫茫的飞雪中虽微弱得像一只萤火虫，却给黑夜带来一丝光亮、一点生命的活力。

第二天，李治华一早就跑到东安市场去给小兰买书，这里书店多，有新书也有便宜点的旧书，买旧书可以多买几本，小兰的钱来之不易呀，一定要给她选最好的书。他在东安市场转来转去，小兰已有一定的阅读能力，但太深邃的哲理性书籍和翻译的外国小说，都不适合她看……中午过去了，还没找到理想的书，他心想，这么大的东安市场，怎么会找不到一本合适的书呢？干脆来个地毯式搜索，一间一间从头来。第一间小书店的角落架上，半隐半明地放着一本《金玉缘》，他拿起来翻看，这一看就放不下了，好像突然发现了新大陆一般，痴痴地、贪婪地读……隐隐地觉得有些故事又有点像发生在何乃莹家一样。

店老板终于下逐客令了："小朋友，我这里是书店，不是图书馆，你看看都几点了？"

李治华抬头茫然地问："几点了？"

店老板看着这个一脸专注的男孩，无奈地说："都晚上八点啦！"

李治华并不在意时间，反而问道："先生，这本《金玉缘》怎么写得这么好呀？我过去从来没读过。"

"你在哪个学校上学？"

"中法大学附中。"口气里有点得意。

"是不是在西山碧云寺？"

"对啦，您也知道这所学校？"

“知道，那是利用庚子赔款的钱修建的。中法大学有位叫铎尔孟的法国人，常到我这里买书，我们常聊天，那个人可是比咱中国人还识货。”店老板有些自豪地侃起来。

李治华对这位店老板有点肃然起敬，常听父亲说，“北京城里的能人多着呢，藏龙卧虎，不知在什么地方就会碰上一个大学问家”。

店老板又说：“年轻人，我知道你们那所学校注重的是外文，你没见过的中文好书多着呢！这本《金玉缘》其实就是《红楼梦》，只是因为当时它是禁书，印书的才给它改了个名，这叫障眼法……”

“啊！原来它就是《红楼梦》呀？难怪我父亲每每提起就赞不绝口，只是我从未见过。”李治华兴奋了，心想，这家书店算是找对了，这本好书小兰也一定喜欢，忙从口袋里掏出钱：“对不起，读起来就忘了时间。”

店老板热心地说：“有什么不明白还可以来问我。《红楼梦》我最少读过20遍，你随便说哪一回，不敢说倒背如流，至少清清楚楚。不信，等你读完后下次来考我。”

李治华回到家连夜开读。这是他生平第一次接触《红楼梦》，他感到一种还说不太清楚的震撼，一次令他终生难忘的震撼。虽然他还太年轻，年轻得只能凭借自己对世界浅显的认识来判断是非，凭借那颗纯洁的心灵来判断爱与恨。虽然对诗词部分并不完全理解，那种文学的美妙已让他五体投地。他觉得这本书让他长大了，他能够通过书里的故事来对比现实生活。他突然发现贾、何这两个家族，竟有那么多相似之处，从两家老太爷的早殇，到子息维艰，从两府的结构、排场到兴衰的命运……他奇怪自己在顺天府尹家生活了这么多年，以前为什么没有看见呢？

李治华用一张大牛皮纸，把两本《金玉缘》仔细包好，还用绳子捆好再交给小兰："小兰，我看过了，这的确是本好书，诗词部分可能不好懂，我父亲如果有时间你可以请教他，他会愿意帮你的。"

小兰有些激动，但并没有马上拆开看。她恭恭敬敬行了个礼："李大少爷，让你费心啦！"她怕被人看见她眼里的泪花，抱着书匆匆走了，她要回屋里去独自享受这份属于她的乐趣。

五年前，小兰的父亲因抽大烟欠别人的钱，20块钱就把她卖到何府来当丫头，那年她才10岁，母亲在世时她也是妈妈的心肝宝贝，还跟妈妈学过识字。刚来何府干不了那种粗活，天天躲在被窝里哭，想妈妈。12岁开始侍候何夫人，夫人没生过孩子，把自己当女儿待。聪明的小兰知道，夫人对自己越好，越要处处小心侍候，不可忘形。王姨娘是何大爷的二房，她为何大爷一年生一个孩子，虽然得宠但并不骄横，知道心疼人。王姨娘发现小兰喜欢看书，记性又好，就借几本给她看，有时闲得没事，便在一起聊聊书里的故事解闷。

今天，她终于拥有一部自己的书了，她坐在床上拆开包装纸，两本厚厚的《金玉缘》呈现在眼前。她用手轻轻抚摸，闭眼冥想：李大少爷说这是本好书，还有难懂的诗词，这会是本什么书啊！

她翻开，哇！书里面还有那么多漂亮的画。她先一页一页看画，然后从头读，读得很慢，读完一回再重读一遍，像在咀嚼，有时还会流泪，渐渐速度快起来，更舍不得放下书。每次出去干活，便把书仔细藏好，这是她的一个秘密。

那天下午，她趁夫人睡午觉，便回到自己屋里看书。看得正入迷，二少爷在外面叫她，她也没听见，二少爷喊了几声没听见回答，便生气地推门进来。

小兰吓得慌忙站起来，瞪大眼望着二少爷，她不知道他为什么生气。

二少爷见小兰手里拿着一本书，心里很纳闷，什么书会让她这么着迷，连在耳边喊她都听不见？上前一把夺过她手上的书：“《金玉缘》！”他吃惊了，这个小丫头竟敢看这种淫荡书，难怪干活懒洋洋的。他逼问道：“哪来的？”

“把书还我！”小兰没回答，而是毫不相让地逼视着二少爷。

“还你？”二少爷冷笑一声，就要撕书……

小兰急了，不顾一切扑过去夺书：“那是我的书！”

二少爷万万没想到这个小丫头竟敢和他对抗，举手就是一耳光。小兰既没有躲，也没流泪，只是死死抓住那本书不放……

何夫人闻讯赶来：“像什么样子？为一本书闹成这样。你是大学毕业生，也学会打丫头。”

二少爷红着脸为自己辩护：“娘，这种书会教坏人的。她又没多少文化，不是在胡看吗？”

何夫人白了他一眼：“我年轻时也看过《红楼梦》。把书给我！”

二少爷有点像斗败的公鸡，心不甘情不愿地把书双手送过去。

何夫人接过书，低头认真地把被二少爷弄皱的书，重新抚平：“这种好书也忍心撕，岂不是在糟蹋圣贤。”这句话语气很轻，不知是自言自语，还是有所指而言。何夫人与何浙生结婚这么多年，没有生过孩子，从大伯家过继了两个儿子，老大病逝，剩下这个老二，虽说人很聪明可就是不走正道。不是亲生的，说话就不能过分，凡事忍三分，何况只是为了一个丫头，所以她也就点到为止。她心里明白，这个老二早就在打小兰的主意，没安什么好心，今天，她也是在借机教训他。

每每遇到这种情况，何夫人心里就很难过，怨自己命不好，对不起何家祖宗。为了不致让何家断后，不得已过继了儿子。再后来，她四处托人给浙生找好人家女孩做妾，每一次都要经她亲自过目，最后选中叫王梅生的女孩，虽然出身清贫，但其父过去也是读书人。女孩圆圆的脸上有一对会说话的眼睛，但不轻佻，臀部又大必能生子，是个有福相的人。何浙生也挺喜欢。果真，王姨娘第二年就生了个儿子，以后每年生一个，一直生了八个儿女。何夫人虽为此感到自慰，但总有些遗憾。嗨！这也是命，谁也拗不过命。

她喜欢小兰，觉得这孩子聪明伶俐，知道疼人，便尽力调教她，这也是她的一点精神寄托。谁想到姑娘还没长大，都想来吃。今天这事更让她提高警惕。

二少爷被何夫人那句“糟蹋圣贤”，把一肚子理由都噎了回去。他自认是读书人，读书人岂能糟蹋圣贤？但《红楼梦》是圣贤书吗？这不过是本乱爱的淫书，一个丫头竟敢沉迷于这种书！娘竟然当着一个丫头的面指责他，实际上是对小兰的鼓励。他咽不下这口气，他可以打丫头，但不能责备娘。他心里的那份怨气都撒向小兰。为了公开表示不满，第二天便搬出府，条件是，烧掉那本《红楼梦》，再把小兰赶出去，否则绝不回家。

事情闹得有些僵了。李妈妈有好长时间不去何家串门了，她不知道该说什么。虽是何家的家务事，但这个祸是儿子闯下的，难免唠叨几句，说出的话却又底气不足，因为她也没明白小兰错在哪里。

李治华脾气温和，平时很少顶撞长辈，但这次犟劲也上来了：

"为什么要说《红楼梦》是坏书？他二世兄不喜欢，难道别人就不能读？"他一怒之下，把母亲给的过年压岁钱和平时省下来的零用钱，凑在一起，又跑到东安市场书店去买《金玉缘》。

店老板看见这个男孩几天前刚买走一部，今天又来买，而且情绪不太好，依他的经验猜想，肯定发生了什么与书有关的事，但他没问。接过钱，仔细数了数："还差一块二毛。"

"噫！我怎么又数错啦？好吧，我下次再来买。"他抱歉地说。

李治华对数字一向头疼。之前，班主任兼数学老师曾警告过他："李尚忠（李治华原名），不管你文学、法文再好，数学不及格，我也不让你升班。"老师的训斥犹在耳边，但还是要搞错。

店老板取下一套《金玉缘》："这第一册被人借去看过，我算旧书打折扣卖给你。"

李治华接过来翻看，这本书和新的一样，高兴地说："没关系，没关系，我就要这套了，谢谢！"

店老板爱《红楼梦》，他不忍心让也爱这部书的人失望，所以借故成全，又不伤害这个年轻人的自尊心。

世界处处充满了难以预测的未知数，一个人一个命，就是一本书也有它不同的命运：二少爷当它是坏书，要烧毁；小兰把它当宝贝，藏在心里；李治华当它是中华民族的瑰宝，发扬光大；店老板爱它、惜它，愿与人同享。他何曾想到，他的这片爱心不仅满足了这个少年的书愿，还让这本书 1937 年随少年远渡重洋去到法兰西国土；更没想到 50 年后，在法兰西的土地上翻译出惊世的全法译版《红楼梦》，而这套《金玉缘》无意间为此曾立下不可磨灭的汗马功劳。

1967 年，李治华离开北京 30 年后回家探亲。

第九章

挡不住的诱惑

人世间的事复杂多变，不应逃避或绕开，而是面对，以一种进取的和明智的方式同它们奋斗，真爱无坦途……

《红楼梦》法译本合同签订，它意味着法律生效，意味着沉重的责任。

李治华披挂上阵，准备攀登这座文学上的勃朗峰！他不是专职翻译，他的本职工作是教师，这是基本的生活保障。他的时间几乎是用分来计算：现在一切都要重新开始，重新阅读，重新确定版本，重新调整思路，早已不是当初回答艾田伯、冲口而出翻译《红楼梦》的时日了。喜爱和真正着手去翻译是两个不同的行动概念。

他清楚，《红楼梦》与过去翻译的《元代散曲》《中国古代诗选》《新诗选》完全不同，那些诗、曲可以任意选择，可以避难就易，可以选自己喜欢的、能够驾驭的，把难译的、不喜欢的剔除，那些歌颂爱情、写景抒怀的诗几乎篇篇都是玉润珠圆的妙品，译起来既容易又见效果。《红楼梦》是部完整的作品，没有丝毫选择余地，不管难也罢，易也罢，有兴趣也罢，没兴趣也罢，必须一字不漏地全部翻译。

李治华想，法文不是自己的母语，雅歌的法语虽很好，但懂的中文很有限，在诗词部分将会遇到很多难以逾越的翻译雷区。《红楼梦》的校审，只有中、法文都精通的铎尔孟老师是最佳人选，他的学识无人能比，只有他能巧妙地运筹帷幄。可惜，他远在中国。

艾田伯也忙于为《红楼梦》法译本寻找一位具有相当文学修养

的学者做校阅，这是联合国教科文组织《世界文学代表作》丛书的规定。这部令人又爱又惧的《红楼梦》，囊括了中国古典韵文所有形式：诗、词、歌、赋、对联、诔文、谜语，文体极为复杂。请谁？谁能担当这个角色？他开动脑筋在法国文学界苦苦寻觅，他的底线是：实在没人，就只好自己披上战袍……

艾田伯出生于1909年，是位老资格的学者，也是位很有责任心的学者，毕生致力促进中国和法国之间的文化交流。他年轻时便对中国文化情有独钟，被中国哲学所吸引，对中国古典名著以及现代的鲁迅、巴金、老舍、曹禺作品都爱不释手。为了使这些中国优秀文学作品在法国落脚生根，他四处奔波，努力实现这个目标，没想到竟会卡在《红楼梦》的审阅人选上。

性格豁达的艾田伯眉头越皱越紧，人们很少见到他有笑容。

时间一天天过去了，转眼就是四个月，仍然一筹莫展……

突然传来铎尔孟要回法国的消息。

艾田伯高兴了："在这个非常、非常需要他的时候，这个老家伙真的要从天上掉下来了，真是天助我也！"消息来得太突然了，突然得不敢相信是真的，又希望这是真的。他迫不及待地辗转询问，最后，终于在外交部得到证实："铎尔孟已动身回法国。"他高兴得手舞足蹈。

那位一脸严肃的外交官瞪眼看着他，有点莫明其妙。艾田伯不知道该说什么，说出来这些官僚也不懂。

他和铎尔孟是多年的朋友，严格说起来，他应该是铎尔孟的学生，但他们私交很好，无话不谈。他知道这部《红楼梦》的法文校审非铎尔孟莫属。他也深知这个倔老头的脾气，不愿干的事，谁也强迫不了。

那就走着瞧！

几天以后，李治华怀着难掩的兴奋到华幽梦来拜望铎尔孟老师。他们已经有整整 17 年没见过面了，老师对他四年的教导，使他终身受益。他想，如果有老师参与《红楼梦》校审，那最好。他知道按教科文的规定，世界名著必须有精通双语的专家当校审，如果铎尔孟老师有兴趣，那一切 OK，否则就不好说了，真不知道还有谁敢去碰《红楼梦》里的诗词。实在不行也只好绕开诗词了，如果没有诗词，《红楼梦》还会是完整的吗？当初向艾田伯教授表示要翻译这本书的时候，并没有考虑这么多，其中爱的冲动成了重要推手。

《红楼梦》连艾田伯这位当今的汉学权威都感到棘手，哪还有谁敢接？听艾田伯教授说，老师这次回来对休息最有兴趣，而且有好多旅游计划。李治华感到有些奇怪，以他对老师的了解，这可是位地地道道的拼命三郎，字典中从来没有“休息”二字，莫非他病了？还是有其他原因？他想亲自来试探，想着想着，心里突然一阵紧张，加快了脚步……仅仅四公里的路程，竟然变得那么远，远得走不完。

上一次见到老师还是 1937 年 4 月，铎尔孟临时有事回法国，李治华去向老师辞行。李治华的毕业论文《拉辛剧本〈阿达丽〉研究》，指导老师正是铎尔孟。

临别时，铎尔孟问：“毕业后你是否打算去法国深造？”

李治华腼腆地说：“正是所愿，但不知是否能去。”

铎尔孟随即莞尔一笑。

同年 7 月，也就是七七卢沟桥事变之后，形势很紧张。李治华以全年级最佳成绩，获得留法深造的资格，他们是最后一批留法学生。他又想起老师的这个笑，一个难忘的、令人捉摸不透的笑。多年以后每每回想起老师，这个笑容就浮现在眼前，像一幅定格的画面。也许他当时已经知道该如何安排那唯一的名额。

华幽梦，这里有一股独特的、来自大自然的生命气息，好像是森林灵魂的气息联结到这里。李治华是第一次来到这座13世纪的古堡。他顺着那条笔直的红砂石路快步走去，远远就看见铎尔孟悠闲地躺在一张长长的紫红色躺椅上。紫红色躺椅在绿色树荫的陪衬下很醒目，旁边是长满睡莲的水池。

铎尔孟愉快地挥手，手上拿的还是那个老烟斗，脸上还是那永远优雅、快乐的表情，李治华那颗悬着的心落地了。

握住手，凝望着，久久没有说出话来。

李治华是他教出来最出色的学生，他踏实、肯钻研、为人忠厚，他的那篇毕业论文《拉辛剧本〈阿达丽〉研究》写得很有见解，至今还有些记忆。

17年前，相别在北京，17年后相见在巴黎华幽梦。

回到法国来终老，并不是他的意愿，在中国历经48年的变迁，他对这个民族有美好的愿望。然而许多艰难，超越了精神储备，天天都可能遇到意外，时时都需要面对未知，生死安危常常系于一瞬间的决断。人生无非就是一张永无退路的单程票啊。中法大学关闭了，汉学研究所关闭了，他最心爱的牧羊犬卡尔突然被杀害了，他留下来还有意义吗？它们没犯任何错误啊！他感到这是个预示，决定离开，一刻也不停留。但为什么会是这样？甚至连对人类有过巨大贡献的贝熙业老头也必须赶走。真让人弄不懂。

这些在他的心里憋了很久的话，在这个中国学生面前，他有倾吐的欲望，他觉得这个中国学生，也许比那些法国朋友更能理解他，但他什么也没说。他深知，那是自己放弃了早已适应的生命温室，自愿去领受48年漫长而陌生的时空折腾，如果把那些吞入的苦难再吐出来，实际上是在放纵苦难，他的信念和行为准则是：必须凌驾于苦难之上。

所以，几十年来，他给人们的印象永远是，超然、幸运的天之骄子。

他们漫步在古森林的灌木丛中，林中的腐殖土和苔藓把雨水不慌不忙地吸进去，在雨后便茂盛地滋生出各种可食的和有毒的蘑菇。铎尔孟若有所感地说："我少年时经常随大安德烈老师和仆人，在自己庄园树林的灌木丛中采摘花草。有一次，我发现一簇非常漂亮的鲜红色蘑菇，正准备用手去摘，被大安德烈老师伸手一把打掉：'这个蘑菇有剧毒！'

"'为什么？它这么美，怎么会有毒？'我眼巴巴地望着掉在地上的碎蘑菇。

"大安德烈说：'你要记住，有毒的蘑菇都会包裹着一层最美丽的外衣。在热带，很多植物也是一样，它们诱惑那些贪婪的人。'大安德烈老师的这几句话让我受用了一辈子，他所指的并不仅仅是植物。人世间的事太复杂，人生必须面对未来，想着要着手去做的事，想象你对困难做出的反应，不是逃避或绕开它们，而是面对它们，同它们打交道，以一种进取的和明智的方式同它们奋斗。"

铎尔孟突然问道："你知道我有个绰号叫'星期三先生'吗？"

"不知道，好像从来没听说过。"

"啊，对啦，那是发生在1941年，日本人占领北京的时候，那时你已经到法国了。"

李治华渴望知道，但又不便随便发问，只是默默地等待。

“北京是中国的文化古都，日本人在此的文化侵略也最积极，他们竭力灌输日本文化，大肆宣传东亚新秩序和王道乐土，企图在思想上奴役中国人。当时北京的知识界，以阅读英美文学来对抗。我们汉学研究所从 1941 年开办法文班，同时开辟英美文库，其中多为法国名著，供人借阅。我们还创办文学刊物《法文研究》，不仅介绍法国名著，也介绍中国名著。对中国知识分子来说，汉学研究所如同是一片黑暗的北京城中的一盏明灯。

“日本人对汉学研究所恨得咬牙切齿，但他们无法动我，因为这是以法国使馆的名义开办的，法国和日本不是交战国。他们就只能通过骚扰与我来往的中国学者来向我施加压力。我当时住在新鲜胡同，他们在我的住宅前，布下眼线，监视我的一举一动。每次我一出门，尾巴就一直在后面跟随。为给朋友们减少麻烦，我只好尽量减少外出，把自己关在家里，阅读和翻译中国古典书籍。

“我非常清楚，只要我在，汉学研究所就不会倒，一大批中法学者就有了生存之地。我只在每周星期三下午出一次门，从我的居所，先到东黄城根汉学研究所去处理一些事务，然后去西交民巷的六国饭店理发，再到东交民巷的法国邮局取信件、包裹，最后到印度支那银行取钱，之后前往拜访使馆负责人，沿途会买上一周所需的生活用品，让店员送到家中，在黄昏将至时我会来到老友贝熙业的家中，与老友共进晚餐。在贝熙业家待的时间最长，但他们也没办法，贝熙业是著名的法国医生，也是不能随便动的。当然他们也跟踪贝熙业，怕他给抗日战士送药治病。有些事，只能一个人做；有些关，只能一个人过；有些路，只能一个人走。我的生活规律很快传遍北京，大家都叫我‘星期三先生’。”

"哈、哈、哈！"俩人都开心地笑起来，难得这么轻松一次。

夜幕悄悄降临，他们慢慢地走着，脚，踩在厚厚的落叶上，发出有节奏的飒飒声……铎尔孟仰望着暮色笼罩下被天边的余霞点染成一片金色的森林："一幅多么富有诗意的田园油画啊，如果莱热在这里，他看见这里的景色会发疯的。我明天就把他叫来。啊！住在这里，想离开都难啊！和大自然对话，心境是那样的怡然、恬静。放暑假的时候，把你的太太和孩子也带来享受享受大自然吧。"

李治华有些震动，没想到，大自然和他的关系竟是那样的亲近。这些年自己成天忙于教书、读书、生活，竟然在不知不觉中离大自然越来越远了。

铎尔孟问："最近没有什么翻译计划？你以前不是很有兴趣吗？"

"正在着手翻译《红楼梦》，难度很大，特别是诗词……"李治华差点冒出希望他来担任校审的这句话。

铎尔孟很兴奋地望着他："好哇！这是个好计划，这就是说你准备攀登欧洲的勃朗峰了。"

铎尔孟拍拍李治华："你在北京中法大学上学时，我就发现你是个既勇敢又有才气的人，你的成功将被载入史册。走，我要为你的勇气开香槟庆祝！为美妙绝伦的十二金钗到巴黎，干杯！"

他们快步走出森林。

李治华感受到这种鼓励和信任是直接的、由衷的、赞赏的，丝毫没有艾田伯教授那种审视，有点像老师考学生。他轻松多了，轻松之中，也增强了信心。以他对老师的了解，即或他不愿担任校审，有问题来请教，他也绝不会拒绝。

铎尔孟缓缓地说："《红楼梦》是部以诗为魂的巨著，是绝世之著，很多人只翻译它的故事，而故意回避诗词部分，实际上是抽去了它的灵魂，这是种很残忍的做法。治华，我希望你不会这样。"他语气很严肃，也很中肯。

李治华在细细品评这段话中的含义，领略老师目光收纵间的浓烈情感，那是根植在他心中的中国情。

李治华走了。

《红楼梦》却开始在铎尔孟心里活跃起来，他有几个不同版本的《红楼梦》，他仔细地从书架上取下那部清末版本《石头记》，这是醇亲王送给他的，绛红色竹子板制作的封面上雕刻着《石头记》三个蓝绿色的草体，是部非常难得的善本。

他坐下来静静阅读……这晚，他没有回卧室，是在书房度过的，而且一连两天没下楼。

七百多年前，13世纪路易九世国王，每年都到这里小住，只是为了寻求超乎宫廷的情趣。今天，诗人在这里却获得了激情和灵感。

顾安先生不放心，找来了，他敲敲门，没人回答，便推门进来。他看见一向讲究外表修饰的诗人，竟然两天没洗脸，埋头在书堆里。

"来，我给你介绍一本好书。"铎尔孟兴奋地递上《红楼梦》。

顾安很有兴趣地接过书，翻开，笑了："你还没给我们介绍过呢，现在是，它不认识我，我也不认识它呀。"

"对不起，我忘了你不懂中文。好，我来介绍，这是中国两百年前的绝世文豪曹雪芹先生的巨著《红楼梦》，这位是法国有名的大老板亨利 · 顾安先生。如果曹雪芹先生早年认识你，他就用不着去赊酒了。"他浑厚的嗓音加上松弛的表演，完全是一个演技高超的表演艺术家。

顾安先生饶有兴趣地举杯："嘉宾、美酒，这是人生的莫大盛事，为天才的曹雪芹先生干杯！"

这一天，书房里又多了一位听故事的人，一个听得如痴如醉，一个讲得神采飞扬，有时还会即兴翻译两首诗朗诵。

第二天，书房里又多了几位闻讯而来的年轻艺术家，气氛更加活跃。他们不仅仅是听众，还参与讨论："我不爱林妹妹，娶了她好累哟！要爱谁就明说'我爱你'，何必憋在心里成天生气，最后抑郁而死。"

"我喜欢王熙凤，她有性格，为什么要把所有罪责都推在她身上？她只是时代的产物，没有她这个中轴哪有这场美丽的红楼梦啊！"

"我们把林妹妹焚稿那段，改编成话剧。"

"不好，我喜欢傻大姐那段，比较有趣，憨憨厚厚很有喜剧效果。"

"故事虽好，名字太难记，分不清谁是谁，是什么意思。"

"贾宝玉嘛，这个人物很难掌握，中国的贵族公子哥儿和我们欧洲男人差别太大。弄不好就有点像'同志'，干脆改成阳刚青年。"

……

中、法两国的文化差异，在这间书房展开了。铎尔孟觉得很有趣，这些年轻艺术家比起北京的中国学生，思想活跃、想象力丰富、感情炽热、求知欲强。他们对于贾家复杂而庞大家族的时代背景，总要问得清清楚楚，然后再发挥自己的想象，个个都是编故事能手，但都绝口不提诗、词。中国学生则喜欢背诵自己喜欢的某段诗句。

《红楼梦》的法文口译本，在华幽梦获得第一批听众。

悠闲的日子没过多久，脚下的土地还没站热，联合国教科文组织《世界文学代表作 · 东方知识丛书》编委会便给铎尔孟寄来聘书，请他担任《红楼梦》和《中国古典诗词》的校审。

铎尔孟想：艾田伯这家伙，当官以后变得更狡猾了，他当面不提，背后下功夫，而且一下给了两个项目，造成既成事实，再来和我周旋。他击中了我的要害，他明知道我会爱上《红楼梦》。

铎尔孟没有任何条件地接受了，他怎能挡得住这么巨大的诱惑？不为别的，只为他知道这件事非常有意义，值得为它付出。他是个绝对不会伪装的人，是和不是之间只选其一。也许还应该感谢艾田伯那双紧盯他不放的鹰眼。他想：这个世界上，正有一件事需要我去完成。而这件事，冥冥之中命运似乎早就为我做好了安排。也许我在中国 48 年磨的这一剑，正是为了曹雪芹。难怪当年在北京西山选墓地，偌大的西山，偏偏要选中与曹雪芹当近邻。命运不可违啊。

曹雪芹笔下剖析的中国社会与 18、19 世纪的欧洲，特别是法国有着惊人的相似之处。铎尔孟在思考如何运用优美的本国语言，使汉语中的语言形式美在翻译中复活，构造成一种为本民族能接受的美，把这部世界上最美妙、最动人的爱情故事，准确地传递给读者。《红楼梦》是部以诗为魂的巨著，必须小心地运用多变的法文诗韵律，让它复活，让法国读者能像中国人那样朗朗上口地背诵它、喜爱它。他预测这部译著的完成，将会有一段非常艰辛的历程。翻译的难度远非教科文组织那帮官僚所能想象的，因为他们根本不懂。

《红楼梦》像那座屹立于欧洲之巅的勃朗峰，充满爱与美的神秘魅力，是勇敢者的天堂，是理想的巅峰。远看，它像披着白色婚纱的娇美少女，柔情万千，藏身在白云间，它的傲气充满诱惑。一旦走近，才感受到它的艰深难测，在耳边回荡的天籁呼唤声中，让人身不由己，让人想停都难……世上不知多少人为它献出青春，却又都含笑愿与它融为一体，于是一代又一代，一曲又一曲颂歌不断。

谁会想到，这个决定竟使他10年足不出户！

谁会想到，这个决定，孕育出惊世巨著《红楼梦》的全法译本！

谁会想到，为了《红楼梦》法译本的完整性，他们竟用了27年的心血！

是偶然还是必然？

教科文要推出《红楼梦》全法译本的消息，在学术界传开了。有人预测，《红楼梦》全法译本，将会在法国社会造成一种轰动；有人预测，可能和以前章节本差不多，只是长点；也有人预测，要翻译难度如此大的诗、词、歌、赋，肯定会半途而废……当然，铎尔孟在中国潜心研究了48年，文学底蕴无可非议。

当时在巴黎有不少华人学者，有从台湾来的，也有不少是1949年前就到巴黎来的大陆学者。不停地有人向艾田伯推荐，其中以台湾的陈小姐和香港的梁小姐最为出色。梁小姐是艾田伯的女友，经常和他一起工作，他了解她的水平，翻翻小文章还行，这可是《红楼梦》！特别是在铎尔孟面前，一点都不能掺假。

当时在联合国教科文有位张代表，非常重视《红楼梦》的翻译权问题。过去李治华翻译的鲁迅《故事新编》，他以“鲁迅是大陆人”为理由，成功阻挠这本书进入联合国教科文的“世界文学代表作”，仅以“东方文学丛书”出版。虽然荒唐，但他成功了。这次也不例外，志在必得，必须尽全力阻止大陆来的李治华参与。

他找到艾田伯教授阐明立场：“李治华是从大陆来的，不能参加《红楼梦》翻译，必须由我们的学者陈小姐来负责，经费不是问题。”

艾田伯也毫不客气地说，“李治华早在 1937 年便到了法国，在法国学习、工作、成家。何况我们是在进行一项学术研究，是在介绍世界文化，《红楼梦》是曹雪芹的作品，谁有本事谁翻，这和地域有什么关系？你这纯粹是在无理取闹。”

张代表口气有点放肆：“我们有权干预《红楼梦》的翻译工作，这是我们祖宗的遗产。对教科文的工作我们赞助了大量经费。”

艾田伯有点忍无可忍：“你这是在威胁我？你干吗要专门和这本《红楼梦》过不去？回去看好你老婆吧。”盛怒之下口不择言，他是那种极端憎恨伪善、憎恨谎言的人。

张代表老婆的丑闻，巴黎外交界都知道。他一时语塞，满脸通红，结结巴巴地坚持要艾田伯向他道歉，但说起话来底气不太足。

事情就这样僵着。

为了缓解矛盾，艾田伯决定采取“均衡”措施，让陈小姐和李治华合作翻译。至于怎么翻，由谁来翻，最终还得由铎尔孟拍板。

李治华并不是那种争强好斗的人，心想，合作既然可推动进展，不致让《红楼梦》搁浅，那就合作吧，只是担心俩人从未合作过，风格怎么统一？这只是设想，还没有形成事实，没有任何根据不便下结论，那就试试看吧。

陈小姐年轻、漂亮、有才气、出身名门，自小熟读诗书，精通英、法、德语，心高气傲。她父亲是国民党高官，与汉学界的泰斗铎尔孟相识。与李治华商量时，态度有些居高临下，口气中颇有第一翻译的架势，李治华倒成了辅助。

“我认为选用 1937 年上海中央书店出版的《红楼梦》就不错。”

“我认为这个版本不大好，这是在《红楼梦》版本群里妄改得最多的。”李治华提出反对。

“我不这么认为，我曾征求过张代表的意见，他也说不错。”她抬出了后台，好像已经没有什么商量余地。

“……”李治华没回答，他对这位极不讲理的张代表很反感，但没说出来，心想，还是少惹麻烦为好。

陈小姐说：“我们先译二十回，我译一至十回，你译十一至二十回。然后请铎尔孟先生校审后再决定下一步，两个月后交稿。”她有必胜的信念。

“两个月就能译完十回？”李治华有点吃惊地望着她。

“我不知道你行不行，反正我没问题。我一个人不用养家糊口，有的是时间。”她话里有刺，说完，站起身准备走。

“好吧。”李治华不想和这样的女人争执。

1954 年圣诞节之夜，张代表在华幽梦举办盛大的庆祝晚会，他们是华幽梦国际文化中心的赞助者，所以和顾安先生也很熟悉。晚会的主题是庆祝圣诞、欢迎铎尔孟先生归来、庆贺《红楼梦》法译本首战告捷。

张代表自认是文人从政，自称为儒官，但这个人办事很滑头。他和铎尔孟 1949 年前虽在北京打过很多次交道，但每次都是话不投机半句多，搞得他很狼狈。论资历、地位，铎尔孟是民国政府的顾问，是著名的社会活动家，连那些国民党元老都得敬他三分，自己是小字辈；论学问更是望尘莫及，甘拜下风，每次见到这个怪老头，他打心眼里发怵，既敬又畏。他听说铎老头好像是被赶回法国的，感觉也许现在能有点共同语言。

翻译《红楼梦》看来事小，其实重大，这是一场政治仗！张代表当然有资格决定翻译权的命运，目前已获初步胜利，下一步是把那个姓李的剔除，由陈小姐独自担任翻译。成功与否关键在铎尔孟。

这个晚会他精心策划了很久，怕引起这个老头的注意，才选择在圣诞节这天，他也知道铎尔孟已经看完陈小姐他们的译稿。

陈小姐乘坐张代表的汽车早早就到了，她一身露肩的黑色晚礼服，风姿绰约，很引人注目。

来的人很多，有顾安先生和他夫人的客人，也有铎尔孟的朋友，艾田伯和梁小姐也来了，还有专为张代表站脚助威的，政界、学术界人士热热闹闹聚集一堂。

不知是忘了，还是故意忽略，李治华没被邀请。

每个人心里都知道，今晚热热闹闹的圣诞聚会，将决定《红楼梦》在法国的命运由谁主沉浮。

铎尔孟今天的兴致很高，和朋友们谈笑风生，陈小姐和梁小姐则围在他身边说说笑笑。

张代表站在大厅门口接待宾客，他态度诚恳、稳重、热情。一切都进行得非常顺利。

灯光渐暗，乐队奏起了优美的《平安夜》，宾客们翩翩起舞。

张代表乘兴举杯走向铎尔孟："尊敬的铎尔孟先生，能在这里欢迎你，真是不胜荣幸。"他讲一口非常正宗的法语。

铎尔孟举杯用中文回答："圣诞快乐！张先生，谢谢你的邀请，我们应该是老相识了，何必这么客气。"

"铎尔孟先生，我想你对陈小姐的文才应该是满意的吧？"

"的确不错，可惜《红楼梦》对她压力太大，这么漂亮的小姐，我希望她不要因此过早憔悴。”

“我想，她会很珍惜为政府做贡献的机会。”

“张先生，你知道我一向对政治没有兴趣，完全没有兴趣！我只关心《红楼梦》。”他做了一个到此为止的手势。

他右手扶住陈小姐，朗声对大家：“首先祝大家圣诞快乐！再次感谢张代表为筹备这次晚会付出的辛苦。我知道朋友们都很关心《红楼梦》这部世界最伟大的著作，它将怎样呈现给读者。把一种文字复活成另一种文字，翻译是关键，而这部作品的翻译将非常非常艰难，我们不仅要诗、词、歌、赋全译，而且人名也要意译，也许要耗尽我们一生的心血。陈小姐的译稿我看了，她是一个天才。但我怜香惜玉的本性难改，我不忍看到这么美丽的花朵因劳累过早凋谢。我不得不遗憾地宣布，《红楼梦》法译本，将由李治华先生作为翻译。我选择他，是因为他的学识和勇敢，还有他的诚实。很遗憾李治华先生今晚没能出席。陈小姐将作为我的私人顾问。”

众人有些哗然。

对李治华这个人，他们并不太熟悉，但对陈小姐是熟知的，觉得有些遗憾。

陈小姐向大家微笑着点头致意。人们报以热烈的掌声。张代表脸色阴沉，但这一局游戏已经结束。

艾田伯无可奈何地想：“这家伙的怪招一个接一个，诗、词、歌、赋，全部要翻译，人名也要意译。想象力太丰富了。”

轻快的《蓝色多瑙河》圆舞曲，打破尴尬的局面。

铎尔孟邀请陈小姐轻舞一曲。他虽已年过70，但舞步轻松、潇洒，他总有那么多话题，逗得陈小姐愉快地笑起来。

陈小姐很聪明，她清楚知道《红楼梦》才翻译了10回，她已经精疲力竭了，何况还根本没敢碰诗词。特别是在文稿的后半部分，已充分反映出那种潦草和烦躁。铎尔孟这个决定，使她体面地摆脱了困苦。也许，书还没翻完，她已经变成个丑老太婆了。她不得不佩服铎尔孟敏锐的洞察力和判断力。什么都瞒不过他。

1962年，正是铎尔孟第二遍校审《红楼梦》译稿的顶峰时期，他喜欢抽着烟斗思考，特别是工作的时候，朋友们称之为“智慧烟斗”。

第十章

银色的梦

真正的男子汉绝不诉求苦难，他应该凌驾于苦难之上，应该把生命释放于大地长天、远山沧海……

铎尔孟自知对女人太缺乏了解，特别是对她们千奇百怪的内心活动，几乎一无所知。虽然曾接触过不少女性，但都是简单的交往，谈不上深入了解。而《红楼梦》里众多的女人，个个都有独特的性格，个个都有复杂的内心世界。他需要请几位如陈小姐这样的女性当他的顾问共同探讨，弥补自己的不足。

陈小姐和李治华的区别是：陈小姐文风纤细，特别善于描写女人缠绵的心理活动。作为一个翻译家，必须具备各方面条件，尤其是丰富多彩的人生，否则难以了解一部作品的精妙之处，特别是《红楼梦》这样的巨著。而李治华则笔调大气，侧重于曹雪芹笔下人物命运和社会的深层关系，他有丰富的社会知识，而且在他夫人雅歌的协助下，语调更具有法国节奏。

铎尔孟的决定是慎重的。

铎尔孟的身上总是散发出浓浓的书卷气，他平时言语不多，喜欢思考，在朋友聚会时他也是听得多说得少。有人说他孤傲，有人说他自负，有人说他天生的古怪。但任何事情似乎都躲不过他那对炯炯有神的蓝色大眼睛。他很注重自己的外貌，络腮胡和浓密的黑头发永远修剪得整整齐齐，衬托出他的贵族气息。他英俊潇洒、多才多艺，总是吸引着女人想找机会接触他，从醇亲王府的格格到才女，多得令周围男人们嫉妒。可他的心扉从来没向女人敞开过，对那些明里暗里的表达，他不是没感觉，而是从感情深处拒绝。他和她们只有彼此欣赏的友谊。这是一条不可逾越的严格界线。有人还怀疑他是否生理上有问题。

谁也不了解他，谁也没真正想了解他。

铎尔孟是个优秀的男人。

他的心灵，被那个把他带到这个世界的女人深深伤害；被当时的世俗偏见深深伤害；婴儿时期是从渴望到拒绝，年轻时是从认识到拒绝。他终其一生也没弄明白：一个母亲怎么可以抛弃自己的孩子？

他的母亲拥有贵族头衔和财富，却不能拥有这个孩子，因为他是非婚生子。

她深爱她的情人，面对财产和地位悬殊的无情现实，面对根本不可能成为眷属的现实，面对挡在他们爱情中间那不可逾越的门户偏见，绝望中她只好彻底放弃这个孩子和这个世界。那时他还只是个婴儿，她仅仅给孩子留下“安德烈”这个名字，还没来得及好好亲吻他，就从他生命中消失了。这是他生命中第一个女人。

第二个女人是他的外祖母。这是个自以为是的女人，女儿的去世使她悲痛，但更让她感到耻辱。她坚持认为是这个孩子的降生，毁了她唯一的女儿。她把所有的怨恨都集中在这个孩子身上，她从来没有对孩子展露过一丝笑容。所有的女佣也都和她们的女主人同一表情，冷冰冰板着面孔。谁也没有想过这将会对孩子的心灵产生什么样的后果。虽然生活、起居一切都是按贵族的仪式接受教育，但不允许他大声说话、大声笑，更不能大声哭。没有人的温暖关怀，如同生活在古老的石窟中。外祖父偶尔的干预，立即引发一场家庭战争。小安德烈总是静静看着战争从开始到结束，他并不害怕。

五岁那年，他终于反抗了，他拒绝和外祖母同桌吃饭，宁愿饿死也绝不再忍受外祖母每天在餐桌上絮絮叨叨无休止的指责。他把自己锁在卧室里，禁食。

三天后，他胜利了。是外祖父保护了他。

但外祖母不会放弃自己的权力，她指定一名女家庭教师负责管教他。这位总是一身黑袍、表情严厉的老处女，比外祖母还凶，一举一动都在她的严格监控下："安德烈 · 罗凯特 · 迪特 · 铎尔孟先生（Monsieur André Roquette Dit D'Hormon），请注意！……"她从来不叫他安德烈，总是一长串的全称，这是小安德烈最不能忍受的，比骂他还难受。这个女人的声音又尖又冷。大餐厅正中长长的餐桌，把他和这个女人隔成两端，间隔虽然很远，但她逼人的目光，还是让小安德烈感到恐怖，看见她，小安德烈立即联想到安徒生童话里的老妖婆。

最后，他不得不以这个家庭最不能容忍的粗野方法来反抗：见到女人就大声尖叫。"啊！"他的声音又尖又高，在古堡里四处回荡。他的尖叫给全家造成不安和惊恐，吓得家庭教师和女佣捂着耳朵四处跑。

外祖父和外祖母终于达成协议，把管理小安德烈生活的女佣统统换成男仆，另外聘请男家庭教师。

但他必须接受教育，成为一个真正绅士。

外祖父固执地认为，那位让他女儿身败名裂的男人，也就是小安德烈的父亲，肯定是个没有教养的人，否则怎么会勾引他们的女儿，而且不负责地让她怀孕。但他绝口不提造成悲剧的真正原因是家族地位，是他们的固执。他认为让安德烈接受完美的严格教育，是唯一能避免将来重蹈他父亲覆辙的办法。

外祖父从众多的应聘者中，聘用了名叫安德烈的教师。这是位很有学问的人，诗写得很好。

外祖父在书房里，一脸严肃地接见了这个反叛的小外孙。书房里还坐着一位蓄着络腮胡子、两眼炯炯有神的年轻男士，既英俊又和善。一对蓝色的大眼睛，配上一头浓密的黑发，虽然蓄着一脸络腮胡子，但仍掩盖不住他的年轻。他的眼神流露出一种忧伤，这种忧伤在他男人气质中又增加了一些诗意。

外祖父平静地说：“小家伙，你胜利了，从明天开始，接近你的佣人统统换成男人，这位是你的教师，他与你同名，我们称他‘大安德烈’。但有一条不能变，你必须接受完美的教育，成为一个真正的绅士。”

小铎尔孟站起来和安德烈握手：“您好！先生。”

安德烈友好地微笑着，用力握着小铎尔孟的手：“你好，安德烈先生。”

他们第一次见面，小安德烈就被这个大胡子吸引住了，有很强的亲近欲望，但仍与他保持很远的距离，小家伙有层层的防范心。

两天后，大安德烈很严肃地对外祖父说：“小家伙很紧张，有层层的防范心，很难接近。您能解释一下他为什么有这么严重的心理障碍吗？”

“啊，这也正是我所忧虑的。”他没解释原因。

大安德烈说：“我们必须改变教育方法和生活方式，也许通过诗歌、音乐、骑马、打球、游泳这些有兴趣的活动来打开这个倔强孩子的心扉。”

外祖父说：“唉！试试看吧！……请您最好耐心点，小家伙不太好对付。”

渐渐，小安德烈性格开始变得活泼起来，庄园里到处有他爽朗的笑声。孩子很聪明，也很用功，骑马、音乐、游泳、写诗，什么都能很快学会，他也并不完全听老师的指挥，还喜欢刨根问底，提出各种问题。大安德烈总会耐心解释。

外祖母偶尔会透过窗纱远远观看；外祖父也会放下手中的书，聆听片刻。

大安德烈以诚挚的爱心赢得了孩子的信任，他们之间很快建立了友谊。大安德烈给予小安德烈从来没得到过的爱，既有父爱的严格，也饱含着母爱的温柔细致。他们一起打球、骑马、游泳、听音乐、弹琴、跳舞、唱歌、朗读，小安德烈在趣味很浓的气氛中，接受严格训练。

爱，使他的性格开始变得活泼、开朗了；爱，使他偏执的狂野转变为勇敢。

他非常好学，任何一件事都喜欢求其精。他很快学会写诗，短短的诗句展现出他得天独厚的才华，大安德烈为此喜笑颜开，那种喜悦胜过他自己写的千百首好诗。

小安德烈在女人的世界里受到的心灵摧残，在这个男人的世界里痊愈了，他被培养成一个勇敢、无畏、宽容、求知欲很强的人。但他性格中的固执并没因此减少，还有那股潜在的野性。他和大安德烈经常发生争执，对方和他一样绝不让步，争执增强了他们彼此的了解和信任，他们太相像了。

他们相处了 10 年！小安德烈已由一个脸色苍白、身体瘦削的小男孩，成长为英俊健壮的男子汉。

这个大胡子老师影响了小安德烈一生的情和爱，影响了他一生的追求。

小安德烈16岁了，外祖父认为他已成人，有权知道一切。

在外祖父敞亮的书房里，外祖父靠在躺椅上半闭着眼睛，静静地抽着雪茄，他尽力控制情绪，但手还是有点颤抖。

小安德烈被允许坐在宽大的写字台前，桌上放着一本黑色烫金相册。

外祖父说："你可以看。"

他翻开华丽的黑色烫金相册，一位绝代佳人呈现在眼前，她是那么高贵、优雅、年轻，眼里充满一种梦幻般的迷茫，又好像在向他诉说着什么，只有天使才会具有这种美。他被她的眼神吸引住了。

"外公，这位美丽的女神是谁？"小安德烈惊奇地问。

外祖父平静地说："你的母亲。"

小安德烈感到山崩地裂般的震动，急切地问："什么？我的母亲？她在哪？我为什么没见过她？"

外祖父说："16年前，上帝把她召唤去了。"

小安德烈愤怒地问："您为什么要给我看？为什么以前从不告诉我？"

外祖父说："因为你今天16岁了，有权知道。"

……

外祖父的叙述，是一个遥远的悲剧：她爱上了一个家境贫困却多才的年轻人，他们是那么相爱。当她把这件事告诉父母亲，并且坦露已怀有身孕，不但没有得到理解，反而导致父母的愤怒。这简直是家族的丑闻！他们把女儿封闭在这座古堡里，断绝他们来往。

直到儿子出生，消息走漏后，受到来自各方的压力，年仅 19 岁的女儿扔下尚在襁褓中的儿子，在自己的房间里结束了她年轻的生命。

傲慢与偏见扼杀了年轻的生命和他们神圣的爱情。

小安德烈放下相册，发疯似的跑了出去：“啊，不！这不是真的！……”

这是他 16 年来第一次见到母亲，虽只有一次，却又怎能忘？她是那样的无辜，那样的柔弱无助，那样的纯洁，又那样的勇敢，她选择了爱却又无力承担。他自责不该错怪母亲，但又不能原谅她。为什么她是这么美的女人？为什么要让我看到她？什么样的男人才会让天使坠入爱河？

“妈妈！你在哪里？大安德烈，你在哪里？救救我吧！”他跑遍了林间、河畔……他呼喊着，喊声凄怆，他无助地恸哭……

大安德烈是他唯一可以诉说的人，是他唯一可以询问的人。但是大安德烈老师走了，没有道别。他永远不会再见到这个可亲、可敬的人了，也许他故意把这最难的难题留给他。

他倒卧在灌木丛里……

朦胧中，安德烈还像往常一样，对他轻语：“要想在这个世界生存，必须学会承受苦难。真正的男子汉绝不诉求苦难，真正的男子汉应该凌驾于苦难之上，真正的男子汉应该把生命释放于大地长天、远山沧海。”

他猛地醒来，四周静悄悄……

他独自离开了这个家，带着母亲的照片，到巴黎开辟自己的人生。

照片放在一个精致而小巧的红木箱里，里面还有一把安德烈送给他的牛骨刀。刀柄上雕刻着一行小字：开启心灵之窗 1897.6.19 安德烈（Ouvrir l'esprit 19, juin 1891 André）。那是他 10 岁那年，大安德烈送给他的生日礼物，小木箱里是属于他的极私人的物品，任何人都没看过。

他曾在茫茫人海中寻觅大安德烈。在寻觅中，他也曾一次次地陷入情感纠葛。他既有满足，也有痛苦，他永远找不到那种特有的爱——一种任何人都不可能代替的“安德烈式的爱”。

他以优异的成绩获得文学和法学双博士学位，而且进入最负盛名的法国政治学院学习。同时，开始学习最艰涩的汉语。他从汉语古典诗词中，寻求到那种博大精深的爱，这种爱是洒脱、深奥、永恒、超越。他的心豁然开朗。他爱上了这个文明古国，一定要去这东方文明古国。他结识了许多中国朋友,这些朋友帮助他实现了这个愿望。

1906 年，铎尔孟离开法国，到北京载沣王府当法语老师。那时的中国男人脑袋后面留着小辫，一个个很显老成。他想，我只有 25 岁，看起来太年轻，他们不会尊重我的，为改变形象，他蓄起了胡子。何曾想到“胡子”竟为他揭开了一个谜底。

临动身前，他在镜子前认真端详，感到这一脸漂亮的黑胡子，的确使他显得成熟了许多。正在得意，突然发现镜子里的这个他，很像一个熟悉的人，越看越像，他以为是幻觉，但形象越来越清晰，没错，是他！是大安德烈！完全活脱脱一个大安德烈！

“安德烈！”他喊着回身去找，他想，可能是安德烈来了，但屋里只有他自己。他又回到镜前，还是那个黑胡子大安德烈，他久久伫立在那里，看不够。大安德烈，你在哪里？你用了整整 10 年陪伴我、教导我，这算是自我救赎吗？

这个发现使他又经受了一次强震，人生情感的第二次强震！他很快平静下来，这个颤抖的巨变过程很短暂，没有像16岁那年，初见母亲照片时那样痛苦。在颤抖中，他重新认识这个具有伟大人格、才华横溢的大安德烈。他们相处了10年，大安德烈从未做过任何暗示，这该要有多大的毅力啊！难怪母亲会以生命去爱这个人。外祖父是否知道大安德烈的真实身份这并不重要，重要的是大安德烈爱他，他也一直深爱着大安德烈。他从感情深处早就接受了他，这也是他最愿意接受的事实。

在很多人眼里，以铎尔孟的外表、品德、地位，他应该是高富帅中的白马王子，他出身法国贵族，高学历，25岁当醇亲王家庭教师，不到30岁成为袁世凯外国顾问，北大教授，及至民国政府总统府顾问，他的感情世界应该充满浪漫。但他却始终未婚，生性孤僻，从不提及自己的身世，但他并不回避自己是私生子这一事实。于是流传着各种版本的假设，甚而怀疑他是同性恋。他并没有受此干扰，仍然我行我素。

唯有贝熙业大夫第一次和他接触，便发现这个沉默寡言的年轻人，内心世界有着与众不同的经历。他博学而不自夸，以中国士大夫道德标准要求自己，对人真诚，有令人尊敬的责任心，使贝熙业在众多友人中更信任他，处处照顾他，视他为兄弟。

铎尔孟也经常骑驴或步行，翻山越岭地来到西山贝家花园，与贝熙业一家把酒畅谈，享受西山清新的空气和灿烂的阳光。在这兵荒马乱的世界里，贝家花园成为铎尔孟的避风港湾，他和贝熙业家的每个人相处得都很好。

铎尔孟是个遇事很敏感的人，唯独在感情纠葛上反应迟钝，一直沉浸在自己的世界里，对外界的人事基本不过问。他和贝熙业交往 30 多年，除非对方告诉他，否则绝不多问，所以他根本没发现这老头感情生活上早就悄悄发生了变化。

直到 1952 年，他突然接到贝熙业一封非常正式的邀请函，邀请他去参加他和吴似丹的婚礼。婚礼仅邀请了 20 多位朋友聚会庆祝。消息来得太突然，铎尔孟吃惊得无法接受，那个才 20 多岁、非常文静腼腆的小姑娘吴似丹要和 80 岁的贝熙业结婚？今天不会是愚人节吧？

印象中，一向严肃认真的贝熙业从来不开这种玩笑。

这天，铎尔孟和贝熙业俩人做了彻夜长谈。

“因为双方家庭的反对，我们只能低调，以免再给他们刺激。只是很对不起似丹，让她受委屈了。”贝熙业很无奈。

“为什么？婚姻是你们俩人的事，只要你们真心相爱。”

贝熙业也有些激动了，他承受了太多压力，今天在老友面前吐露：“我把我对吴似丹的感情写信告诉两个女儿，希望得到祝福。没想到她们没有任何理由地反对，而且还对我大发脾气。自从她们的母亲在 40 多年前去世后，我独自承担了全部生活负担。你知道我的工作是多么辛苦，责任是多么重大。似丹的父母、祖父母也坚决反对，认为这件婚事会让他们在社会舆论面前丢尽脸，抬不起头。可这是似丹自己的选择，我没有做过任何引诱或强迫。我们相爱完全出自真心，而且是在不知不觉中慢慢产生的。这个过程也有 12 年了。

“当时，皮耶罗神父带着濒临生命危险的吴似丹来请我为她诊治。她的病很重，我惊奇这么重的病，她还能坚持上课学习，她才 16 岁啊，怎么会有这么坚强的毅力？一般像她这样的三期肺病的人，早就躺在床上等死了。热韦娜同样是肺病，而且比她轻很多，但她却变得暴躁，甚而轻生。这你是知道的。如果当时不是你的化解宽慰，真不知会是什么后果。但吴似丹不同，她比热韦娜要小20岁，但她却那么平静、有教养。只能说，是她心中的圣母在保佑她。我一向很钦佩这样的病人，治病，药效只能占30%的作用，精神占70%。

“吴似丹经常和她的兄弟们来西山玩，画写生，也常到甜水井胡同家里来坐坐，聊聊她的学习，后来她把她的古琴也带来了，闲暇时点上香弹几首曲子。孩子们的到来总会给我单调的生活增加许多乐趣。我喜欢中国文化，但我并不很懂，吴似丹的书画、音乐让我从中感受到中国文化的精妙……

“吴似丹的身体恢复得很快。她的家庭尽管是社会名流，但她从不娇弱，总是待人平和，有爱心。也许是她有过病痛的经历，如果发现家里病人多，人手不够，便会主动帮忙。她还向热韦娜学习护理技术。她很聪明，技术掌握得很快，有的病人还把她当成护士。如果她很久不来我们还会想念她。

“几年过去了，吴似丹从一个不谙世事的少女，变成一个不畏凶险、在炮火声中仍能从容给我当助手的勇敢女神。她和我不同，她是一朵花，我是在战火、瘟疫中冲杀过的雄狮，我有时几乎不忍心让她看到那血淋淋的伤口，她却平静地说，我也是在抗战。她真是个充满怜悯和爱心的天使。

“抗战胜利后，苏珊娜一家和热韦娜，相继离开北京回国。她们劝我尽早回法国，我回答说，圣·奥古斯丁有一句话，‘我在责任中得到满足，我如同是为他人而生活。’我在任何地方都一样。

“两年前，我突发心肌梗死，倒在书房的地上，面色青紫，当时吴似丹正好在我家，是她及时发现，找王大夫来给我紧急治疗，才挽救我这条老命。但这次意外之后，我感到自己真正是老了，已经不再是那个体壮如牛的贝熙业了。我需要面对现实。但吴似丹却坚定地对我说：‘你把你大半生都献给了中国，我要用一辈子来照顾你。’”

铎尔孟深深感受到，贝熙业沉静的外表下那股激情涌动的热情是那么真诚。12年了，他们之间的情感变化竟没有一个人察觉，连自己也没有发现一丝端倪，一直以为他们之间是一种父女般的感情。这时，他想开句玩笑都不忍心，这段爱情太神圣了。这是一个多么美丽的童话，多么像月光下一个银色的梦。

“老伙计，我都有些嫉妒你了，你拥有整个人生，我只拥有我自己和我的梦。人生自古有情痴。我支持你们，坚定地站在你们这一边。他们是自私、偏见！我这一生最厌恶偏见。它不仅在我心里隐藏着剧痛，而且在人世间以道德的名义，残酷地剥夺了多少恋人相爱的权利！偏见，夺走了我母亲的生命；偏见，夺走了我父亲的权利；偏见，摧毁了我童年的梦。”

铎尔孟第一次讲出了他母亲的悲剧……

历尽人间沧桑的老朋友紧紧拥抱，银色胡须上挂着晶莹的滴滴泪珠。

夜深人静，他们仍沉浸在对往事的回忆，那是一些美妙的时刻。

抗战胜利那年，铎尔孟和贝熙业应吴似丹的邀请，出席辅仁大学女子戏曲社公演的《牡丹亭》。为了助兴，铎尔孟和贝熙业还出面请戏曲名人韩世昌进行艺术指导。铎尔孟不仅喜欢看戏曲，还翻译过不少名篇，与梅兰芳、齐如山、韩世昌他们交情甚好。这些戏曲名家对这位精通汉语的法国人也颇为敬佩。韩世昌不仅对学生们进行认真指导，演出时还从昆曲名班昆弋班借来12花神助阵。

吴似丹饰演的春香，是一位活泼可爱的丫鬟。在婉转的竹声中，舞台上花团锦簇，众花神载歌载舞，靓丽如画。她的表演很到位，手、眼、身、歌，配合得很完美，这与生活中文静的吴似丹判若两人。贝熙业惊呆了，这真是个让人捉摸不透的女孩。

铎尔孟则在领悟汤显祖那极富浪漫色彩的《牡丹亭》所揭示的哲理。杜丽娘与柳梦梅为追求理想的婚姻所做的舍生忘死的斗争，透过戏剧的变化展现出来。通过春香的陪衬，使得杜丽娘更为仪态万方、内涵丰富，而春香的调皮、外化的直率，反映的是杜丽娘的真实内心。这正是中国文学独到的隐喻含蓄的绝妙魅力。今天的演出为他正在着手翻译的《牡丹亭》提供了非常生动的形象资料。

这夜，当他们重温《牡丹亭》，从中得到“力”的启示，一切成功的要素都源于自身的坚持，那种出自内心深处的坚韧的爱。

铎尔孟出面给苏珊娜和热韦娜写信通报并解释，并明确表态支持。

……至于似丹，我必须声明，她是完全诚心诚意的，是真诚而无图谋的，他们的爱是堂堂正正的。吴似丹出身富裕家庭，受过良好教育，她父亲吴明远是中法实业银行总经理，伯父是北洋政府财政次长。对于一个中国女子来说，愿意把自己的命运与一个被斥责为帝国主义国家的外国人连在一起，这是一种很勇敢的行为。

铎尔孟立即去拜访吴明远，讲明过程，还开玩笑说，“这桩婚事你是原始媒人啊，是你把一个病恹恹的女儿送去的哟。似丹不是叛逆，是非常传统的中国女人，她不仅知恩必报，更尊重贝熙业大夫高贵的人品。我们应该为她骄傲，为你有这样一个女儿骄傲。”铎尔孟是吴明远中法银行的董事，彼此很熟悉，说话也随便。

在京城，也有不少异国婚姻，像贝熙业的好友兰荷海、邵克侣，均娶的是中国女子。交往的男女就更多了，莱热还差点娶了个格格。但像贝熙业与吴似丹年龄相差如此悬殊的却十分罕见。人们先是用好奇的眼光看待这段异国姻缘，议论纷纷。当他们俩的真情故事传开后，人们又转为赞颂和钦佩。

抗战时期，年近七十的贝熙业，还常骑着自行车往返于北京、西山，为晋察冀边区运送药品，被尊称为“自行车驼峰航线”。

第十一章

奥维涅山庄的落日

她是一朵花，我是在战火中冲杀过的雄狮，我不忍心让她看到血淋淋的伤口。她却平静地说，我也是在抗战……

2004年，我的书《红楼梦在法兰西的命运》正式出版。在搜集资料的三年中，我经常会接触到贝熙业这个名字，贝熙业与铎尔孟常常出现在同一场合，为同一件事奔波，甚至铎尔孟的后事处理，也曾委托贝熙业的女儿。我相信，他在铎尔孟的感情世界中占据的分量一定很重。为寻觅这条线索，我费尽周折，最终仍收获甚微。10年前找不到的，10年后就更没戏。老一辈的人早已作古，年轻的孙子辈则毫无兴趣：“他们在中国的事和我没有任何关系，即便有，也不知扔哪去了。”历史就这样被悄悄湮没。

然而，没想到真的出现了大转折！它不是急转弯，而是10年的渐进。

2013年，吴似丹去世后，他们的儿子让·路易在奥维涅老家整理父母遗物时发现了一个大“金矿”，让他真正认识了自己的父亲、母亲。“金矿”的上面有1953年贝熙业写下的一段话；

> 我刚刚翻阅了我的资料，它们未加整理，我已习惯了这种杂乱。我关上抽屉，也许永远不会再打开它。我忽然想到，也许有一天，我的孩子或孙子辈会有人看到它们，会因此知道这里面珍藏着我在中国漫长岁月中得到的小小荣誉。

埋藏了61年的宝藏终于打开了，金光闪烁！

历史在滚滚热浪中再度辉煌，铎尔孟、贝熙业、莱热、李石曾……这批曾经奠定中法文化交流的重量级人物，拨开重重云雾再度走进人们的视野，把一个多世纪中华民族追求文明进步、抵御外侮的艰辛展现。

如果当时吴似丹也像铎尔孟那么任性，把一切文字、照片付之一炬，历史将因此断裂，不会有今天的再现。

在世人眼里，吴似丹仅仅是贝熙业的夫人，一位比贝熙业年轻52岁的夫人。世俗的偏见像抹上一层雾霾，模糊而有毒。当我们真正走进贝熙业的生活，走进他们纯真的感情世界，就会发现吴似丹那颗美丽的宝石般的心是多么令人敬佩！她忠实地执行了丈夫的遗愿，仅仅把属于自己的困苦带走。

我有幸在这样一个特殊的时刻，认识了让·路易和他的姨母吴瑞华女士。我等待这一天已经太久太久，冥冥之中好像是铎尔孟和贝熙业这对情同兄弟的手把我们牵在一起。初次见面，我们竟然没有丝毫陌生感，好像早就相识。我们无拘无束地聊起来，翻看那些依然鲜活的老照片，把时空颠来倒去。

吴瑞华女士是典型的北京人，性格爽朗，说起话来中气十足，虽然年近八十，还是能看出当年体育健儿的气势。她是数学老师，凡事讲究逻辑，绝不含糊。

吴瑞华说："我三姐随贝熙业去法国后，家里因出身不好，更怕沾惹海外关系，却又时时牵挂着只身在外的亲人，联络的大事就由我一个人来承担，反正我胆大。后来政治气候宽松了，我去法国看望三姐，三姐也带着小贝回来过。几十年这么一晃就过去了，来也匆匆，去也匆匆。三姐表面看文静、柔弱，她可是个有主意的人，关键时刻都是她在挺。

“离开中国时，当局规定除随身用品外，其他一律不许带，每人发30元美金。我三姐是临时通知的，连这30元美金都没有。刚到法国他们很穷，贝熙业托法国驻华领事馆代寄的东西，没钱去取，是由他女儿到马赛海关办理的取件手续。事后，他女儿说：‘取东西付了那么多邮费、关税，你们也没钱还，就拿这些东西抵吧。’这个‘抵’字让贝熙业很难过，这是他完全没想到的结果，最后的一点希望也消失了。贝熙业这些有价值的东西，本可以帮他渡过难关、重整家业，但他连看都没看一眼就没啦。三姐也没有一句怨言。

“劳累、贫病交加，得不到较好的治疗，使他过早离开人世。三姐宁愿赊账借钱在奥维涅山庄给贝熙业买墓地，也绝不让贝熙业前妻的两个女儿把他移葬到她们那里去。在争执中，三姐坚定地说：‘这是我的权利！这是我们的家。’她从来没发过那么大脾气。

“老贝去世时小贝才两岁多，举目无亲，穷得叮当响。贝熙业的退休金按当时法国规定，妻子可以继承50%，儿子可以继承10%，但有关部门对这个老年得的‘儿子’并不完全信任，需要重新鉴定，这是一种人格侮辱，但她不得不默默忍受。为了生活，为了她的理想，她不仅要打工赚钱，还要画画，更要尽心抚养她的小天使。要是在北京，我们七个兄弟姊妹伸把手也不会让她这么难。

“小贝很聪明，四岁半开始上学，学校就在奥维涅山庄，一个学校就两个老师，教1—6年级。小贝每天重复地听这六个年级的课，八岁半就全都掌握了。老师对三姐说，你应该马上送你儿子去读中学，我们已经没办法教他了。”

上哪儿去找中学？

吴似丹在奥维涅生活了将近10年，10年间她很少接触外界，前四年一切有贝熙业，丈夫的突然去世，带给她的忧伤，远比生活的困苦更甚十倍百倍，恍惚间没想到这么快儿子就要上中学了。她在这个农村孤零零的，没有亲戚，没有朋友。

贝熙业的一个被称为审判长的老朋友，住在里昂，向她伸出了援手。老两口退休了，家境富裕，又无儿无女，就建议吴似丹把儿子送到里昂“圣母中学”读书。他们给母子俩找了间两居室的房，如果吴似丹忙不过来，让·路易就由他们照顾。实际上小贝在读中学的六年间，多半是他们在照顾。老两口生活充实了，很高兴。让·路易有安静的学习环境，进步很快。让·路易15岁考上军医大学，走上了与父亲相同的路。虽然他很喜欢摄影，但没有钱。军医大学不缴学费，还发生活补贴。最有趣的是，小贝博士论文答辩后，同妈妈一起到超市买香槟庆祝，小贝拿出他的全部家当，准备和审判长夫妇一起欢庆，并答谢多年的照顾。适逢超市举办抽奖活动，小贝随手抽了一张，没想到他中的奖与购物消费基本相等。哇！真是好事成双啊！他们高高兴兴带着香槟和审判长老两口一起庆祝。现在，让·路易已经成为有名的心脏病专家。

“现在好啦，政府总算还了老贝一个公道，承认他的贡献。三姐要晚走一年，亲眼看到焕然一新的贝家花园成了中法友谊的象征，就会解开积压在她心里几十年的结……”吴瑞华为三姐惋惜。

小贝的外貌综合了父母的优点，浓眉大眼、帅气、憨厚、智慧，是那种能让人产生信任的人。小贝不会中文，但他能感受到亲人们对他的深情，能感受到人们对他父亲那份真挚的爱和尊重。1983年妈妈带他回北京，他们想去看看甜水井胡同和西山贝家花园自己的家。但这两处都没让他们进去，令他们很沮丧。现在一切似乎都正在发生巨大变化。

吴瑞华有点神秘地说，“你知道我们小贝为什么这么聪明吗？他可是圣母赐给我三姐的……”

圣母赐子这样的事例我听说过，但如何发生在贝熙业夫妇身上的，我期待着。她继续往下讲，一件件点滴往事，让人遐想万千，历史与现实总是那么相似，但又并不完全相似。

“我三姐是虔诚的天主教徒，在奥维涅他们房子的后山上有座很小的圣母教堂，她每天都要上山去祈祷。有一天她从山上圣母教堂下来，在路边草丛中捡到一个很小的瓷娃娃，周围静静的没有一个人，不会是谁遗失的。再回头看到在夕阳下闪着金光的教堂，像在对她笑。她把瓷娃娃放在怀里，默默祈祷，感恩圣母赐给她这个孩子，那年我姐 30 岁，她很想有个自己的孩子，这是真实的不是幻觉。后来她真的怀孕了。一年后，老贝 83 岁时，我三姐给他生了个宝贝儿子。兴奋得老贝一下年轻了好几岁，这是圣母赐给他们的天使！他从不让孩子离开他的视线：白天干活把孩子带在身边，晚上给孩子唱歌，哄他睡觉；孩子过生日，他亲自下厨烤蛋糕……这是多大的福分啊！在他们遭遇各种困苦之后，又是多大的安慰。”

这又是一个信仰的奇迹！

吴似丹可以和儿子讨论任何事，唯独闭口不谈贝熙业在中国的经历，更不让儿子学中文。

贝熙业遗留下来的东西，吴似丹从来没动过，一直保持原样，小心地珍藏在他们昵称为“奥维涅西山花园”的木屋里。

直到 2013 年吴似丹去世之后，在整理遗物时，让 · 路易才真正了解父亲和母亲……

奥维涅山庄是让·热罗姆·奥古斯坦·贝熙业（Jean Jérome Augustin Bussiere）1872 年 7 月 9 日的出生地，也是他 1958 年 2 月 7 日的归属地。86 年间他转了半个地球，创造了辉煌和奇迹，留下了挚爱和友谊。

奥维涅山庄是座偏僻的农村，三面环山，面对河流，土地贫瘠，当地居民为了谋生，翻越大山到附近的大城市去寻求生存。贝熙业是他们中最幸运的，他的祖父虽然只是一个泥瓦匠，却倾全力让儿子上学，他认为知识才能改变命运。贝熙业的父亲成为一名体面的小学教师，这位教师希望儿子将来继承他的事业。但生性好动、精力充沛、喜欢冒险的贝熙业却不安于现状，他总是向往着外面更广阔的世界。

贝熙业在军医大学毕业后，主动要求去塞内加尔担任军医官，之后他又去过印度、西贡、波斯、阿富汗、中国。他遭遇过人类最恐怖的非洲瘟疫，也亲手在中华民族最危难的时刻缔造一条自行车驼峰航线，突破侵略者严密封锁为抗日战士送医送药。他在中国 41 年虽有足够的财富，但他情愿以这一切为代价，换取与深爱并崇拜他的中国妻子吴似丹一同回到法国。似丹是他唯一的无价之宝，有了她就拥有了整个世界。

带着第一次到法国的妻子回到奥维涅山庄，呈现在他们眼前的现实比想象的要严酷百倍。到处是野草丛生的荒地，这是他 26 年前回奥维涅处理前妻玛丽后事时顺便购置的一块地，他做梦也没想到，这块荒地现在竟将成为他与妻子栖息之所。这也许是冥冥之中上帝的眷顾，否则，身无分文的他，恐怕连立锥之地都没有。

巨大的生活落差，并没有把年老而贫困的贝熙业击垮。他没有怨，没有恨，也没有失落感，仍然以宽厚、容忍、坦然的心面对。他相信人生旅途中或悲或喜的突然变化，虽然无法回避，但经由各自不同的承受力、适应力、创造力、自信力，是可以改变结局的。贝熙业是军人出身，有着吃苦耐劳、面对困难绝不言退的精神。目前的困境除了年龄大了点，钱少了点，其他的根本算不上难，只是对吴似丹有些不公平。他默默向上帝祈祷一定要保护好妻子。这是一个老军人的誓言。他环视周围的山川河流，林间似乎还回荡着儿时兄弟姐妹嬉戏的欢笑声，父亲打猎的枪声……他用有力的臂膀紧紧搂了搂妻子，一切将从这里开始，将从零开始……

远处几户人家，摘下帽子算是礼貌的致意，在他们印象中，赫赫有名的医生让·热罗姆·奥古斯坦·贝熙业不应该是这样回来啊。他可以请许多能工巧匠为他盖别墅，带着他年轻的妻子过上富人生活。

贝熙业放下手术刀重操祖父的旧业，当起泥瓦匠、木匠，为自己筑窝。

唯一心疼的是年轻妻子的承受力，她是位出生在北京富裕家庭的小姐，她的手是应该用来抚琴、拿画笔，怎么可以砌砖拿锨。这一切在善良、单纯、对生活充满想象的吴似丹看来都不是问题，只要两个人能在一起，吃什么样的苦无所谓，她必须分担。在分担中，两个人的心更近了。

修着修着，来参与的人渐渐多了，有的是远亲，有的是求医后以劳动作为回报。贝熙业总是鼓励妻子支上画架，把这些难忘的画面留存下来。后来在吴似丹画展中，这些充满生命活力的一幅幅画果然非常吸引人。

这幢初步成形的木屋，无意中竟那么酷似北京西山的家，甚至还多了一间专为妻子作画用的画室。这也是贝熙业的良苦用心，他想，如果我不在了，她可以凭绘画的技艺，在法国继续生存下去。他只想早日实现给妻子一个家的承诺。他们为小木屋取名“奥维涅西山花园”。

每到夜深人静，听到妻子沉睡中均匀的呼吸，看到她年轻的面容，一些往事会更清晰地呈现在脑海里。

皮耶罗神父带吴似丹来求诊时，她才 16 岁。长期受肺病的折磨，她脸色苍白，身体瘦弱，尽管病情越来越重，但神态还是那么平静。

吴似丹从辅仁大学毕业那天，拿着一本纪念册兴冲冲赶到西山，请救命恩人为她扉页题字。12 年前他为吴似丹纪念册题的这首诗，至今仍记忆犹新：

> Sous sa touche légère les monts et les forts avec leurs eaux sauvages surgissent par enchainement de la page blanche.
> L'hirondelle est moins agile dans son vol que votre main traçant ces paysages de rêve.
> Fuyant un monde agit que ne puis-je réfugier sous les bambous
> Près de la source fraiche où viennent boire les colombes !
> （妙笔胜轻燕，幻化峰林泉。鸽饮幽竹畔，隐此实我愿。）

之后，在各种风浪中，她这种内在修养的潜质处处显现，为他担当了多少常人难以担当的重担啊。

那年突发心肌梗死，是她果断地进行处理，才得以转危为安。

结婚，因年龄差距太大，遭到吴似丹家庭集体反对，是她对抗来自家族的强大势力，坚持自己的选择。

面临被迫离境、夫妻分离的生死关头，她始终默默守候在身边给他力量……相爱和相聚，简直就是奇迹中的奇迹！

一个月前的100天，是他一生中最漫长、最难熬的100天，这100天经历的事也是他最不忍心告诉妻子的，他会永远把它埋藏在心底。如果不是离开中国前最后10分钟发生由悲到喜的巨变，真不知他是否还能活到今天，还能在这里兴致勃勃地筑窝建房，还能在宁静的夜品味这些苦中的甜。

1954年7月，他接到通知，要求他限时离开中国。消息既突然也不突然，因为他的许多朋友早已相继离开，连挚友铎尔孟也接到了通知。他们私下曾对中国局势分析过，自认以他们几十年来对中国的贡献应该没理由被驱逐，但没想到形势如此，通知中还注明他的妻子吴似丹不许随行。这真是晴天霹雳！

82岁的贝熙业，还是信心满满地以他的人品和社会地位向当局申请，希望允许他带合法妻子回法国。他认为理所当然，却杳无音信，反复催促亦如石沉大海。而限期却越来越近，最后只得托印度大使把他的陈述递交给周恩来总理：

> 我把中国当成第二祖国，把中国人当成我的人民。我认为自己配得上作为这个国家的客人。我在这里有我全部的财富，全部最宝贵的情感，根据我过去41年之所作所为，根据法律的规定，我这样一个又老又有病的人，是否可以在不工作也不需要任何负担的情况下住在北京？假若法律不允许，是否可以考虑把我的行期推迟到9月底？此外我还请求我的中国妻子保

留她的国籍并允许她跟我一起走，她对我的照顾是不可或缺的，她自己也不愿与我分离。

信中每一句都是诚恳、真实的。他曾经给周恩来治过病，他想，他应该记得他。但，仍然没有消息。

痛苦、焦急的等待，他在内心深处早已不再奢求什么公正，而是乞求。42 年来第一次感到自己是个外国人，一个陌生的外国人。在与老友朱广相话别时也涉及这个避不开的话题。老友情绪有些激动："你在中国待了一辈子，中国是你的第一故乡。你的一切都在这里，你回法国怎样生活？"

贝熙业反倒平静地说："法国是一个音乐之乡，那里的人爱音乐，离不开音乐。我的太太是学美术的啊，她的古琴弹得也很好，我要把中国的文化、中国的音乐带到法国，他们会喜欢，我们也就能生活了。"贝熙业在努力宽慰大家，他的心永远没有怨恨。

菊花老人刘契园颇为赞同贝熙业的豁达，他知道吴似丹特别喜欢菊花，过去每年都会到他家来赏菊，便为贝熙业夫妇题诗一首，留作纪念。他相信因果福报：

良医济世视同仁，皓发童颜不老身。
偕得彩鸾来看菊，爱花都是有情人。

吴似丹陪着贝熙业最后一次到西山贝家花园，他们没有进去，只在外面转了一圈，与那棵茂密的七叶树告别。铎尔孟曾引经据典地说七叶树是神树，总喜欢搬把椅子坐在树下面喝茶。紫藤罗架下的秋千还在，那是 20 多年前专为二女儿热韦娜装修的，热韦娜的严重肺结核在这里得到治愈。这里早已人去楼空。

几个农民在远处看见贝熙业夫妇，他们略为犹豫，继而低头从他们身边快速走过，完全退去往日的热情。贝熙业曾经是他们心中的神，是救命恩人。贝熙业平静地笑了笑。

他们又慢慢走到那座碉堡式的贝家医院，用手轻轻抚摸坚硬冷凉的石墙。抗战时这里曾隐藏着那么多的秘密，一个个战士在这里重获生命再次奔赴前线。

贝熙业问吴似丹，“你还记得你第一次在这里给我当助手的情形吗？”

“记得，那是我第一次见到血，好害怕，浑身颤抖，好像动手术的人不是伤员而是我。后来看到你那么镇定自若，我的手才不抖了。”

“你很聪明、勇敢，很快就熟练了，他们都把你当成医院的专业护士。”

吴似丹凝望着眼前的挚爱，忍不住泪珠悄悄滚落下来，“我知道我们也许不得不暂时分离，我挺得住。没有任何时间和地域能把我们分隔。我爱你，不仅因为你帮助我击败了病魔，把我从死亡中拯救出来。更主要的是和你在一起我觉得自己走进了一个全新的世界。过去，我生活在一个象牙塔内，虽然衣食无忧，但心里很空虚，觉得人生一世，与蜉蝣无异，从不知道我对世界、对他人有何益处。自从走进西山，走进你的生活后，我看到了人生百态，看到一个复杂但是更为宽广的世界，从救助他人的过程中看到自己的价值，看到你宽厚的爱与大西山完全融为了一体。这时我才体会到古代文人所崇尚的山水情怀的真正含义……”每次重温妻子这番推心置腹的话总是让他心潮澎湃。

天津海港的别离。

离起航还有10分钟。船上船下的人们互道珍重。岸边船舷的一侧，贝熙业紧紧搂抱着娇小的妻子。这时，任何承诺都将成为谎言，他们没有一句话、一滴眼泪，只是有些怕，怕这是最后的诀别。

法国船长让·皮埃尔甚至愿意承担推迟一两天起航的责任。他说，上帝的慈悲总是在最后一刻，也许……他和贝熙业是老相识，对老朋友的事也有耳闻，心中很是不平。

贝熙业拒绝了。

10分钟后准时起航，汽笛一声长鸣。

贝熙业最后吻别妻子……

突然，人群中有人高喊着贝熙业先生的名字跑过来，交给他一封信，周恩来总理亲自批准可以允许他带走妻子吴似丹。一个巨大的惊叹号把时针固定在13点50分。瞬间，船上的旅客、船下的亲友们一齐为他们爆发出震天的欢呼。贝熙业也一反沉稳的常态，抱起娇小的妻子，转呀、喊呀、笑呀，他早已泪流满面。

船长说："夫人什么东西也没带，她恐怕连护照也没有吧。我们等你一天，收拾好马上回来。"

贝熙业坚定地说："不，什么也不要，她就是我的无价之宝！没有护照我们可以到香港去办。亲爱的船长先生，请鸣响你的汽笛，我们准时起航！"

吴似丹轻声地说："上帝没有忘了我。"她的神态虔诚得像天使。

贝熙业形容他和妻子吴似丹的婚姻，像最美丽的玫瑰那么芬芳娇艳，更像一株蜡梅，越是寒冬越散发异香。

一个多月的航海旅途，不一样的心情让贝熙业有着全新的感受。

过去曾为说服法国政府用庚子赔款的余额建一所中法大学，无数次两地奔波，没有一次像这样富有戏剧性，没有一次让他与旅客们那么亲切，更没有一次让他感到像是在逃离，盼着马上到达公海。他第一次感到自由的意愿比生命更宝贵。

贝熙业成为大家的医生，解除晕船他的方法总是那么简单易行。遇到真正的突发性疾病，吴似丹就成了他最好的帮手，他们在船上还成功做了一次急性阑尾炎手术。贝熙业高超的医术、吴似丹的文雅可亲，得到全船人的爱戴和尊敬，大家都昵称吴似丹“天使”“宝贝”。

吴似丹是第一次乘船，兴奋、好奇替代了偶尔的不适。清晨，早早起来守望日出，那个红球跳跃着从海面升起的瞬间，让她百看不厌，不忍眨眼；傍晚再来看满天彩霞的落日，嗅着淡淡腥味的海风，看那变幻无穷的海浪。她像个天真的小女孩，讲述她每天观察到日出和日落的点滴变化。她说，天空和大海相爱了，但他们的手无法相牵，只好匆匆离去，第二天又再来相见……她的纯真，感染着乘客，更让陪伴她的贝熙业惊奇地发现，经历这次生活的历练，吴似丹长大了，变得更勇敢、更坚强、更有承受力，这是她以前没有展现的潜质。这让他一颗悬着的心终于可以放下来了。

但贝熙业放心不下挚友铎尔孟，虽然常有书信来往，但各自都很忙：他在为建造这个家忙得不亦乐乎，铎尔孟则正集中精力翻译谁都啃不动的《红楼梦》，他那种高傲、自负、我行我素的性格，又得罪了不少人。贝熙业虽然对《红楼梦》并不很了解，但他支持铎尔孟诗词歌赋全部逐译的论点，也相信他有这个能力，更重要的是他认为《红楼梦》很符合铎尔孟。

他给铎尔孟写信谈到自得其乐的生活：“家务实在多得干不完。照顾孩子，骑自行车去买牛奶和面包，浆洗衣服，下厨，打理花园。”他还打算计划一个合适的时间，带着妻子和儿子去华幽梦。

1957 年 6 月，他带着吴似丹和儿子让 · 路易，终于出发去华幽梦看望铎尔孟。

1957 年，贝熙业和儿子让 · 路易在埃菲尔铁塔下合影。这也是他最后一次到巴黎。

第十二章

勃朗峰的启示

《红楼梦》像屹立于欧洲之巅的勃朗峰，充满爱与美的魅力，是勇敢者的天堂，是理想的巅峰……

夜深了，华幽梦山庄一片静寂。

只有铎尔孟窗里那盏柔和的灯，彻夜在黑暗中闪烁。这盏灯，给宁静的山庄增添无穷的想象；这盏灯，使寂静的森林也显得神采万状。在万籁俱寂的午夜工作，那是一种美妙的享受，这已是他几十年的习惯，无论是政府要员，还是普通学生，一律“夜谈”。

现在，他每夜只和曹雪芹探讨《红楼梦》的奥秘，探讨这位绝世之才真假虚实、轻重隐显、变化百端的描写手法，探讨他诗笔中的奇气，探讨如何运用美妙的法语使《红楼梦》400 多个语义丰富的人物名称，在两种语言的翻译中复活。

“曹雪芹先生，以我的理解，在你笔下的‘袭人’是一个外表忠厚、能干，内心却是个非常现实的人，她是位现实主义者。从她的名字的典故‘花气袭人知昼暖’可以看出她的行为准则，我用法语把它译成‘香气袭人’（Bouffé de parfum），parfum 是香气，bouffé 是一种既突然又轻盈、向人袭来无法抵御的动作，这既符合你的原意，又能让法国读者明白它的含义。

“‘紫鹃’既是鸟名又是花名，传说此鸟是古代蜀国帝王杜宇之魂所化，鸣声凄厉，能动游子归心，它的啼血化成杜鹃花。‘孤山杜鹃红如血’，丫头的名字预示了主人黛玉的命运，如果用法语译成杜鹃的啼声 Cri de Coucou，Cri 是叫声、啼声，Coucou 是杜鹃，这应该是不错的主意吧？

“贾宝玉的‘宝’字具有神奇的、超自然的意思，用一般的珍贵 précicux，不足以说明，应该用魔力的 magique 来形容，可否译作‘一块有魔力的玉’（Jia Jade magique）？林黛玉称呼‘宝哥哥’，我可以用同样的 frérot Jade（宝哥哥）作为她的专用爱称……

“曹雪芹先生，我若如此设想《红楼梦》里 400 多个不同含义的名字，最终，我恐怕将像杜鹃鸟一样，口吐鲜血。当然，这并不重要，重要的是尽力去理解你笔下那一个个深邃无比的人物名字的内涵。你总是把你的真正含义藏在这些名字里啊，我想你不会反对我的理解和尝试吧？”

曹雪芹微笑着望着这位有趣的、富于想象力的法国老头，听他侃侃而谈。

铎尔孟兴奋了，他决定摒弃那无生命的“音译”，简单的“音译”。Xi ren（袭人）、Zi juan（紫鹃）、Jia bao yu（贾宝玉）能给法国读者想象吗？能让法国读者理解中国名字所含的语义吗？它只是等于 A、B、C，1、2、3 的符号，不仅没有诗意，而且他们也不懂。当初曹雪芹大概没想到，将来有一天《红楼梦》被全世界捧为至宝，如果不能忠实地把他笔下的每个字、每段细节都译成他们能看懂的文字，岂不遗憾？“给我灵感吧！曹雪芹先生，让我有智慧、有胆量、有勇气，来攀登你这座勃朗峰。”

干杯，我的朋友曹雪芹先生！

干杯，为我们的智慧！

干杯，为我们的再创造！

这种新颖的再创造，曾遭到学术界的非议，各种各样的论点都有，基本都是反对、讽刺、看笑话。艾田伯也急了：“这个老家伙又在出什么新招？他的想象力也太过于丰富了吧？”

铎尔孟对李治华说：“那是因为他们不理解以现代语言学作为翻译理论的有趣之处，他们设立了太多的‘不可译雷区’。不要在乎他们，自己走自己的路！单独寻找一条路必定是困难重重，但不会像俞平伯那样遭到围啄，这里是法兰西！”

子夜，漫天飞雪，他拉开紫红色窗帷，推开高大的玻璃窗，深深吸着清凉的空气。他喜欢下雪，在北京，每下第一场雪，他便迎着飞雪到北海公园去散步，被白雪覆盖的北海公园有一种韵味，一种气派！他任大雪沾满他的头发、胡子，像个圣诞老人。他感到化成水的雪花像一股清泉，在他全身流淌。他会高兴得大笑，他会和公园里的小朋友一起堆雪人、在地上打滚……

他提笔给保罗·戴密微（Paul Demiéville）写信，每当一个想法成熟之后，他喜欢让好友分享他的快乐。

他在信中写道：

> 对中国古典精品如何翻译成法文，我有很多想法，也有更多的感慨，甚而有些痛心，我认为无论是《红楼梦》，还是李白、杜甫的诗中，精彩的典故隐喻比比皆是，几乎每个词句都蕴含着一个故事，稍不小心就面目全非，不仅损及诗文的原意和优美，对读者更是一种误导。
>
> 有一些法国人，读了一点中文便号称“汉学家”，闹的笑话令人哭笑不得。有位“汉学家”竟然把“马”字下面的四个点，写在马头上，让“马”的四条腿朝天长，大家当笑话传。其实，这并不可笑，只因他没有认真研究过汉字，才会出这种笑话……

记得北京中法大学有个目不识丁的看门人，名叫冉无，有个学生和他闲聊天，问他是不是和孔夫子的弟子冉有是一家？他不懂什么冉有、冉无，便请这位学生把这两个字写给他看，学生写了个“無”又写个“有”，看门人左看右看，然后说：“我还是叫冉無吧！‘無’字是一个人坐在四人抬的轿子上。‘有’字是替别人背包袱。”连不识字的中国人，都会从形上去理解，对于我们外国人，汉语真是一门深不可测的学问啊！

亲爱的保罗·戴密微，无论你多么忙也不要推辞《中国古典诗词》的校审工作。这是艾田伯那个家伙利用职务之便强加于我的。又是《中国古典诗词》，又是《红楼梦》。他对我的估计太高了，这怎么可能？

《红楼梦》占据了我全部时间与精力，我已无暇顾及其他。保罗，按照中国人的观念，我早已超过想入非非、知天命的年龄。离开北京时我的确觉得老了，但《红楼梦》又把我重新激活。我感到，我的想象力可以属于任何一个年龄段，但我不可能成为“红迷”，也不会整天掉“红泪”。今后，我无法想象还有什么能在我人生的最后阶段，超越《红楼梦》在我心中的位置。

每周星期二下午，是铎尔孟和李治华共同商定的送稿和研讨时间。李治华带着译稿到华幽梦来。李治华负责全书翻译，手稿由雅歌做第一次语词上的修改，并打印。铎尔孟则侧重诗词的修改、润色。他是老资格的诗人，可以驾轻就熟地运用法国古典格律诗或自由的亚历山大体，参差错综、变化多端地解释《红楼梦》中多种体裁的诗、词、歌、赋。在校审中他参与进自己的理解，对于李治华翻译的诗词，常常一行诗只留一两个字，有时大刀阔斧地删掉全部重写。4213 页、30 多公斤重的手稿，每一行都有他用蓝、红两色笔做的修改，严格说来几乎是重写。

起初，砍得李治华直心疼，他是费尽了心血啊！渐渐地，他进入到老师的思维里，不仅理解了，还获得了丰富的知识，他们彼此也因此更接近了。艾田伯教授校阅他的鲁迅《故事新编》《元代杂剧》时，仅仅改动个别字，相比之下，他更愿意接受铎尔孟的严格方式。

李治华带来了译稿，也带来了一封俞平伯的信。这封信从北京途经瑞士再辗转到法国，三个月漫长的路，带来朋友不寻常的问候和对翻译《红楼梦》的关切。

在俞平伯复李治华书中，他说：

> ……甘祠森先生来信说您研究《石头记》，并将翻成法文，甚为钦佩。他兼嘱我为您帮忙，谊不可却。但我对此书虽多年爱好，却说不上研究来，前年遭到许多批评，因此更不敢自信。大示诵悉，过奖之辞，殊不敢当，附来问题均已细阅，兹就所知解答，以未能多翻书籍，不能详细周备，有些只好缺短。乞海量之是幸。浩然先生在中国数十年夙所敬仰，晤时祈代为致意……

读着信，铎尔孟的面部表情在迅速转换，喜的是，朋友有消息；敬的是，他虽身处危境，仍执着关心法译本《红楼梦》的进展；忧的是，他承受能力的极限有多大？俞平伯在学术上是纯净的，他为人正直善良，性格豁达倔强。他能以学者的超然和潇洒掩盖内心的痛苦，在逆境中能够怡然，在逆境中敢于直言，这的确是一位真正学者的傲骨。

曹雪芹说他的《红楼梦》“字字看来都是血，十年辛苦不寻常”，俞平伯的《红楼梦研究》竟也是伴着血和泪。

铎尔孟毕竟曾经历过三个政权的转移啊，他亲眼看到每一次都伴随着血与火的斗争。他无意于政治，只是个学者，一个热心于社会公益活动的社会人。

他回味着和俞平伯最后一次见面：那是1954年春天，社会上已雷声滚滚。朋友之间的往来明显减少，大家都在有意无意地回避着什么。空气很凝重，不再有欢笑，连贝熙业家的聚会也取消了。他的宅院里虽仍是绿树、花香，但花已不再艳丽，它们在不该凋谢的时候凋谢了。

他希望在回国之前见见老朋友，做临别前的叙谈。

俞平伯家住北竹竿胡同，离他住的新鲜胡同只有三条街。过去十几年他们经常相约喝茶聊天，离得近很方便，权当散步。后来渐渐地竟变得有些遥远了，连见一次面都感到有些奢侈。

俞平伯如约准时到来，他似乎清瘦了许多，仍然笑容满面地送上两筒精致的绿茶：“远途旅行，喝绿茶消暑。”

铎尔孟把早准备好的一包书送给俞平伯。

俞平伯忙摇手：“君子不夺人所好，带回去吧，我还有机会找得到。”

“书觅知音，好书尤其挑剔。”

“不错，我算得上是它们的一个知音。”他们笑了，笑得很开心，笑声扫去了四合院里的沉闷。

铎尔孟比俞平伯大整整20岁，他们虽都在北京大学教书，平时见面的机会却不多，但这不影响他们的友谊和互相理解。他深知俞平伯的个性具有超常的韧性，但处境……他希望能为这位老友做点什么。

俞平伯笑了，笑得很坦荡："没什么可担心的啊！这一来，我的书就被一抢而光了，喜欢的要珍藏，怕以后没啦，批判的要买来看，找批判资料。塞翁失马，焉知非福。其实《红楼梦研究》一开始就是戏，手稿刚完成，稀里糊涂就弄丢了。有个朋友逛旧书摊无意中又发现了这部手稿，原来是有人捡到把它当废纸卖了。后来以《红楼梦辩》出版。到了1951年因没钱为父办丧，又想到以书稿抵债的形式向书店借钱，在《红楼梦辩》的旧作上用红墨水笔删改，用剪刀剪下来用糨糊粘贴，再加上两篇小文章，弄成一本13万字的书稿。《红楼梦研究》就这样出版了，没想到一下就连印了六版，这本书还让我被钦点当了人民代表。后来又被钦点成了现在这样。哈、哈，你说我的运气是好还是不好？……"

俞平伯那孩子般纯真的笑声尤在耳际飘荡，他豁达的胸怀、飘逸的心境、深沉的内涵、外表的温顺，多像那座勃朗峰啊！这就难怪他研究《红楼梦》了。

俞平伯在信上还提到底本的问题，语气诚恳，字迹苍劲有力：

> ……关于翻译工作，我却有一点意见，即用什么做底本的问题。据来书言似乎用的是作家出版社本，这不很妥当。因它系根据程乙本，而程乙本在这"红楼"版本群里是妄改最多的本子，您手头有商务石头记本（大约是程甲本），影印脂砚斋本，大可根据这两本来翻，尤其是脂庚本最好。为什么用这程乙本呢？……

铎尔孟高兴地对李治华说:“英雄所见略同，我们不是早就改用脂庚本了吗? 赶快写信告诉他。”

“可是，我们来回一封信就要用半年时间。”

“为什么? ”铎尔孟不解地望着他。

“法国还没有和中国建交，信要经由瑞士，何况到了北京还要经过层层审查。”李治华的情绪有点激动。他从 1937 年离开故土，至今已有 17 年了，开始是日本侵华战争，以后是国共战争，现在是内部整肃……老父、弟妹都在他的思念中。

铎尔孟陷入沉思，他肯定地说:“我相信中国一定有明天……”

第十三章

《渔光曲》

破旧的船在战火中远航，犹如一场生命赌博，他的这次赌注是押在船上飘扬的法国国旗上……

午夜。

李治华没有熬夜的习惯，可是今夜竟毫无睡意。他起床，披上衣服推开窗户，让初秋的晚风带着塞纳河的凉意吹拂进来，周围是那样的宁静，没有一点声息。河那边的巴黎，正沉醉在浓浓的灯红酒绿之中，而这个巴黎的发源地——圣路易岛，早已被推入梦乡。他站在窗前仰望着星空，他想到孩子们该早已入睡；他想到妻子可能还在挑灯夜战；他想到华幽梦彻夜不灭的灯光；他想到北京那些“红学家”正在遭受“反右”斗争的摧残，那一个接一个斗争；他想到北京的老父、弟妹，他已经20年没回北京了，故国、家园的变迁……寥寥家书怎能解游子思乡之情？

20年前离别时的情景又清晰地在眼前闪动：那是1937年7月19日，中法大学14名留学生，在极其矛盾的心境中离开亲人去上海，再转邮轮赴法国。七七事变之后，人人忧心忡忡，谁也唤不起赴法留学的喜悦。

李治华家境不好，临走时父亲把他编译的手稿《美国俗语词典》给了治华，并叮嘱说：“到了上海，把它送到商务印书馆，找王云五经理，他会把稿费给你，你就当作旅途的用度吧。”李治华噙着泪花，从父亲清瘦、冰凉的手上接过沉甸甸的手稿。刚一转身，眼泪就泉涌而出，不知此一去何时才能见面？……七七事变后，他曾和父亲商量，想留下来帮助父亲照顾年幼的弟妹，但遭到父亲的责骂。

车站上，为同学们送行的亲友说不完的嘱咐，流不完的眼泪……唯独李治华没有一个人来送行，父亲不允许他有任何动摇。儿子去法国留学，也是在完成他当年准备留学英国未曾实现的梦。

到了上海，同学们住进法租界的“世界社”，没床，便在几间大厅里搭地铺分睡。原预定月底开往法国的航班，因中国局势变化，船开到西贡就转回了法国，无奈，只好等下一个航班。等待，让人心烦，等待中时时传来战争的坏消息，更令人不安。8月8日敌军终于占领了北平，“世界社”里的空气一下凝固了，很少听见有人说话，沉闷、焦虑、暗暗落泪，使同学们一天天消瘦下来。

李治华把父亲的手稿放在身边，睹物思人。没想到局势的变化让他们在上海滞留了这么久。万般无奈的情况下，终于鼓足勇气来到上海商务印书馆找到王云五经理。

王云五经理听完李治华讲述后，接过李治华父亲李香谷先生多年心血编译的《美国俗语词典》，慎重地把200元稿费交到李治华手上，语重心长地说：“我等你好久了，我也知道你不到万不得已是不会来的，那是你父亲的心血，你得珍惜它……这点稿费实在太少，只是目前战乱，谁还出书啊！你父亲是位有学问的人哪，可惜生不逢时。唉，好好努力吧！以后就看你的啦！我相信你不会辜负香谷兄的期望。”王经理的话使他消沉的心开阔了。他的确是想把父亲这部词典的稿件留下做纪念，但严酷的现实让他不得不割舍心中这份爱。如果没有日本的侵华战争，现在早到法国了，也许这部手稿会一直保存下来。

一天夜里，睡在李治华旁边的朱颜，悄悄把他推醒，小声说：

"治华，我们既然还要等这么久，我想回杭州看看我妻子。"朱颜是非常重感情的人。

李治华赞同地说："好呀，老婆近在杭州，还不赶快趁这个机会回去看看。"

"我想请你和我一起去，同去同归，路费你不用担心，我包了。局势这么乱，遇到问题还有个人可以商量……说不定这是最后一次见面啦！……"他说得有些伤感，李治华被他的情所感，便答应了。朱颜高兴得眼泪都流出来了。

朱颜回到杭州便沉浸在夫妻的甜蜜中，寸步不离。李治华乐得自由自在去游西湖，西子湖是他神往已久的胜地，从小生长在北京，除了11岁那年随继母去过一趟通县姥姥家，还从没出过远门。在上海又因忧心局势，连外滩、城隍庙都没去看过，想想也有点遗憾。

西子湖，是连同白蛇传这个传奇故事一起进入他心里的，传说毕竟是别人写的书，也许真正的西湖并非如此。临近西湖，举目一望，记忆中的描述浮现，一切都如古人所写，好像踏着一个陈旧的梦境，熟门熟路，犹如故地重游。望着西子湖秀丽的风光和那汪湖水，他想：西子湖多慷慨啊！它把湖水、断桥、雷峰塔都给了这位钟情的白娘娘。这位以生命蔑视权威的女性，她既不愿成妖，也不愿成仙，却愿生生死死都是人。一个真正的有情有爱的人、一个有独立人格的人、一个自由的人！她的人性呼喊，得到人们的尊敬，得到人们世代相传的爱戴。西子湖，你蕴藏着多少美丽的神话啊！

神话、名胜、山水、亭舍、诗人，与历史又有那么多割不断的牵连，为西子湖挥洒出那么多壮丽的激情。林和靖那首咏梅的千古绝唱，呼之欲出地浮现在脑海里："疏影横斜水清浅，暗香浮动月黄昏。"再苦寂的心到了这里也会舒畅，也会抛掉一切来分享这里的秀色，分享这里月色浮动下的花香，分享那碧波仙子嫣然一笑牵动的绿水波光。这时，谁还能保持住万千愁思？

已近黄昏，晚霞又把碧水染红，他还在那里漫步，忘记了时间，忘记了身在何处，忘记了自己……他抬头望见紧靠水边的那座“慕才亭”，赶快走过去仔细观看：“妾乘油壁车，郎跨青骢马，何处结同心，西陵松柏下”，心中更激起一阵波澜。李治华从小在父亲和老师的严格管教下，熟读诗书，很多名诗句都能朗朗上口，长大后自己也很喜欢读书、写诗，对这位名妓苏小小的故事一点不陌生：一个乘着美丽的车，一个骑着矫健的骏马，一同愉快地飞驶疾驰，这是多么气韵夺人的浪漫情调！多么美丽的梦，多么荡人心魂的梦。

李治华感叹了：朱颜、小范这小两口如果到这里来走走，什么愁事不会烟消云散？他突然发现，偌大的西湖怎么会只有寥寥几个游人？怎么会这么寂静？

“号外、号外！日本鬼子飞机已逼近上海轰炸……”远处，一阵急促的叫卖声把李治华从幻梦中惊醒，他急步回到朱颜家里。

朱颜见李治华回来这才放心，他拿出上海来催促立即回去的电报。二人匆匆乘车回上海。

列车在沪杭线上运行，刚刚开过“笕桥”，日本飞机俯冲下来，“轰”的一声巨响，顿时，隆隆的爆炸声四起，炸弹声和反击的高射炮声连成一片，浓烟滚滚，车厢被震动得左右摇晃，车窗玻璃碎片飞溅，乘客们惊呼着，涌动着……“笕桥”在列车后面被日本飞机炸毁了，列车不顾一切地向前奔驰……

朱颜和李治华乘坐的车厢紧靠着车头，感觉上没有车尾强烈，如果这颗炸弹不是在车尾后面，而是在车头，或者在车的中段……唉，也不知杭州怎么样。

到了上海，车上的人仍惊魂未定，一个个都在诅咒日本人。

“狮身女首”号轮船，大家都知道这是第一次世界大战时法国缴获的德国船，是艘早就超期服役的船，有人为此提出抗议，船老板解释说已经做过维修。

“我并没强迫你们任何人！你们可以等下一班。当然，也不可能有下一班，除非战争很快结束。”老板也有些生气了。

在战争年代，别的船不愿来的情况下他来了，这就是勇敢。从另一方面来说，如果被炸毁了只是损失一艘破船，如果上帝保佑顺利返航，他就成了英雄，岂不是名利双收！何况他也在船上，要死大家一齐死。远航就是一次赌博，他的这次赌注是押在船上飘扬的法国国旗上。

挂满法国国旗的轮船，远看就像一艘花船。长得粗壮结实的船老板，并不属于那种很有智慧的人，他更像一个赌徒。他豪迈地向乘客们宣称:“小日本再发疯，还不至于敢向法国投弹！”

不管船老板是否真有信心，炸弹是不是真怕法国国旗，但它的确减弱了人们对船的忧虑，大家商量还是决定冒一次险。老板的话对年轻学子们也是一种刺激，如果我们国家也有法国那么强大，怎么会受日本的气？一个个发誓要努力学习，将来学成回来建设自己的国家。

9月4日，天空虽晴朗，心里却乌云滚滚，弥漫着不安、紧张，一切都是未知数，只好任由命运摆布了。14个赴法留学的同学，像一群沙丁鱼那样艰难地挤上了“狮身女首”号轮船。

“沙丁鱼”的命运，系在一条破船和不可预知的战争上，但又别无选择。大家做了最坏的打算，每人把写好的遗书装在一只布袋里，交给“世界社”的柏先生，他是法国人，肯定会知道“狮身女首”号的消息，平安到达，就销毁全部信件，如遇不测，就寄出去。

船启动的一刹那，突然感到一阵空虚，像断了线的风筝，大家放声哭起来，不顾一切地号啕大哭，把这些日子憋闷、压抑在心里的思念、难舍、愤恨一齐发出来。20多岁的年轻学生，有的是对理想的憧憬，却从来没尝过生离死别般的悲伤……不知过了多久，好像过了一千年，同学们还在扶栏远眺泪眼模糊中的波涛、海鸥，还有几座不知名的小岛。小岛被波涛、浪花包围着，孤零零地矗立在那里，它多像这艘颠簸的船啊！

海风带着潮湿的凉意吹来，眼泪流干了，眼泪终于洗刷尽了胸中的淤塞。静静地望着茫茫无际的大海，思绪又回到海那边，回到战乱的家乡，回到父母身边……周围静静的，只有天上那弯新月还陪伴在身边。海浪拍打着船身，发出单调的唰、唰、唰的撞击声。

远处传来悠扬、婉转的口琴声，琴声在海天旷远中飘荡着一丝哀愁和压抑，这是一首多么熟悉的曲子啊！是《渔光曲》！

是谁在吹奏？是谁吹奏得这么动情？是谁把这首曲调诠释得如此透彻？大家一齐回转身，随着悠悠的乐声寻去……船尾，一个人正面对大海抒发他心中的深情。

“是他！是任光！”

“只有他才能吹奏出发自心底的呼声，只有他才会有这种感召力！”他们尽量控制内心的激动，轻轻地走过去，好像突然找到了一种心灵的依托，找到了阳光，不再像被遗弃的孤儿那样伤感，不再似孤雁飞翔。

两位女生低声哼唱，声音婉转，她们只是想唱，想在歌声中抒发此时此刻的悲伤。她们不止一次地去看过《渔光曲》这部动人心弦的影片，王人美、韩兰根的真挚表演让她们掉了好多眼泪，安娥质朴的歌词令人难忘。那歌词淋漓尽致地展示了渔民苦难凄凉的景象：

云儿飘在海空，鱼儿藏在水中，
早晨太阳里晒渔网，迎面吹过来大海风。
潮水升，浪花涌，渔船儿漂漂各西东，
轻撒网，紧拉绳，烟雾里辛苦等鱼踪。
……

十几位男女同学混声齐唱，含着一种悲壮。那是种心境的袒露，对渔民苦难的生活他们并不了解，在音乐的感染中朦胧地体验到人生从未有的酸楚，音乐引导他们走出了狭窄的个人境界。

船舱里的人出来了，站满了一层层甲板，有中国人也有外国人。船老板从激荡人心的歌声中，感受到一种震撼的力，他开始重新认识中国，重新认识这个民族。

东方现出微明，星儿藏入天空，
早晨渔船儿返回程，迎面吹过来送潮风。
……

船员们也出来了，他们不懂歌词，但委婉的音乐令他们感动，他们太容易被感动了，特别是对音乐的领悟，像是这个民族与生俱来的素质。他们有的吹着萨克斯管，有的吹着小号，有的弹着吉他，有的敲击着锅、勺……吹着、弹着、敲着、唱着、跳着，浩浩荡荡。

他们一旦加入，一首凄怆的歌曲顿时变成欢快的协奏曲。法国人没那么多忧愁，不公平的历史早就被大革命改写了，现在不高兴就游行、罢工、向政府示威，为什么要把痛苦憋在肚子里？应该起来反抗！

船老板带头鼓掌："太棒了！"他跑过来紧握着任光的手："太棒了！我是非常喜欢音乐的人，一辈子都想当作曲家，命运却让我和大海交上了朋友，一生和波涛相连。"他抹去淌下的泪水，紧紧拥抱着这位天才的作曲家。

音乐消除了隔阂、增进了彼此的了解，音乐为这艘破旧的船增强了生命的活力。

这夜，船老板用香槟招待大家，庆祝他的"中国缘"。

任光先生早在1919年就曾在法国里昂师范音乐学院学音乐，那年他19岁，正是充满了幻想的青春年华。不久他与里昂音乐学院院长的女儿结婚，他们曾热恋过，后来又为这段热恋画了个无奈的句号。在法国生活的这些年，他对法国人的性格太熟悉了，既喜欢也不全喜欢，他们善于表达感情，毫不掩饰自己的崇敬之情，有时也让人难以接受，文化差异不是那么容易沟通的。

这夜，当乘客们进入沉沉的梦乡，这艘老船却经历了一场死亡海峡的考验：巨浪的突然袭击，几乎把它葬入海底。船老板的赌徒心态早被音乐唤醒，他以20多年的航海经验，与狡猾、残忍的海神进行智力和毅力的搏斗……

终日晕船的朱颜，自上船以来一直处在天旋海转之中，每日仅靠吃香蕉充饥，在昏昏沉沉中只感到浪声更响、船更颠簸、胃更难受、头更眩晕。

任光始终站在船老板身边。对于变幻莫测的大海，他什么也不懂，更帮不上什么忙，但他愿意像朋友那样默默地把友情给他。任光今夜滴酒未沾，他是旅客中唯一清醒的一个。

他像战地记者，记录下那一个个惊心动魄的过程；他像画家，心里涌现出一幅幅壮烈的画面；他更是一位卓越的音乐家，一组组高昂的旋律早在心底激荡……

塞纳河子夜的凉风，夹杂着淅淅沥沥的小雨吹进来，把李治华从久远的回忆中推醒。他关上窗户，回到写字台前坐下，愣愣地望着铺在桌上的《红楼梦》第45回译稿，耳际萦回的还是《渔光曲》……他抬头看看台历：1957年9月4日，今天，是他离开中国整整20年的日子。难怪20年前惊心动魄的往事会重新浮现。唉！人的思绪真奇怪，许多意想不到的记忆突然会闪现出来，而且连绵不断，清晰异常。

任光牺牲后的第三年，也是一个秋雨夜，有人轻轻按响里昂李治华家的门铃，是位很漂亮的法国女士，看上去40岁左右，眼神里含着一丝难掩的忧伤。也许雨夜的寒冷使她脸色微显苍白，有点面熟，好像是里昂音乐学院院长的女儿，但又不敢肯定。

她自我介绍："我是任光的前妻M，我可以进来吗？"

"当然。"中国留学生的圈子不大，所以大家早就知道她和任光的那段婚事。

她问："你认识任光吗？"

"认识，我们1937年9月同船来法国。"

她轻吁了一口气，缓缓地说："我从报纸上知道他1941年在前线牺牲了。"

李治华惋惜地说："是的，我也知道这个消息，据说是在'皖南事变’时发生的不幸。”

“对不起，如果方便，能不能把你知道的这个消息，写一封信给我。”她缓缓地说着此来的目的。

“为什么？”李治华有点意外。

“我是天主教徒，按教规，女人离婚后不可以再婚，除非丈夫死了。现在……我可以拿着信去找我的律师办理结婚手续。”她望着李治华……

那孤独、忧伤、渴求、压抑、无助的眼神，在李治华脑海里刻下深深的印痕，留下难以磨灭的印象……她和任光已经离婚15年了啊！竟被一条无形的绳索束缚了这么多年。如今她的命运将由另一个人的死亡改写，这是个对女人什么样的“道德规范”啊！两百年前《红楼梦》里的女人为爱情牺牲，两百年后女人还是被爱情所苦。

那个难忘的眼神终使他获得了新的感悟。

他又重新翻看这首让他两夜失眠的《秋窗风雨夕》。体弱、孤苦的林黛玉，在秋雨夜触景生情的心情，宝钗的关切，宝玉雨中探望……这些都很容易进入故事情节，唯独林黛玉这首反映三人之间微妙关系的《秋窗风雨夕》把他难住了。他又轻声念诵：

秋花惨淡秋草黄，耿耿秋灯秋夜长。
已觉秋窗秋不尽，那堪风雨助凄凉！
助秋风雨来何速？惊破秋窗秋梦绿。
抱得秋情不忍眠，自向秋屏移泪烛。
泪烛摇摇爇短檠，牵愁照恨动离情。
谁家秋院无风入？何处秋窗无雨声？
罗衾不奈秋风力，残漏声催秋雨急。

连宵脉脉复飕飕，灯前似伴离人泣。
寒烟小院转萧条，疏竹虚窗时滴沥。
不知风雨几时休，已教泪洒窗纱湿。

从中文来理解，这是首极好的抒情诗，它动人、形象、有画面、情感饱满，但译成法文就麻烦了，法文诗很忌讳字词的重复，这首20句的诗，用了15个“秋”，5个“窗”，3个“风雨”，2个“风”，2个“雨”……怎么可能在一首法文诗里，同时出现这么多重复？如何运用法语格律诗的形式，既能消化这些重复，又能准确诠释词意，他又绞尽脑汁、苦苦思索了一整夜，读了一遍又一遍……

铎尔孟早就预言：“翻译《红楼梦》将面对难以估算的挑战，可能每走一步都会碰到暗礁、路障，曹雪芹10年辛苦，字字皆血，他会让我们轻松过关吗？”

三年来，遇到的难题无数，翻过一重又一重高山，距离勃朗峰顶还有很远，而且越来越难，三年过去了才进行到第45回。《世界文学代表作》曾要求一年译完这部《红楼梦》。这真是在开玩笑。即使只译故事，一年也不可能，何况还有大量的诗词。

一年！对这个要求铎尔孟从一开始就回敬过：“你们知道《红楼梦》是部怎样的书吗？用法语翻译它意味着什么吗？亲爱的先生们，我们不是厨师，可以答应你们晚上八点钟准时开宴。”

三年，刚过40岁的李治华，两鬓已悄然染上银霜。

“叮当、叮当、叮当！”楼对面圣路易小教堂的晨钟敲响了，晨钟在催促他该去上课了。他喝完咖啡，快速下楼……玛丽桥（Pont Marie）上，来去匆匆的上班族，谁也不肯停下脚步欣赏一下雨后塞纳河水的粼粼碧波。碧波上那层薄雾使他联想到林黛玉，他想：

黛玉写诗吐的是苦，宝玉来探望感受到的是甜，她却又当着宝玉的面，夺过来烧了。女人的心就好像被包裹在层层浓雾中，捉摸不透。难怪铎尔孟老师要请几位女士当顾问，专门研究女人复杂的心态。

铎尔孟，1881年出生，1906年到中国载沣亲王府教授法语。他是北洋政府最年轻的顾问，北京大学教授，国民政府总统府顾问，48年间历经中国三个时代变更。1954年回到法国，把他生命中最后十年献给了《红楼梦》。

第十四章

中国媳妇——雅歌

那个时代人们也是舍身取爱，热血沸腾。中国人是含蓄的，法国人是激烈的，《红楼梦》像一道彩虹把他们连在一起……

雅歌全名雅克琳·阿勒扎伊思（Jacqueline Alézaïs），“雅歌”这个名字是结婚后李治华给妻子取的中国名字，她则叫丈夫“哥哥”。这个“哥哥”是雅歌说得最标准的北京话，她叫得自在，我们听得舒服。

这个称呼在她心里就是“亲爱的”，但又比亲爱的更亲，有一种尊重的内涵。祝英台叫梁山伯“梁兄”，林妹妹叫贾宝玉“宝哥哥”，她认为都包括有这个含义，法国人嘴里那个亲爱的（Cher），太具普遍性了，没创意。雅歌是学语言学的，对法语、德语、拉丁语、古希腊语研究得很透，所以她不叫“亲爱的”而叫“哥哥”。她是中国媳妇，过门当天就改口，一叫就叫了60多年。

我看过几本书：《中国媳妇》《美国媳妇》《日本媳妇》……异国婚姻的酸、甜、苦、辣尽在其中，特别是那本《日本媳妇》写得挺惨。随着她的悲惨遭遇，“媳妇”这两个挺美的字就被贬值了。

雅歌尽职尽责，而且贤良地当了60多年的中国媳妇。

因她，李治华得以在既无内忧也无外患的环境下，翻译那么多的中国名著。

因她，才有一个稳定、和睦的家庭。

因她，才能准时把打印稿件送到铎尔孟手上，才能继铎尔孟之后完成《红楼梦》校阅。

翻译，需要一个精通起点语言的人和另一个精通终点语言的人共同合作，才能达到目的，雅歌和李治华完全符合了这种要求。在法国，几乎没有职业翻译家，绝大多数都是业余翻译一些文学作品。原因是报酬太低，只靠翻译，无法生存。雅歌说："我们的主要收入是教书。但我们都有把中国文学介绍到法国的意愿。我们除了在学校里授课，在家里教育我们四个女子以外，没有任何嗜好。唯一的消遣，就是两个人都喜欢买书、看书。日积月累就翻译了不少的作品。"

雅歌对中国的了解，是通过一部部中国古典和现代文学作品，逐渐认识和了解中国社会。当然也是通过丈夫的正确引导。他们从《今古奇观》《关汉卿》《忍字记》及《元代杂剧》开始合作，到后来的鲁迅的《故事新编》、老舍的《正红旗下》、巴金的《家》、姚雪垠的《长夜》、艾青的《艾青诗集》等十几部作品，再到最艰难的《红楼梦》。

雅歌以法国人的视角去接触那陌生的中国，她惊叹古典诗词的美，更感叹中国封建社会给人带来的痛苦。《家》的修润，她是含着泪进行的，她把她的爱糅进书中，以法国人的视角，使一个个人物栩栩如生，完全复活了，犹如作者自己的语言。最终动人心弦的《家》在欧洲轰动了，成了畅销书。

《红楼梦》的难度是作者的隐喻手法，常常使她陷入云里雾里，不知东南西北。法国人是不用这种表现手法的，她又要从头学起……

李治华非常耐心、细致地讲他幼年时住在北京顺天府尹何乃莹家的故事，以此来启发她，孩子们都必定会围绕在父亲身边和妈妈一起认真地听："府尹的住宅，坐落在宣武门教子胡同 38 号，这块地原来叫‘桑园’，大概是过去种桑养蚕的地方。修建成府尹大宅院之后，南园内还残存有几棵桑树，这几棵桑树给我们童年带来了很多快乐。把蚕宝宝放在大纸盒里，每天放学后，放下书包便到南园去采新桑叶喂蚕宝宝。蚕吃桑叶的声音很好听，而且吃得很有规律，一排排地吃，绝不会像猴子那样东一口西一口，乱扔乱吃……”李治华很会讲故事，雅歌听得入迷，孩子们听得哈哈直笑。

大女儿英着急地追问：“后来呢？”

“后来，它们一天天长大了，妈妈让我们到城边捡几根秫秸回来，放进蚕宝宝的家，说它们吐丝后便要结茧，结出黄的、白的椭圆的茧。我们就天天等……”

孩子们的想象力是丰富的，他们的问题一个接一个：“它们肚里的丝有多长呀？什么时候才能吐完？”

“春蚕到死丝方尽。”李治华念了一句杜甫的诗，还让孩子们背诵，他不失时机地传递中国文化，培养孩子们的情操。

“丝吐尽了蚕宝宝就死了，用什么办法可以不让它吐丝？”小儿子关心的是蚕的生命。

“你和妈妈每夜都在翻译，你们肚里是不是也有根很长的丝？这根丝会不会吐完？”二女儿关心的是父母的生命。

“你们最近常提到的《红楼梦》是什么？这幢红房子里发生了什么？”大女儿毕竟10岁了，她在探讨学术。

“是一道彩虹，那彩虹围绕在一棵美丽的树上。”雅歌以她的理解向女儿解释。

“啊！我懂啦……”6岁的源，最先表示懂了。等到真正看见这道彩虹时，他已经33岁了。

李治华每星期都奔忙于里昂—巴黎—华幽梦，一年又一年在这三角地带，教课、批作业、翻译、查资料。他的时间是用“分”来计算。雅歌既要教课还要接送孩子上学，放学后要照顾孩子的起居生活，还要安排孩子们的周末活动。她是个好母亲，绝不能因忙而影响孩子的健康成长，要在有限的时间内把工作、孩子、丈夫、翻译安排好，唯有压缩自己的休息时间。

夜深了，她轻轻到孩子们的房间里查看一遍，望着孩子们天使般的睡态，望着他们在梦中的微笑，她所有的疲劳都消失了，世界上没有什么比孩子的梦更纯洁、更美好、更令人陶醉。多可爱的孩子啊，他们从来不给妈妈添麻烦，英早就在照顾弟弟、妹妹，为妈妈分担。也许是从小养成的细心、耐心，使英长大后也爱上和妈妈同样的职业——教师。

雅歌轻轻回到书房，书桌上堆满一本本字典、词典。她展开哥哥的《红楼梦》译稿，校对、修润，在修润中遇到疑难问题，便停下来查字典，反复推敲，这时，她常常想到哥哥给她讲“推敲”的典故，她的嘴角现出一丝微笑。他们结婚 30 多年来，夫妻间随时交流，让她懂了许多法国文化以外的有趣知识。他们的爱是建立在同一理想上……打字机传出“嗒、嗒、嗒”的敲击声，她快速、灵巧的手指在键盘上飞舞，像一组流畅的钢琴曲。钢琴曲的旋律在夜空里飘荡着，它飘到华幽梦，那里也有位彻夜沉浸在《红楼梦》里的诗人，铎尔孟老师也在那里“推敲”中、法文之间语意的和谐。他在雅歌打印得整整齐齐的译稿上，再推敲，有时点头微笑轻声诵读，有时毫不留情地用笔注明、划掉、补充、修改、重写，第一遍用红色笔，第二遍用蓝色笔。

窗外，天空出现一丝红云，不远处教堂的晨钟敲响了，书房里的灯越来越暗，渐渐变成一个小小的亮点，窗台上飞来几只小鸟叽叽喳喳地叫着索要食物，这是多年的惯例了。晨钟一响，它们就到，孩子们随着这个“定时闹钟”快速起床、喂食，小鸟们吃饱了高高兴兴地飞走。

红云、晨钟、小鸟，她开始了新一天的工作：叫孩子们起床，准备早点，送孩子们上学，自己再去上课，那里的学生正等着她……直到现在，她的儿女们回想起妈妈当年的劳累，仍然感慨不已，因为他们早已深深体验到当父母的艰辛，特别是当一个好父母更不易。

她是一个好媳妇，也是一个好母亲，还是一个好老师。

雅歌尽力帮助丈夫在法文修辞上更完美，再打印出来按时送交给铎尔孟，不仅仅是出于她对丈夫的爱，她对这部彩虹似的《红楼梦》由衷的爱，促使她去为它付出。她对中文不太懂，面对这么复杂、优美的中国古典文学作品，怎能单纯从字面上修修改改？她需要尽力去认识、了解那个时代的中国社会，再与同时代的法国社会进行对比，理解后才能以近似的语意去对译，尽量避免出现难懂的生涩词句，让读者失去兴趣，这就是她的工作，这就是她神圣的工作。

为了应对《红楼梦》的挑战，她又重新阅读司汤达、雨果、巴尔扎克、普鲁斯特的作品。尽管这些作品在大学时代就不知读过多少遍，但她必须再认识，从《红楼梦》时代的新视角去再认识。她发现两国文化背景和习俗虽有很大差异，但那个时代人们也是舍身取爱，热血沸腾。中国人是含蓄的，法国人是激烈的，她发现了两个民族“爱”的共性。

她爱听哥哥讲他儿时的故事，再把这些点点滴滴组织起来。她发现很多故事都和大观园贾府发生的事相似。那段放风筝的故事她不仅听得津津有味，还详细询问制作方法，最后连几个孩子也学会了扎风筝。假期，他们把自己制作的风筝，带到地中海去放，一只藕荷色的豆腐块风筝在地中海上空冉冉上升、悠然飞翔，竟然比所有的风筝都飞得高。从此，曹雪芹在孩子们心中扎下了深深的根。

我曾问她：“到中国去了两次，有什么感觉？”

她说：“没有什么特殊的感觉，就像回家。有些人曾在法国见过，在中国再见时就像老朋友。”

2004年，我请已经80岁的雅歌夫人，把她对50年前翻译《红楼梦》的印象以一个法国人的视角描述出来。在经过一番思考后，她在给我的信中坦诚地说：

在校阅我丈夫翻译的《红楼梦》译文时，我承认有点恐惧。这部著作篇幅宏伟，情节复杂——更确切地说众多并行或纠缠在一起的情节，故事曲折，人物繁多（500以上），我怕认不清谁是谁，这一切都使我惊骇。

可是一旦克服了这个故事的生疏环境，我就喜爱上这些曹雪芹使其如此具有个性的人物。首先是贾府成员：专行独断地掌握着整个家族的贾母；她的次子贾政，虽是一位功成名遂的大官员，但在母亲面前却卑躬屈膝；手段阴险而令人生畏的凤姐。在他们旁边，那一群年轻人：贾宝玉，一个过于被溺爱的孩子，任性懦弱，终于被命运所驱使；他的两个表姐妹，一个是弱不禁风、难以捉摸的黛玉，很像法国作家马里沃（Marivaux）或普鲁斯特（Proust）的女主角，还有一个是通情达理、稳重平静、直奔前程的宝钗。他们周围还有一大群年轻漂亮的丫环、惯于抱怨而忠心耿耿的老妈妈和不可胜数的仆人。

这个在他们府第围墙里边过着豪华生活的家族，与外界并不完全隔绝。因为贾政官职在身，几经沉浮，时常被迫远离亲人，生活在外，这给曹雪芹一个扩大画卷的机会。他向我们展示一个外表光辉灿烂而内部腐败的社会，到处都是人与人之间无情的争夺与报复：官员和法官的贪贿；大官专横霸道，小吏奴颜婢膝，却同时策划阴谋以便夺取前者的地位；财政丑闻；各种营私舞弊。我们看见这个社会逐渐退化，作者清醒而严酷的描绘，就像后来巴尔扎克在《人间喜剧》中所写的一样。我赞美这种使曹雪芹进入世界文学伟大行列的细致分析。

我唯一的遗憾，就是语言的障碍使得我未能适当关注此书的精神问题。虽然有这个严重的缺陷，我还是被富丽堂皇而且点缀着众多诗词的《红楼梦》所感动，它使我发现了一部伟大的作品和一个伟大的作家。

这封信她用法文手写，由李治华再翻译。

1924 年，5 岁的雅歌。

1929 年，10 岁的雅歌（左一）与母亲伽雷夫人和妹妹玛德兰在泊郎驿合影。

第十五章

未了情

有天才的人，一生中常常有几度恢复青春。他愿把一生中真诚的情和爱，化作秋色中一片夕阳红……

秋天给大自然添上亮丽的色调，各种树叶按照自己的个性、对季节的认识，以绛红、金黄、淡黄、深绿、浅绿……层次分明地组成一幅绚丽多彩的画卷，画卷只有在暮秋的静悟中才能展现它的真正韵味，韵味把人们无穷的想象力再推向顶峰。

秋天，这也是铎尔孟诗意最浓的季节，他的灵魂洋溢着抒情的激动。每年秋天来临，他都会觉得年轻了许多。在北京那几十年，每年他都去西山把自己融进那漫山遍野的红枫之中，融进那金灿灿的柿子林里。健步攀登山崖时，谁还会去想今年几岁？不知不觉竟过了48年！华幽梦虽不似北京西山那么壮观，但这里却别有一番情致，不用刻意去攀登，天天都可以轻松走进古森林里，呼吸着有些湿润、带树脂清香的空气。

他一直想在树丛中修一幢小木屋，在大自然的怀抱里、漆黑的夜晚、落叶飒飒的细语中与曹雪芹对话，把《红楼梦》里的小姐、少爷们，从人工修饰的大观园释放到大自然里来吟诗作赋。在他的想象中时时会出现这种场面：史湘云醉卧灌木丛；王熙凤古森林夜惩贾瑞；贾宝玉梦遇小精灵；刘姥姥偕贾母同观森林秋色……面对如此美景，怎能挡住他想象的驰骋。

这些日子《红楼梦》的校审进行得很顺利，思绪流畅。每到夜晚，那一个个人物便向他拥来，都是往日的相识。无论是故事叙述还是诗词表述，早已不似几年前那么艰涩了，曹雪芹虽然擅用隐喻，但对理解他的朋友们却是坦诚的，铎尔孟懂他。

每天下午三点起床后，他对着镜子把头发、胡子仔细梳剪整齐，再下楼去餐厅用餐，这是他很多年的习惯。无论岁月如何流逝，但头发、胡子，始终保持一丝不乱。

望着镜中这个仍然酷似大安德烈的老头，他轻声说："我的朋友，离开你整整70多年了！70多年来无论是我童年的梦、青年的梦、坎坷的梦，还是幸福的梦，你始终伴随着我，伴随着我走过了艰难的人生。在惊波骇浪中是你一直在保护我，如今又要伴随着我度过最后的人生。待到我们见面时，你一定要向我解释，当初你去为我当家庭教师，是不是曾和外公达成过某种协议。这个秘密70多年了至今困惑着我。"

人人都有自己的悲欢离合，人人都有自己的歌，他心中涌出的歌和着无形的琴弦，每天下午与镜子里的大安德烈倾心诉说，胡子从黝黑渐渐变成雪白……过去，每次回到法国无论多么匆忙，他总会花费时间去寻找。人海茫茫，到哪里去找？但他深信：总有一天定能重逢！

铎尔孟是那种外表平静、内心用情很深的男人。

四点钟他到接待处去取信件，和服务小姐客气地聊上几句，拿着报纸、信件，推开主楼的门，顺着红砂石小径漫步，先浏览一下有无重要信件，然后翻阅各种报纸，这是他一天生活的开始。

一封字迹陌生而且是用毛笔书写的中文信，引起他的注意，他没有马上拆开，视线久久停留在那娟秀的字体上。他没有这样的女朋友啊，那会是谁？有几个老家伙爱恶作剧，但笔触没这么流利。

他思索着，一种惯性带着他穿过林荫道，出大门，向对面森林走去。昨夜下了点小雨，天空好像更高、更蓝，远景更明晰，气息更清新，清澈而凉爽，落叶铺在地上厚厚的一层，踩上去有种柔软的弹性。他选择不远处一棵横躺在地上不知多少年的老树——铎尔孟给它取了个名："醉汉等老婆"。它宽阔的背脊上能容纳十几个人，不知最终它有没有等着老婆，但它的根部却已繁衍出几棵很高大的树。可能很多人都爱在这里休息，早把"醉汉"粗糙的表面磨得光滑了。

他坐下，把报纸和信件放在"醉汉"背脊上，然后从口袋里掏出一把薄薄的牛骨刀，这是专门用来拆信的，他做事永远是有条不紊。牛骨刀跟随他从法国到北京，又从北京回到法国。那是他 10 岁那年，大安德烈送给他的生日礼物。铎尔孟多年来东奔西走，什么东西都有可能丢，唯独这把心爱的小刀始终寸步不离，那次在海上漂流了三天，这把小刀仍然奇迹般地在他口袋里安然无恙。他更视它为神圣的护身符，它似一束不灭的亮光，带着大安德烈的丝丝温暖，永远伴随在这个受委屈的游子身旁。

他用小刀轻轻开启信封，取出、展开。

米色诗笺上印着一朵橙色菊花，写着：

一九六二年七月二日

《女冠子》寄浩然

七月元日，幸拜仙翁飘逸，浩然时，鸟语堪听细。鲜花映眼丽，寄言仙境客。切莫自伤悲，万丈红尘有，赏心知。

另一首写在印着一枝橙色海棠的米色诗笺上：

一九六二年十月二日

五言寄浩然

士与知己共，女为悦己容。浮生百年间，难得赏心重。誓不嫁他人，为君保此身。若是缘宿定，终必结婚姻。

他吃惊、诧异，甚至还有些心跳。他又复读了两遍。

信，只有日期没有落款，诗中情意很浓，而且意志坚决，这是一封不同寻常的信。他又慢慢地品读了一遍，读得很慢，甚至有点心跳，他感到这个问题有点太严重了……一个对女人从来不动真情的人，竟被“切莫自伤悲”“誓不嫁他人”动摇了保守的城池。他迅速从记忆库里搜寻，搜寻曾经见过、交往过的中国女人……然后又一个个排除。没有，没有这样一个女人，那几位和他关系极好的中国小姐，不会用这种形式，而且文风个性也不对。

他深深吸了一口气，仰望着一片片落叶离开树枝在空中飞舞一会，又轻轻飘落到地上，失去叶片装饰的枝丫呈现出自身的千姿百态，有种飘零的美……不觉有些神往，由神往而想到手上的这封信，他想：“她什么时候如此细致地观察过我？而且用最隆重的古诗来表达对我的劝慰，还愿意和我这个一无所有的老头结为伴侣！也不问我怎么想，她自己先发誓言，这是位什么样的人？不应该很陌生吧？”

他又在信笺、信封背面反复寻找……还是没有一丝痕迹，但“七月元日”初次见面的时间，又为他指示寻觅的可能，他想，这个女孩不仅聪明，还有点调皮。

他似乎记起来了。

7月1日，那是暑假之前在华幽梦，铎尔孟的客厅里，来了许多朋友，热热闹闹聚集一堂，畅谈旅游计划，有老朋友也有新朋友，有中国人也有法国人，大家喝着清香的中国绿茶，讨论着各自的计划。

莱热坚持邀请铎尔孟同去地中海："你必须走出这片森林，随我们去海边。想想看，你已经整整5年没离开过华幽梦了，你需要到海滩去晒晒太阳，海水会给你这条'红虫子'找回20年的生命。"

大家热烈鼓掌表示支持，老朋友对他只知埋头译《红楼梦》而几年不出门很不满意，戏称他为"红虫子"，一条快发霉的"红虫子"。虽然他精力充沛但毕竟快80岁了，有时他感到的确很累。特别是初春那场重感冒，高烧几乎夺去他的生命，但他还是固执地夜夜改稿，维尔妮还差点为此和他闹翻。她是铎尔孟的老朋友，至少有30多年的友谊，她属于那种有个性、有风度、有才气又漂亮的女人，只有她才敢于和这个任性的老头争执。人们曾猜测过他们的关系是否会发展，当然，这也是朋友的希望，他早该有个家了，尽管他挑剔，但维尔妮也是百里挑一的才女啊。但没有，他们始终保持着深厚的友谊，他们似乎从不谈情说爱。

莱热知道铎尔孟特别爱海，所以相约着来说服他，为了他的健康必须出去旅游。莱热对铎尔孟的感情特别真诚，他爱他、敬他，甚至铎尔孟对他的一些善意的讽刺他也不在意；由于生性浪漫喜欢到处留情，铎尔孟赠他"雷希爱"名号，莱热不仅不生气，还视若珍宝，把它刻在地中海自家门前的一块大石上。

铎尔孟对待朋友也同样是以诚相待，为朋友可以赴汤蹈火："我的确非常想去，海，对我有种难以抗拒的诱惑，只有它才能迫使我夜晚停笔。站在海边随着海浪的节拍大声朗诵，即兴作诗，让诗随着一波波海浪漂流到遥远，然后跳进海里畅游一阵，那是我最痛快的时刻。”

“那我们就一起去吧！老伙计，趁你还能发疯。”

“李治华先生全家将利用假期到华幽梦来住一个月，这正是我们可以集中精力工作的黄金时间段，不久将会全部译完，我保证明年一定和大家去地中海狂欢。我要告诉阔别已久的海神姑娘，我还是和当年一样有吸引力，哈、哈、哈！”他笑着和莱热击掌约定。

维尔妮太理解铎尔孟了，列车已经开动怎么能停下来？他现在只有《红楼梦》，最好谁也不要去打搅他。他不仅仅是在翻译一部名著，这是他人生的使命，积累了几十年的知识、阅历，好像是专为这一搏。这应该是上帝的神圣安排。

维尔妮坐到钢琴前，大家立即静下来。这是一架19世纪的老钢琴，但音色非常好，能充分体现演奏家的情感。她弹奏了一曲舒曼的《梦幻曲》……

铎尔孟随着旋律轻声朗诵：

> Je ris de toi qui veux choyer cet être tendre!
>
> La neige qui l'attend, qu'en peut la fleur attendre?

铎尔孟的音色和朗诵技巧征服了所有的人。在人们的期待目光中他又用中文复诵：“雪伺花兮花何所期？”

维尔妮不懂中文，但她完全理解那段法文诗的含义。她微笑着望着铎尔孟，偶尔改变一点节奏，二人配合得很默契。

大家一齐鼓掌祝贺。

陈女士突然明白诗的出处，这是《红楼梦》第一回，疯和尚对甄士隐说的那首诗：“惯养娇生笑你痴，菱花空对雪澌澌。好防佳节元宵后，便是烟消火灭时。”她曾翻译过前20回，所以记忆犹新，她认为铎尔孟译得太妙了，比原诗简单明了，他把曹雪芹对香菱命运的暗示，仅用两句诗，以前一句为“因”后一句为“果”烘托得清清楚楚，法国读者看了这首诗，自然会猜想到香菱的命运。她怎能不佩服！

保罗有点难以控制内心的激动，他紧握着铎尔孟的手，眼里透着比别人更多的理解。他是诗人又是汉学家，不久前刚校审完法译本《中国古典诗词》，他太理解在两种语言转换中的艰辛。铎尔孟为什么要把自己深锁在华幽梦几年不出门？这首短短的译诗已做了最好的回答。歌德曾说：“有天才的人，一生中常常有几度恢复青春。”年近80的铎尔孟，正进入金秋的收获季节，多么难得啊！

铎尔孟说：“说到海，我必须介绍我这位在海岛长大的老朋友——莱热，他今天是从神秘的海岛专程来到我们的华幽梦。我多么希望再次听到他那富有宽阔胸怀的诗歌，我敢肯定你们也会和我一样激动、难忘。特别是他在北京西山的妙峰山一所小寺庙里，写的那首《远山》。一首在小庙里写的诗，震惊了世界，获得诺贝尔文学奖！”

大家一齐鼓掌欢呼，碰杯。

莱热是个充满激情、冒险、浪漫、活力，不知忧愁、富于想象的人，在众多友人中他最佩服甚至崇拜铎尔孟，他虽然只比铎尔孟小六岁，而且事业很有成就，但就是崇拜，不仅对铎尔孟的学识和政治见解，甚至连铎尔孟的怪癖也理解。他非常珍惜每一次的见面聚会。

他们都经历过急流险滩，都有过常人难以逾越的苦难，但谁都没有倒下去。

莱热用法语朗诵，韵律时而高昂，时而低沉，那些他亲身经历的往事，似历历在目，让他沉醉；维尔妮随着他的诗意轻轻弹奏。

我们不思久居这黄土带，我们已领受的极乐……

夏季远比帝国辽阔，在空间的版图上，高悬好几层气候。

辽阔的大地在它的板块上，四处滚动它的死灰下的残炭——硫黑色，褐蜜色，不朽的事物的颜色，整个草莽大地就着隔冬的麦秸点燃起来——一棵孤树一任苍天吸取它绿色绵体中的紫汁。

是处云母的藏地！长风的苍髯不着一粒纯的种子。而且阳光好似汪汪的油——从眼帘的眯缝到与我连成一体的那线远峰，我熟识那山石，布满斑点气孔，光的蜜窝中无声的群蜂，而我的心却替一族飞蝗担忧……

温顺的牝骆驼剪剃得遍体鳞伤，如同山峦在农田般天穹笼罩下连绵不绝。——向着原野上奔腾的白热默默地赶路；然后在梦幻的暮霭中终于依次下跪；那儿正是部族湮没的地方，大地的石灰堆。

这是静穆，悠长的线条，条条融入若有若无的葡萄藤蓝光的闪烁，大地又添一个角落在造热雷雨的紫藤萝；还有，在那河水枯涸的处处腾起阵阵沙烟，犹如飘游的历世纪的残片……

声音更低些好让死者们听真，声音更低些，即使在化日之下，人心满怀如许温存，如许温存可寻到自己应有的尺度？……“灵魂，我向你诉说！——为乘骑的浓香而暗伤的灵魂呵！”这时几只巨大的陆鸟，振翅西飞，模样恰似我们的海鸟。

在这般云天苍白的地方，有如盲人亚麻布衫严封的圣地，安详的云层驱遣之处再旋转起那些生犄角的樟脑色巨蟹星体……阵风从我们身上夺跑的烟尘，大地的一切期待。生了昆虫的长须芒正在分娩诸般奇迹！……

到了中午，当枣树使坟墓的根基爆裂，人闭上双目，教后脑勺顿感一丝远年的沁凉……石灰所在的梦幻的骠骑队，呵。阵风吹散我们脚下的虚幻的古道！哪儿寻觅，哪儿寻觅武士们前来守护喜庆扮配的河流？

随大地上洪水的汹涌，遍地下咸盐都在梦中颤抖了。于是陡然，人声一片，陡然，为何冲我们而来？立起来吧，河畔乱堆中光耀如镜的白骨，由他们到往后的世纪相互召唤！

立起来吧，石块们，为我们的荣耀，立起来吧，石块们，为这片静寂，为了守护这一带，在广阔的古道旁列队的青铜骑士……

这是一首长诗，一首包罗了世间万物的长诗。莱热当时正躲在北京妙峰山的小庙里抒发内心的激情。在静静的山坳里，透过群山看到大海、沙漠、古镇、人群，与他的心灵对话。

铎尔孟的思绪随着他的词句飞得很远——

诗是人与世界之间的一种亘古的对话。在这世界中，文字具有的崇高力量，也就是统一世界的力量。莱热的诗跨越了所有的时代，似乎人类在经历了它所有的经验和文明之后，只产生了这首唯一的伟大诗篇。

1917 年 9 月 22 日，莱热曾从北京妙峰山写信给贝熙业，信中传递出他无法掩饰的创作中的喜悦：

亲爱的朋友：

这封给你的专函。唯有呼唤友情。

谅必您还有几天，能帮助我此时此刻严守我的隐居，不受男士女流的干扰。只有您知道我的住地，而总能与我接触，如果有任何重要事体必要向我告急。为保证联系起见，我忠诚的弗朗索瓦肯定听您的吩咐。此后不必将任邮转寄我这里。

您昔年，驻节伊朗高原，曾喜欢隔绝尘世享有真切孤寂的时刻，当大队夜行商旅到来之前而“鲜亮的星辰”未升之际，您当不难理解我来此原有所求：隔绝盘旋于北京上空的夜晚娱乐网络——汉人城市和外国使馆区——隔绝这种喧嚣直到凌晨的音响网络，其间交织的既有不眠的蟋蟀率性无休的鸣唱，又闻剧院台上叩击磬石背后传出的单弦的独特音调。

这里是夜色无垠的空乏，要不乃另番迷茫震耳，即空虚和消隐并存至极，投向睡乡直到破晓。这里目无眼睑，要不乃眼睑无睫的醒着的睡客——而且在我的周围，却见这份奇特的不无嘲讽意，要不乃见中国人心灵自嘲灵鬼之不存，而道本身则自噬其尾。

白天，大片乡土无名、无人又无牲畜。在我脚下，就整个人世来说，单见一条淤沙的河谷，从那儿却朝我升起一些小小的石鼓的叩声：召唤涉渡者或几声对白，从此岸至彼岸，隐隐约约的村落之间。更远望去，高坡地层展，那些大片向西的原初的开阔地，朝向蒙古国境和新疆，就在那里的几处始建了最初的商旅小道蹊径。再远些，到了尽头，则是不存在，非实存，加上被唯一的非时性目光阻隔了的大地视野。在这一切之上，是远古亚洲的固定时间，而从那边一望已然消逝了昔日游牧帝国及其尚无界石的梯级道路。那整个佛的、喇嘛的，或是观音的亚洲，大步流星地远离儒家世俗了。

而我呢，我知道有一天，我一定会去，也许同您一道前去那儿，既然您和我怀有无限的同好。

您深情的阿莱克西·莱热。

同年8月，莱热给母亲的信中再度描述了他的环境：

我从一个小庙宇里给您写信，它位于北京西北部的一个山冈上，在我脚下，距离一条因被流沙淤塞的河道不远处，一个村落正在消亡。

莱热不仅是伟大的诗人，还是位充满正义感的外交官，他为维护中国的权益和欧洲和平，不惜丢掉官职，被迫逃亡。正如克洛岱尔所说，固然第三共和国失去了一位政治活动家，法兰西却得到了一位再生的诗人。

在北京，铎尔孟和莱热经常聚集在贝熙业的家里，冬天在大甜水井胡同，夏天在西山的贝家花园。那是法国人感到最温暖的地方。贝熙业为人宽厚、豪爽，兴趣广泛，经济实力雄厚，很有凝聚力，深得朋友们的喜爱，每周活动高朋满座。在异国他乡有这样一个去处，非常令人向往。朋友中有文人、学者、官员、传教士，有的人甚至从很远地方也要赶过来，分享争论、研讨，他们希望引进法国先进的政治理念帮助中国。

莱热对中国文化充满好奇。他和铎尔孟经常通宵达旦喝酒、抽烟，兴趣来了就即兴作诗。铎尔孟要求莱热为艺术而艺术，为文学而文学。到天亮分手时他们会烧掉手稿作品绝不保留，也不许发表。但莱热舍不得那些优美的妙语，回去后凭记忆偷偷记录下来，铎尔孟明知道也没辙，只好任由他去。

《远山》得以展现它不朽价值，得益于1922年时任《新法兰西评论》的编辑安德烈·纪德的识货。有一天，纪德向莱热征稿，莱热指着一个打开的小箱子说，你自己过去看看吧，随便挑，也许能找到点东西。纪德在箱子里竟然发现了一个宝！找到了一部标题为"远征"的手稿。他迫不待地读起来，还没读完就兴奋不已。他喊道："你这个不识货的家伙，你怎么可以把它随便压在箱底？这绝对是一部精彩的诗稿。必须立即出版让世人知晓，否则，我就是在犯罪！"在离开寓所时，纪德忽然想起外交官不得随意用原名发表文章的规定。俩人一经商量，便取名圣-琼·佩斯(St-John Perse)。

尽管他以圣-琼·佩斯之名获得诺贝尔奖，但是朋友仍然习惯于叫他莱热。

当天的节目是吃烧烤。

主楼后面有一块空地，树荫旁边紧邻着小溪，清澈平静的溪水被人工筑成一道小瀑布，使下游河水变得湍急，有种节奏的变化。几只鸭子顺势而下，在流水的浪花中惊吓得嘎嘎直叫，其实，鸭子们的表情有点夸张，差不多每天都会经历一两次这种愉快的刺激。

河对面是茂密的树林，骄阳透过树林再折射下来，也少了许多威风，小风一次还有些凉爽。常常有人在这里举行户外聚餐，所以还要预订。这里为游玩者提供自由选择的余地很大：河边聊天、小径散步、晒太阳、吃烧烤……可分可合，互不干扰。

莱热和维尔妮是主厨，他们很熟练地操作，撒上佐料，诱人的烤肉香味立即把老老小小都吸引过来，争着你一串、我一块地吃起来："真好吃，鲜嫩可口！"

铎尔孟坐在椅子上衔着烟斗，欣赏着这幅"吃烤肉"的画面。他对正吃得津津有味的陈小姐说："你还记得《红楼梦》第49回，琉璃世界白雪红梅，脂粉香娃割腥啖膻，那段吃烤肉的情景吗？"

"记得，宝玉和湘云吃烤鹿肉，还说这是真名士风流。"

铎尔孟笑着点头："你的记忆力很好。"

陈小姐噘着嘴说："我们得把《红楼梦》倒背如流，才能应付您随时蹦出的问题，否则会弄个措手不及，多不好意思。"

"我有那么可怕吗？"

陈小姐说："不是可怕，是严格，是考验，只是要跟得上你的节奏挺不容易……"

莱热递上一块烤肉给铎尔孟："你的《红楼梦》今天休息。"

大家举杯欢呼："干杯！"

……

远处传来悠扬的洞箫声，轻柔婉转。箫声使人们突然静下来，视线追寻着箫声……

铎尔孟静听了一会，赞叹说："多美的一曲《平湖秋月》！"他轻声地向几位法国朋友介绍这首乐曲的意境：这首乐曲是描写中国杭州西湖的"平湖秋月"在夜色下的美景，晚风轻拂、素月幽静、湖水波光闪烁，青山、树木、亭台、楼阁在月光下仿佛披上了一层轻纱。整个西湖好像是一个童话世界……

"啊！……"

乐声刚结束，大家起立鼓掌。

一位中国姑娘迎着众人的视线，从溪边款款走上来，她手上拿着一只绛红色的洞箫，淡蓝色旗袍衬托出她窈窕的身材，端庄秀丽，长发披肩，她浅笑着行礼致意。

铎尔孟上前与她握手："谢谢，你吹得太好啦，简直让我们如入仙境……"

陈小姐介绍说："这是我的朋友，她来的时候莱热先生正在朗诵诗歌，没敢打搅。我来介绍，她叫……"

突然一阵大雨，来势很猛，大家嘻嘻哈哈地躲进旁边的咖啡厅里，参加聚会的朋友，到"华幽梦国际文化中心"来玩的游客，挤满了一屋。铎尔孟用眼睛搜索刚才吹箫的女士，她已经不见了，有点来无影去无踪。环视之间发现一个个都变成了落汤鸡，夏天的落汤鸡有点赤裸，他想，这位有些腼腆的女士，大概不肯这样性感地暴露在众人面前。

他觉得好像在哪里见过这位女士。她的整体气质有点像《红楼梦》里的一个人。什么人？一时对不上号，毕竟只是一瞬间……

第二天下午，天气晴朗，铎尔孟按照平日的习惯到对面森林去散步。

今天是星期日，没有报纸、信件，不必坐在"醉汉"背脊上看报读信。他举步向密林深处走去，一派中年人的节奏和体态。他常说，健康的身心是上帝对他的恩赐。森林里静寂得没有任何声响，除了听得见自己的脚步声和偶尔几声鸟叫。他走着走着，发现前面大树下有几簇洁白的蘑菇，那么灿烂，好像专等他去采摘。他上前弯腰正待伸手，阵阵悦耳的洞箫声使他的动作凝固在那里，还是那首《平湖秋月》。他稍有点诧异，短暂地停顿、辨别方向之后，便循着乐声轻轻走去，怕一不小心惊了吹箫的人……

密林深处，穿着一身白色休闲装的吹箫女士，背靠着一棵大树，完全沉浸在自己的乐曲中。她身边站着一条毛茸茸的牧羊犬，眼睛闪着绿光，警惕地注视着来人，嘴角向上含着一丝微笑。它不叫，只是静静地左右来回走动，这是发出的信号。

铎尔孟深知牧羊犬的禀性，它有贵族的教养，但绝对具有保护主人的能力。他停下来，站在原地不再靠近。这是一条黄白毛色的纯种牧羊犬，长长的绒毛披在肩上，神情异常高贵。他想起他的那条同样品种、同样毛色、同样高大的牧羊犬，他几乎认为这就是他的卡尔，卡尔与他相伴了10年，1953年年底竟突然不明不白地死去。他始终认为卡尔是为他死的，每想到这里，他的心总有些酸楚和内疚。

《平湖秋月》一曲结束，吹箫女士转身看着铎尔孟。

铎尔孟望着远处，眼里闪动着一种迷茫，仍在思念他的卡尔，他已经忘记了为什么来这里，忘记了他身在何处。

吹箫女士拍拍牧羊犬，取下它颈项的皮带，牧羊犬立即撒着欢跑开，转了一圈又跑回原地蹲在她的身边。

“铎尔孟先生，您好！”声音很柔和。

铎尔孟如梦初醒，抱歉地说：“请原谅我，女士您好！我们昨天见过。”他的眼睛仍然痴痴地、饱含着爱恋地看着那条牧羊犬：“你的朋友叫什么？”

“马克（Marc）。”

“你好！马克。”铎尔孟真诚地伸出手，马克也伸出右前脚，他们友好地握了握。马克起身走过来，在他身上嗅了嗅，算是记下了这位朋友。

“你很喜欢狗？”

“是啊！我曾经在中国有一只牧羊犬，和它长得非常非常像，它叫卡尔。我几乎都快认为它就是我的卡尔了……你怎么会一个人到密林中来，不怕迷路吗？”

“有马克，不会迷路。我住在姨父家，离这里不远。我喜欢森林，每次来度假情不自禁地就被它召唤进来，这种无言的召唤是不能抗拒的，在这里吹奏我能听到森林的呼吸。”

铎尔孟有些吃惊，他第一次认真注意这位年轻音乐家，看上去她不会超过30岁，竟会有这样的心境，真罕见啊！难怪她是那样的恬静，那样的与众不同。“如果我没猜错，您不是北京人吧？”

“为什么？”

“您有南方口音。”铎尔孟回答得很自信。

“您连口音也能辨别？”

“我在北京生活了48年啊！应该能分辨吧。”

“我是四川人。”

“啊！天府之国，那里可是出才子的地方。我喜欢杜甫的诗：‘凉风起天末，君子意如何？’”

女士接着诵：“鸿雁几时到，江湖秋水多。”

铎尔孟兴奋地大声朗诵：“文章憎命达，魑魅喜人过。”

二人同声朗诵：“应共冤魂语，报诗赠汨罗。”俩人开心地笑着鼓掌。

“杜甫很重友情。您一定读过许多古诗。”铎尔孟由衷赞美。

“我从小随祖父读诗书，我也读过《红楼梦》，它的许多诗词很美。昨天我听您朗诵那首经翻译处理过的诗，我认为您是在运用您的智慧和曹雪芹对话。我很佩服曹雪芹能驾驭400多个人物的绝世才华，但我并不太喜欢这本书。”

又是一个新观点：“为什么？”

“他太忧郁，只重在揭露，从各种不同角度揭露，这一点是很成功的。但我看不到希望，有人把它当爱情小说来读，我认为不对。书里描写的人物谁也没有真正地爱过谁，本质是自私的，是实用主义。我认为爱是付出，是一种心灵的享受，是一种勇敢的承担。”

铎尔孟静静地注视着这个女孩，心想：这个女士好像在向爱情挑战……

他手拿着那封沉甸甸的信，坐在“醉汉”背脊上翻来覆去地回想……《平湖秋月》的箫声好像仍在遥远的天际轻轻回响……是她！一定是这孩子！她怎么会有这样奇怪的念头？这封信是她经过三个月的慎重思考后写的，不像是一个少女对爱情突发的奇思怪想，问题也就更严重了。

这孩子的确是一个有思想、有才华的好姑娘，她的表达方式也很特别，不是渐进而是单刀直入，明朗、质朴、执着、不容对方思索，这种力度使平静的湖水也掀起波澜。在暮秋之年还有幸得到这份爱，对我是多么大的安慰啊！遇到这样令人兴奋的事，即或在“醉汉”这里坐上一百年也不多啊！

他又低头看着这封字迹娟秀的信，一个女孩把她心中如此纯真又高尚的爱献给我，它甚至使那些华贵的童话也因此黯然失色。童话中总是美丽的公主爱上英俊的王子，而她却选择了一个一无所有的老人……尽管这是一种错位选择，在这个时刻，在我独自面对着苍茫秋色的时刻，我也应该是幸福的啊！如果岁月再给我20年，我有可能接受挑战。

他眼里闪烁着甜美的笑，片片枫叶轻柔地飘落在他头上、肩上、身上、怀里……他不属于儿女情长的人，但也绝不是铁石心肠。几十年来他一直拒绝女性的爱，他认为女人的爱往往是勇敢的、坦诚的，但也是脆弱的、梦幻的。母亲的爱情悲剧对他的影响太大了，也许这是种过于偏激的观点，但今生恐怕无法改变了。

可爱而又可敬的姑娘，不管你的勇敢中含有多少虚幻梦想，我也会把你这份真情珍藏在心里，珍藏在想象中。对于我这么一个老人，一个也许不久将回到上帝身边的老人，想象中的爱情才会永世不灭，虽然我至今还不知你的姓名。不知道岂不更好？它会有种朦胧的、不具体的情趣。

夕阳是未了情，我愿把一生中真诚的情和爱，化作灿烂秋色中的一片夕阳红。

他把信仔细叠好放进信封，信封里散发出一股清香。他稍停了停，再把信和牛骨刀一起，慎重地放进上衣口袋。

华幽梦的晚钟，稳稳地敲响八下，他踏着暮霭，伴着蒙蒙弯月走出森林。他没有直接回去，而是向左经过一座圆木搭建的小桥，横穿过公路，再沿着田园湖边踱步。夜的湖畔四周没有人影，只有星星像千百年一样倒映在水中……湖边吹来一阵花香，这种气息吸进胸膛，仿佛每一口都可以令人长生不老。

他的思绪还没完全平静下来：“这个姑娘用现代欧洲年轻人的观点来理解《红楼梦》，很有趣。是啊！谁也无权要求所有的人都站在同一个起点，然后到同一个终点。读者的观念总是千奇百怪的，是凭他们对生活的理解，是凭他们的感觉来判断、取舍。”

第十六章

不同的起跑线

命运的安排往往在回头审视时才让人惊叹，三位译者机缘巧合，谱写出《红楼梦》交响乐中令人回味无穷的乐章……

三位译者从各自不同的人生角度，理解这部充满错综复杂人际关系、充满沧桑的情与爱的故事的《红楼梦》；三位译者又相辅相成，成了最佳组合，谱写出世界《红楼梦》大交响乐中一组令人回味无穷的乐章。

铎尔孟出生在法国贵族家庭，他不该来到这个世界，他却来了，降生下来的第一声哭喊便带着这个矛盾的呼号。

他从小饱尝高贵生活中的冷漠，孤寂使他学会坚强，但同时又把他推向固执。母亲纯真的爱情被社会的偏见扼杀，使他憎恨邪恶，学会反抗，又让他性格上滋生一种潜在的暴躁；大安德烈隐忍10年的爱，使他学会承受，压抑的苦闷又导致他的怪僻；五彩缤纷的世界里，他学会用洒脱来掩盖心灵深处的孤独；在苦苦寻觅失落的亲情中，他学会把精神寄托在更深层的文化中，但又成为人生正常情爱的反叛。尽管大家都公认他写的诗很好，可他却随写随烧，他认为，借诗抒发的感情是给自己看的。多种复杂的情感交织，构成了他的人生体验。

表现出来的温文尔雅的风度，是他的教养，暴风骤雨似的偶尔发作，才是他最真实的感情流露。朋友喜欢他，学生敬重他，因为他是一个真实的人，一个热情、乐于助人、有责任感、有想象力的人。

“法国贵族”“醇亲王府”，这两个高点奠定了他在这块东方土地上的起跑线，他比很多去中国的外国人更幸运，大概是他对人生的态度决定了他的命运。他认为，历史、社会、爱情的悲剧，千百年来总是在一幕幕上演、闭幕，又重演，更迭的是表演形式和内容。他不坠入政治，始终保持难得的冷静。他有诗人炽热的激情却从不坠入爱河，独来独往，留给自己一份潇洒和清静。他对人生没太大奢望，却总有那么好的机会；他对生活没什么追求，却始终走在黄金路上，只不过左手进钱右手扔。老年回到法国，他一无所有，却又有幸住进华幽梦山庄的"圣路易卧室"，享受大自然的抚爱，让内心纯净、平衡，享受创作的愉悦，给晚年画上一个圆圆的句号。

过去在醇亲王府时，他只是如饥似渴地饱读诗书，对皇族生活豪华气派背后隐藏的血腥争斗，不问、不看、不想、不听，对下层人的甘苦他更是一无所知。翻译《红楼梦》踏进了大观园，才又一次看到中国社会的缩影。以前只是从文学角度欣赏这部巨著，现在是一句句研究。他仿佛亲身经历了一场人性的历练，有时令他大吃一惊！在那样一个压抑的环境，弱小的女人竟有惊天地、泣鬼神的爱情力量。特别是那些诗词所传递出来的细腻、动人的内涵，虽不能说每句都好，但确实具有相当的震撼力，不得不叹服曹雪芹天才的驾驭能力！

他以诗人独特的视角和魄力，以他渊博的中、法文知识，破天荒地主张人名用意译，并且诗、词、歌、赋一句不少地全部译出！他以诗人的激情和信心宣称：法文版全译本将成为《红楼梦》家族中健壮的一员！

如果1954年铎尔孟不回法国，《红楼梦》法译本仍然会出版，但那将会是另一个状态。但事实是，他不可能违抗冥冥之中命运的安排，命运的安排往往在事后回过头去审视时，才会让人惊叹！在中国48年的磨炼，好像专为此一搏。

李治华是典型的中国传统式的男人，家庭责任心强，性格含蓄，随和，默默努力耕耘他的事业——翻译、教学，把炽热的爱藏在心里。他深知自己是一个中国人，在法国土地上生存艰难，没有法国人那种几代人遗留下来的厚实基础。在异国他乡创业，一切从零开始，他想到的不仅是现在的生存，而是以后，为子孙创基业，尽管子孙们会有各自的事业发展，但他是父亲，是李氏宗族在法国的第一代支脉。中国人要有中国人的志气！

他的这种中国式的传统观念，很深、很浓、很强。

他这一代人，也许不会轰轰烈烈，但必须脚踏实地去做。路，要一步步自己去走，他相信生活是真实的，不相信任何侥幸。文学翻译是他的兴趣，教学是他的工作，翻译《红楼梦》10年间，里昂—巴黎—华幽梦三角地点的奔忙，节奏更快，担子更重，沉重的担子挤掉了生活中的浪漫情调，伏案工作中悄悄丢失了无数的周末、假期、节日……猛抬头，两鬓都已斑白。

李治华的父亲李香谷，1910年毕业于顺天高等学院的英语专业，并且考取去英国留学，命运却让他遇上父亲公司倒闭，出现家庭经济危机，他只得放弃留学，转而去中国大学教英语，以维持全家生活。1915年李治华出生，紧接着二弟、三弟相继出生，一个教师怎么可能养活人口众多的大家庭？沉重的压力，使他本来就不太健壮的身体终于累倒了。病愈之后，虚弱的身体无力承担大学课程，只好改教私馆。

适逢顺天府尹何乃莹家聘请家庭教师，李香谷应聘，全家便住进何府，开始了一段比较安定的生活。这段生活竟无意间为李治华翻译《红楼梦》奠定了丰富的感性知识。

荣国府与顺天府，两府之间无论在社会地位、家族兴衰，还是生活环境都非常相似。许多描述荣国府的场景，如林黛玉初进荣国府去见贾母的那段沿途的描述："进了垂花门，经过穿堂，厅后就是正房大院。正面五间上房，皆是雕梁画栋，两边穿山游廊厢房……"都使李治华有种似曾相识的感觉。

荣国府那座大门，他的感受就更深了，何府的大门也是这样。早上，由两个看门人抬起一根又粗又重的大门闩，隆重启开大门，宣示吉祥的一天开始；夜晚，再慎重地关上，把财气一滴不漏地锁在家里。大门下面的门槛平常放在门下不动，只有在马车进出时才抬、放。每写到这里，耳边就会响起马车通过花岗岩门道发出的嗒、嗒的马蹄声，然后是抬门槛、放门槛的沉重撞击声。

这道门槛让幼年的李治华吃过不少苦头，每天进进出出必须经过这道足有50多公分高、包着铁皮、钉着铁钉的门槛。翻越这道门槛很费力，又很有趣，小弟需要父母抱过去，李治华可以自己翻过去。有一天，他买了一盆花，两手抱着兴高采烈地想蹦过去，个头没那么高，结果被门槛绊住脚，摔了个大跟头，不但花盆摔得粉碎，门牙还磕掉两小块。后来长大了，一抬腿便迈过去了，抬腿迈过去的感觉真好！这道门槛见证了历史岁月，见证了兴衰沧桑，见证了时代变迁，直到它连同整座府第的拆毁。

曹雪芹笔下千姿百态的风筝，谁看了书都会想拥有。恰恰当年李治华兄弟买的风筝，就是北京厂甸"哈家风筝铺"按照曹雪芹绘制的风筝谱制成的，制作方法也是曹雪芹式的。李治华不仅学会放风筝，还学会扎风筝、糊风筝，难怪在翻译《红楼梦》第70回，这段放风筝术语非常集中的故事时，能得心应手，什么“送饭的”“捆剪子股”“响鞭”“黑锅底”都解释得清清楚楚。这真是难得的“红楼缘”啊！

那个年代，孩子没什么娱乐活动，放风筝、逮蛐蛐、养蚕，连观看何家老夫人出殡，也成了孩子们的一件有趣的事。李治华带着弟弟坐在墙头上，从头到尾仔仔细细看了个够。这位何太夫人是“清封一品诰命夫人”，葬礼非常隆重，整个出殡队伍浩浩荡荡足有一里多长，经教子胡同最后到法源寺停灵……呼之即出的儿时回忆，为翻译《红楼梦》带来许多方便。如果没有一点生活的感性知识，对《红楼梦》里的秦可卿出殡的排场、宝玉与众姐妹放风筝、傻丫头山石后掏蛐蛐……恐怕就很难形象地解释清楚。译者不懂，外国人就更难懂了，一场本来充满生活情趣的叙述，变得糊里糊涂，毫无意思，大家囫囵吞枣。

文学不是生活的复制，生活的积累却为文学创作提供了丰富资源。这些鲜活的知识，恐怕就是当年支持李治华一口回答艾田伯教授翻译《红楼梦》的心理根据吧。

李治华已两鬓斑白。1964年11月7日，就在他进行第二次译稿校审的紧张阶段，他的小儿子降生了。这个老四比他大姐整整小20岁。李治华困惑地说：“……雅歌45岁了，原以为不会怀孕，直到经医生检查证实……仔细推算起来，应该是《红楼梦》第一稿译稿全部完成的喜庆日子，忙里偷闲播下的种子。心里自然美滋滋的。”

小儿子出生后的第三个月，1965年2月7日，铎尔孟老师病逝，他独自担起了翻译《红楼梦》的重担，担子更沉、责任更重、压力更大，额头上过早的皱纹，埋藏了一层层难言的生存经验。

他从不诉说，他只需要理解。

雅歌的专业是法国文学和语言学。她和李治华的相识，始于互学语言，始于中法两国文化的沟通。文化的沟通和相互的关爱，促使他们在第二次世界大战最艰苦的岁月，相依相持走进了庄严的教堂，表达对生活的共同信念。

她具有法国这个民族的特质：富于想象力，能容纳各种不同的文化个性。她热爱古老的中国文化，并且愿意投入到架设两国文化桥梁的辛勤劳动中，她决定协助丈夫实现翻译中国名著的理想。这是一个充满浪漫情调的想象，一旦决定就义无反顾地走下去，一走就是几十年！她几乎不懂中文，为了克服这些难以逾越的障碍，她必须去查阅大量资料，去认识这个国家那个时期的人文背景。在丈夫译文的基础上，从法国人的欣赏、理解角度，运用厚实的法国文学知识进行修润。但面对这部涉猎面极宽的《红楼梦》，她得再认识，有时真有点头大如斗，她需要的不仅是理解，更需体贴和关爱。

两国文化背景的差异，往往又会造成婚姻生活难以避免的波折，有时几近难以化解。但她毕竟是一位传统型的法国女人，最终仍在他们共同的翻译趣味点上，在以“语言文化”为轴心的结合点上，得到缓解，携手走进21世纪。

雅歌的父母曾反对她与李治华的婚事，不是出于种族歧视，而是从经济生活角度考虑，与李治华离开中国前，父亲再三叮嘱的“不能娶法国老婆”则完全是两种文化不同的概念。中国人似乎更保守。

雅歌出生在教师之家，这是一个温暖的中产阶级家庭，一个平和的家庭。她自幼在大家族的关爱下健康成长，性情温和、善良、文静、贤淑。父母都是里昂中学的老师，非常热爱教书育人的工作，在家庭的熏陶下，她也爱上了教师职业，后来她的大女儿英也选择了终身当一名教师。

从父母亲教书开始，一代又一代，三代人竟也有一个世纪的教龄了。

工作毕竟不是生活的全部。法国人和中国人不同，法国人既努力工作，又悠闲得神采奕奕，他们很重视属于自己的那份休息，悠闲自在地享受那份生活的情趣。紧张的工作与松弛的悠闲，又闲又忙，互相可以达到最好的协调。老百姓如此，总统也如此，对孩子们更是上帝给的权利，去和大自然更亲密地贴近，在辽阔的天地中愉悦地舒展……李治华支持他们的一切休闲活动，但繁重的翻译工作，常常压得他难以喘息，无法分身，无法同时兼顾。中国男人重在立业，重在担负，不仅想现在，还要考虑将来，经济不富裕怎么潇洒？两国不同的价值观，发生冲撞总是在所难免。

孩子们长大了，一个个像小鸟一样飞了，他们有自己的精神生活。雅歌有时会突然感到一种莫名的孤独，是那种既有儿女又有丈夫的心灵孤独，一种疲惫之后的孤独。她爱他们，她不愿把这种失落的软弱暴露出来。这是欧洲人共同的心态，有问题自己承担，为什么要增加别人的负担？藏在心里越深越好，掩盖得越隐秘越好……她试着用醇酒来消解孤寂，等到独自一人时把它释放出来，饮他个飘飘欲仙，得到一点短暂的满足。然而“独饮无相亲”的那种感觉，只能增愁，焉能解愁！她的愁是什么？她的愁，应该对谁诉说？丈夫和儿女都是爱她的啊！她想，也许那芬芳迷人的醇酒，能理解一个女人孤独的全部含义，能看到一个女人缺少关爱的那种病态心理的真实展现。

45 岁的女人，医生说她已经怀孕好几个月了，她原以为停经是进入更年期的现象。她吃惊，但更想笑，觉得这是一个玩笑。但这是事实！而且她必须住院接受医生治疗。治疗在醇酒中怀孕可能对胎儿造成的伤害。

1964 年 11 月 7 日小儿子平安降生，白白胖胖非常可爱。听着儿子惊天动地的哭声，她灿烂的笑容像阳光那样明媚，大家悬着的心终于落地。

儿子的降生改变了雅歌整个精神状态，她的眼里不再有忧郁，她的脸上不再有愁云，她把所有的爱倾注在小儿子身上。几个哥哥、姐姐只要有空就围在这个小弟弟身边，逗他玩，家里充满了和谐的欢笑声，这个小宝贝增加了全家的聚合力。

这是法译本《红楼梦》的翻译步入到第 10 个年头中的一件喜事。

她接力铎尔孟未完成的校审，她不是诗人，但她努力使法文生动地体现中国名著的原意。

第十七章

一滴海水

走一条属于自己的路，创造一朵浪花，浪花或大或小，或凶恶或美丽。它们一同被浪花掀起，又一同退入到大海，最终回归成一滴海水……

我坐在海边礁石上，看着白色浪花一次又一次冲向岸边礁石，变着各样花样：一会高一会低，一会温柔一会发脾气，一会唱歌一会吼叫。这样看着、听着，怎会舍得离去？它们冲击、退下，再冲击，第一朵退下融入大海，第二朵再冲上来，像接力赛！看上去，它们好像有种冲到礁石顶上的欲望，细细再看，它们只不过是在嬉戏，在互相闹着玩，像小孩玩游戏，从不在意简单的重复。那样地执着，执着得可爱而有趣，执着得无忧无虑、不分昼夜，又吵又闹发出一阵阵嘻嘻哈哈的欢笑声，千万年来就这样玩着、笑着、闹着。

听起来好似单调的唰唰声，却永远听不够，它包含了人生所有的旋律。看起来好似简单地冲击、退下的游戏，却永远看不够，浪花背后依托的是一望无涯的海洋，大自然赋予它无与伦比的宏伟气魄。望着大海，看着浪花，很容易激发出无穷的想象，时空在我脑海里任意变幻，闪进闪出、上天入地、古往今来、恩恩怨怨、幸福苦难……挡不住的想象在飞驰，飞驰到万紫千红的大千世界里，看见人们手执彩笔，绘制最美丽的图画、绘制骤雨暴风、绘制吃人恶魔……一幅幅流动的画面，生动地呈现在我眼前，呈现在我脑海里。

不管是恶魔还是天使，不管是穷人还是富翁，不管是平民还是领袖，不管是智者还是愚人，他们共同组成了人类的整体，一同被一波波浪花掀起，又一同退入到大海。它最终回归成一滴海水，一滴漂流到世界的海水，再从大海宽阔的怀抱里，重新出发，走一条属于自己的路，创造一朵浪花，或大或小，或凶恶或美丽。

我不是诗人却有写诗的冲动，我不是作家却有写书的激情，冲动和激情最终使我坐在电脑屏幕前，挥笔描述三个译者用27个春秋，翻译《红楼梦》这部既爱又惧，让世人不该忘却的真实故事。

写完了，我舒了一口气，带着手稿到瑞典，让好朋友第一个欣赏。我们在斯德哥尔摩古城，慢慢游逛；我们在诺贝尔广场，喝一碗浓浓的瑞典咖啡。仰望诺贝尔大楼，曾经有多少智者步入这座庄严的殿堂？我笑着对朋友说："离他们这么近，也许可以聆听到他们宣读论文时平静的声音，也许可以感染一点人类伟大的智慧灵气。"

她说："我们瑞典人天天到这里来，也不会个个都聪明、个个都得诺贝尔奖。"

是啊，这些精英、智者，曾为人类的生存、自由，洒过多少心血，付出了多少日日夜夜。而有的人也曾付出了更多的日日夜夜，但却未到达这个顶峰。但他们却又为登上顶峰的智者奠定了厚实的基础。

我们乘船到波罗的海，选择一个最能欣赏海浪的小岛。小岛上有森林，周围有大大小小的礁石，有高有矮。绿树丛中隐藏一幢幢红的、黄的、白的，结构如童话般的尖顶小房，令人心旷神怡。之所以是尖顶，不是童话画面的需要，是因为如此才能让冬天的积雪不会把屋顶压塌。我们决定住下来慢慢看，让我看个够，让我过足瘾。从日出到日落，从黑夜到黎明，看浪花在不同时间段的色彩变幻，看它在月色下那种调皮、妖娆、诱惑，诱惑得我真想跳下和它紧紧拥抱。

我看海浪，朋友读我的文稿。她激动、兴奋，更多的是感慨。她说："我爱看我熟悉的作家写的书，我看你的书就像在听你讲故事。"她问我："你书中描写的每个人，都是真实的吗？"

是的，真实得只要我闭上眼睛，就能听到他们的呼吸，听到他们的说话语调，听到他们的笑声，看到他们待人接物的各种表情。我会像爱上一个真实的人那样爱上他们。他们的一切真实经历又都融进我的想象，存在于我的憧憬之中。他们在我的意识中再现，我只有把想象这个耀眼的太阳和心中的人物融为一体，我的激情才能燃烧，才能使现实生活之外的精神生命得以延续。

我曾经困惑过。真实生活太庞大，又太复杂，怎么可能完整地从各方面来认识它？竟不知道该在哪里开始，该在哪里画上句号。只有求助于想象，让想象把我带到历史远处，去触摸令人陶醉的余温，把那些破碎的片断重新拼接，连成一幅壮观的画卷。这样，我才能找到他们真实的精神和内心世界。这一切恰恰离不开我的导演职业。

在来瑞典之前，我曾经徘徊、回味在华幽梦山庄里的树丛、荒草、残垣、流溪之间，想再次求证。

那座高耸入云的钟楼笑了，笑我的愚笨。它说："我和荒草、残垣、废墟，都可以见证这里几百年的历史，但我们没有想象力。草还是草，树还是树，它们只是随着季节的变化而变化，或新生，或枯萎，或灿烂。这里终年人来人往，从国王、艺术家到普通人，几百年的过往烟云。而你只不过是其中的一个。但你拥有的是想象力，它是你唯一可以炫耀的。为什么还要去求证一草一木、一点一滴的真实？我们所认识的铎尔孟先生，不会喜欢一个历史学家对他的考证。从这座山庄里创造出来的绚丽，早就似一道彩虹冲出去，完成了它的历史使命。"

看看大海的浪花吧！它们冲上来是为了退下融进大海！写这样一本书，就犹如一朵浪花的一次冲击。生命之于你们，不在乎脚下，只在乎前方，走自己的路吧！

那天，阴云密布，一切都沉沉地低垂在大地上，那些高耸挺拔的枝梢也被乌云掩盖住了。我像被海洋包围，奇怪的是，奔驰的乌云愈阴沉，冷雨愈凄凉，我的心境却愈开朗，这真是奇妙的反差。这大概是作品完成后的轻松平和，改变了一切，阴云也那么富有诗意。

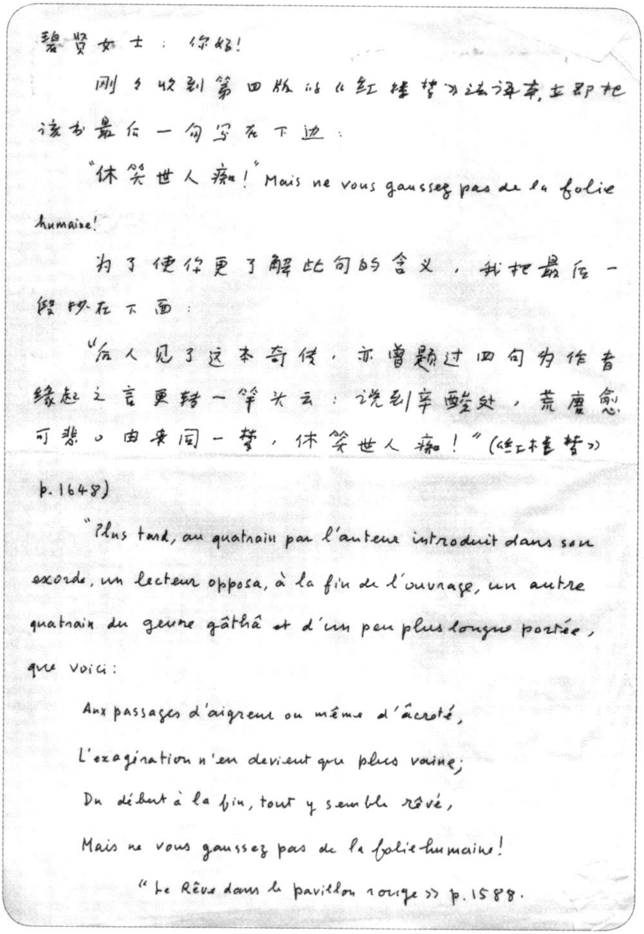

碧贤女士：你好！

刚才收到第四版的《红楼梦》法译本，立即把该书最后一句写在下边：

"休笑世人痴！" Mais ne vous gaussez pas de la folie humaine!

为了使你更了解此句的含义，我把最后一段抄在下面：

"后人见了这本奇传，亦曾题过四句为作者缘起之言更转一竿头云：说到辛酸处，荒唐愈可悲。由来同一梦，休笑世人痴！"（《红楼梦》p.1648）

"Plus tard, au quatrain par l'auteur introduit dans son exorde, un lecteur opposa, à la fin de l'ouvrage, un autre quatrain du genre gâthâ et d'un peu plus longue portée, que voici:

Aux passages d'aigreur ou même d'âcreté,
L'exagération n'en devient que plus vaine;
Du début à la fin, tout y semble rêvé,
Mais ne vous gaussez pas de la folie humaine!

« Le Rêve dans le pavillon rouge » p.1588.

2003年，李治华给作者的回信。

后记

十三年后的再寻找

生命之于我们，不在乎脚下，只在乎前方，走自己的路吧！

从2004年的《红楼梦在法兰西的命运》，到2017年的《铎尔孟的红楼梦》，其间经历了13年的再寻找、再创作、再穿越那一百年的精彩历史的历程。

北京，我的人生从这里开始。

巴黎，我生命的第二旅程。

生活的五彩斑斓，让人想在白纸上写点儿、画点儿，写那长河落日，画那大漠孤烟；写那花明柳暗，画那地阔天宽。管它是梦是幻，抓住突然出现的灵感，去寻找、去写、去挥洒！那突然出现的灵感，也许正是追求了一生的亮点。捕捉住亮点，人生才不会感到遗憾。

北京—巴黎，隔着天涯，隔着海角，有情人的心总会紧紧相连。铎尔孟和许多法国学者一样，从法国到中国；李治华和许多中国学子一样，从中国到法国。上下几百年，来来去去，去去来来，架设了一道牢固的彩虹桥，交流着文化，交流着经济，连接着友情。

《红楼梦在法兰西的命运》始于2000年认识李治华先生。感动于他们那段辉煌而艰辛的创作史，用了两年多的时间采访、收集资料，可始终没落笔。确切地说，甚至不知道从哪里下笔。路，好像还没走完，资料，好像还没挖够。2015年之后，再度获得我渴望很久而不得的铎尔孟、贝熙业、莱热、李石曾情谊的资料，使这部作品能相对完整。

2004年巴黎国际书展，中国是主宾国，在展会上见到老朋友，认识了新朋友。卖什么吆喝什么，写书言书，内容离不开书，聊得很开心。开心之中，大家一致催促我赶快动笔写："你不是早就成竹在胸了吗？十几万字，三个月足够，我们在北京等你。""用27年翻译《红楼梦》法文版，本身就够戏剧性的，赶快写吧！"

电影《我的法兰西岁月》在巴黎开拍，见到多年未见的老友翟俊杰导演。他热情、中肯地说："把你的演出全部放下，那不算什么，我是导演我懂，抓住一个好题材不容易，先把这本书写出来，再弄你的戏！"同样的希望、同样的催促、同样的善意，谁说同行是冤家？

我憋足了劲，一改往常的潇洒，把自己关在家里，足不出户，不会朋友，自我陶醉了四个月，不停地写呀写，一气呵成，一派沉浸。朋友们都有点奇怪："这家伙什么时候这么安静过？"

写完了，重重地点上句号。几个月没出门，恍恍惚惚还以为在北京。

几个女友开着车，浩浩荡荡聚集到我家来祝贺。朋友们并不在乎作品写得好不好，在乎的是行动，只要你在做你喜欢做的事，大家就真心地高兴。这些酒、菜、饺子，还有写着贺词的巧克力蛋糕，都是她们的老公亲手准备的。这些法国、中国的老公们，表现得都很到位，爱妻子也尊重她的朋友。何况法国人一向看重作家的劳动，一是文化的需要，另外也知道作家笔下每一个字都透着辛苦。写，并不为留给自己，是给繁花似锦的世界再添一点精神享受。

单一的女人世界好轻松自在，犹如单一的男人聚会一样，可以放纵、海侃，轻松自在中那种别样的情趣就出来了。我们大声地笑着、说着，大口喝着，不必受礼仪、文雅的拘束。我还乘兴朗诵了两段：一段铎尔孟之死“握别世界”，惹出了女人们心酸的泪水；“一滴海水”又让她们眼含着笑陷入无限深思。女人真可爱！她们的表达方式是感性的、直接的、诚挚的，该哭就哭，想笑就笑，没有那种故作深沉状，朋友之间尤其如此。

我知道这本书题材太大，包含的内容太多，区区十几万字怎可能囊括？书虽写完，意却未尽。

我突然想：《红楼梦》法译本手稿，是在舒乙先生倡议下，才从法国落户到北京，被中国现代文学馆珍藏，舒乙先生太懂手稿的价值了。“回家”是手稿最理想的归宿，也最终圆了铎尔孟的中国梦。如果不“回家”，这批珍贵手稿的命运会是什么？毕竟李治华先生快 90 岁了，按照李先生的愿望，去世后，属于他的书籍，全部赠送给里昂市图书馆中文部。那手稿呢？它们的“家”会在哪里？

应该请舒乙先生写下这段历史见证。那时我和他不熟，彼此也并不了解，总有些冒昧，但我还是决定打电话向他征求意见：“……我将带上书稿请你看，如果你认为我的书写得还不错，你就写一段；如果不好，就不写。”实话实说，开门见山，没有拐弯抹角，把问题简单化，现代社会最好凭实力说话。

“好吧！”他没有犹豫，回答得很爽快。

每次回北京都有不同的兴奋点，这次是带着书稿，带着再求索的欲望，兴冲冲地从西半球踩着朵朵白云，回到久违的北京，回到《红楼梦》的故乡。

一出机场，一股热浪迎面扑来，突然感到一阵呼吸困难，“桑拿”天气好霸道！初次见面竟一点情面也不给。我们开车直驱四川餐馆去吃“麻辣烫”，干脆来个以毒攻毒，让汗出透、出够。既过瘾又痛快，四川人嘛，乡情难改。

第二天，一阵风似的去中国现代文学馆请舒乙先生看稿，这可是我全部书稿的第一个读者，而且还曾是现代文学馆馆长，岂是等闲之辈！他认真地看，我静静地等……他有时翻得快，有时看得很仔细。我几乎能随着他的节奏，知道是在看哪一章，哪一页……

他看完了，抬头，满面春风，笑起来眼睛似一双弯月，让人感到亲切、善良、炙热。他是官可并不像官，甚至忘了自己曾是个不小的官，还是一派文人学者的坦诚，还是一派文人学者的敏感，喜欢好题材。“好，不错！我写。”慷慨地承诺，没有丝毫客套地推却，好像原本就该如此，再自然不过。好多年前，我曾见到一位名作家，他的作品笔调锋利，充满正义与启迪，赢得了广大读者的崇拜。不知什么原因他突然当了官，于是，信誓旦旦，走马上任。也许他想当好这个官，无奈既无从政经验，又无管理策略，仅凭借着想象挥舞起权杖，竟比那些曾在他笔下鞭挞的官僚更胜。人们失望了，感叹了：“当官不易呀！当官最能暴露一个人潜藏的灵魂和品德。”他没及格。不久，他不当官了，又拿起笔重操旧业，可惜过去那点纯真的正义感，再也不能还原了，文章中总透着呼天喊地的过火表演，想找回过去谈何容易？可惜呀，他真不该当那段官，如果他当初不把官看那么重，也许会活得轻松自在，当个更好的作家。

舒乙先生邀我去文学馆的“宝库”看《红楼梦》法文版的手稿。文稿“宝库”是文学馆的心脏，不可随便进去。《红楼梦》法文手稿，对我写的这本书很重要，它是27年精心雕琢翻译的历史见证，我希望读者能从中品评到三位译者对《红楼梦》这部旷世之作的情和意。

资料管理员打开一道又一道厚厚的保险门，这里珍藏了许多宝贵的手稿，见证了作家们的平凡、辉煌、不朽！面对着人类无价之宝，她表情严肃而虔诚，一趟又一趟，抱出厚厚的二十几册被重新精包装的《红楼梦》法文手稿……大概是因为每一点资料都来之不易。当它出现时，我激动、心跳、喜悦，触摸到它们时，手在颤抖。

我轻轻翻开，每一页、每一行都布满铎尔孟红色和蓝色的笔迹。我好像又看到华幽梦山庄的彻夜灯光，听到他轻声朗诵，感到他忍痛伏案修稿，嗅到他激荡的生命气息。整整10年的心血！我无法设想还有哪位校审，对待作品能如他这么精心、认真、执着。

回到北京，我一直处在兴奋之中，是那种“解渴”的兴奋。我可以去图书馆查询，可以直接面对历史学家的解答，可以向各行专家请教，这里毕竟是我的家。

在中国国家图书馆，管理员帮我查到有两本铎尔孟关于立法建议的书——《说帖》和《中华民国立法院组织私议》。当他用托盘把那两本薄薄的线装书，送到我手上时，我兴奋，因为再次见到的这两本书，为我开启了通向铎尔孟心灵的另一扇门，这是真正的宝啊！资料员对我笑了笑，他读懂了我的渴望心情。每天到图书馆的读者很多，每个人都有迫切的需要和视为珍宝的资料，有时只为一个典故，有时是查找一段历史的叙述。

石印本的《说帖》是铎尔孟用毛笔书写的，字迹苍劲有力，汉字功力之深令人难以置信；《中华民国立法院组织私议》是铅印本的。从藏本印章上看，这两本书是一位河北的收藏家捐赠的，算一算，从民国初期到现在大概也有90年了吧。书是宣纸印的，因年代的久远有些发黄，但字迹依然非常清晰。我惊异于铎尔孟的这一面竟没人知道！我慢慢读，细细品，一页页拍摄，一字字抄录。我了解到他的思想、论点、学识、品德、胸怀，他在为中华民族而忧心……他以法学博士和国务院顾问的身份上书建议："……以中国农工商学为主体的国情，不可照搬欧洲法律，宜从民间调查入手，重用知识分子，团结五族，健全法制。……"

在那个年代，有一批这样的法国学者，远渡重洋来到贫穷落后的中国，传播知识和民主理念，这是多么难能可贵啊！为了充分展示铎尔孟追求平等、博爱、自由的核心思想，我决定把这两份百年前的文件放进我的书中。

我顺着这条线索，再深入，我想让我的书更充实。

在法国，我早就听说国内还有几位著名学者认识铎尔孟。我想找，但茫茫人海何处去寻？何况大都年事已高，求见也会很难。辗转苦寻了一个多月，真有大海捞针之感。一次无意的交谈中，北大图书馆的沈主任说："北大历史系有位张芝联教授，他是那个时代的学者，可能会知道。"

"张芝联教授！我在法国就听说过这个名字，原来他就在北大。怎么找？"

"你问北大总机。"

北大总机说："私人电话我们不知道。你问历史系。"

历史系电话没人接，学校还在放假。干着急！急也没用，既然目标已经缩小到北大历史系，前途一片光明！实在不行，就到北大教授宿舍去一家家敲门。

我和人民大学法语系林宗景老师一起研究里昂市图书馆中文部主任溥力先生寄给我有关铎尔孟的资料。我与林老师虽是初次见面，却谈得很投机，无意间我谈到正在找张芝联教授却苦于无从找寻的困惑。她急我所急，热情地说："我弟媳在北大历史系教书，既同在历史系，他们应该认识。"她立即拨通电话查询。真是踏破铁鞋无觅处，得来全不费工夫。

"哪一位？"电话中传来张芝联教授爽朗的问讯。

我简单地把来龙去脉说清楚。

"我和铎尔孟从1942年在汉学研究所共过事。"他记忆犹新。

"真的？您还记得他吗？"我惊喜地问道。

"怎么不记得，我们一同工作了好几年，我这里还有他几张照片呢。"他说得很深情。

"能给我看看吗？"

"当然。"

"我有些问题想请教您。"

"那你写封信给我，把你要问的问题写在上面，我尽量回答。"他诚恳、认真，有点法国教授们的特点——笔答。

我忙解释说："张教授，如果方便的话，我想去拜访您，当面请教会有更好的交流。"简短的交谈中，我已感到张教授是位很健谈、很善解人意的人。

我们约定拜访时间。

那天，我一早就兴冲冲到了北大，我知道北大太大，给自己预留了半个小时找路。我按照先生的路线指示：从西门进去，往东，过小桥，沿着未名湖……这里真是个研习学问的好地方。星期日，校园那么安静、悠闲，有沿湖跑步的，有在林间看书、散步的……

我父亲1918年也是在北大上学，因此我心里有一种自然的亲切感。

张教授为我准备了一份2000年出版的杂志《北京社会科学》，其中有一篇窦坤先生写的《中法汉学研究所与中法文化交流述略》，文章阐述了这段鲜为人知的历史："汉学研究所在日军侵华期间保护了中国的学者，使他们得以摆脱日伪的控制，在十分狭窄，但相对自由的空间中，继续进行学术研究，争取获得民族解放。""汉研所还培养了一批法国新一代汉学家，成为后来中法文化交流的中坚……"铎尔孟当时任"汉研所"的所长，法国大使馆的文化参赞杜伯秋主管行政……越看越舍不得放下，我想到那部描写"二战"时期的电影《辛德勒的名单》，是那么惊心动魄，那样感人。"汉研所"的法国友人，也是以同样的精神，在日本法西斯四面刺刀下，保护了中国学者……我拿起笔准备抄录。

张芝联教授微笑着说："这本书是送给你的。"

"啊！太好啦。"我惊讶于我的运气，就像口袋里一直装着幸运的红桃6。

张先生是上海人，中等身材，人说"有钱难买老来瘦"，他就属于那种有钱难买的体格，两眼很有神，提起往事，眼里就闪着亮光，一下就年轻了十几岁，特别是回忆他和铎尔孟工作时的情形，好像又回到20多岁风华正茂的年代。张先生有着江南人的文雅，我想，他年轻的时候肯定是个帅哥。

张先生精通汉、法双语，经常需要和铎尔孟一起工作。他笑着回忆道："铎尔孟先生很有学问，但很傲气，很固执，我们有时也会争论，他错了也不会轻易承认，绕着圈辩解，最后用另一种表达方式承认对方是正确的。那时铎尔孟有60多岁了，但精力非常旺盛，他喜欢在晚上工作，他常对我说'今晚12点来吧'或者'今晚两点来吧'，我们就一直工作到早上六七点才结束。我夫人不理解铎尔孟的怪癖，常常会埋怨。”

张先生转了个话题：“你知道他父亲是谁吗？”说话的神气透着60年前的孩子气。

“我想我应该知道，是不是还有别的说法？”

“他的父亲是法国很有名的作家，唐珊贞小姐应该知道的。”

“听唐小姐谈过，细节上有些模糊。我更多是从铎尔孟的性格和他的才华，还有一些蛛丝马迹来推断，只是我把他父亲写得更人性化，更富有戏剧性。”

“你写这几位翻译《红楼梦》的人，你怎么看待《红楼梦》的？”他要考考我。

“我只是个读者，既不研究，也不掉进去，我写的是译者的故事，当然也有我的题外观点。”我翻开书稿，念了一段铎尔孟与曹雪芹的对话：“曹雪芹先生，我一直想问你一个问题，你的这本《红楼梦》，一会被捧到天上，一会又被打入地狱，你认为他们到底是懂还是不懂？懂，为什么？不懂，又为什么？”这段话虽不是什么学术论点，但有趣。

他乐了，笑得很开心，赶快把夫人喊来：“我夫人是研究《红楼梦》的，你的书出版后，一定送她一本。”

夫人笑着说：“我谈不上研究，只是喜欢，我也没掉进去。”

“我一定登门求教。”

临别时，张芝联教授送我一本他的论著《从高卢到戴高乐》。

电话，接通了武汉大学石泉教授家。

石泉教授是1949年共和国军管会代表，他曾对“汉研所”做过公正的评价：“汉学所在日军侵华期间保护了中国学者。”我想知道更详细的评价根据。

她夫人说："石泉先生两年前患脑溢血后，记忆力已经减退到零。"……

我忘了事情发生在半个多世纪前……

北京，铎尔孟早已把她视为梦牵魂系的故乡。

北京，存留着铎尔孟48年足迹，存留着他的梦境。

北京，拉近了我和铎尔孟之间的距离。

这种近，早已不似在巴黎华幽梦住进圣路易卧室时，那种纯感性的浅见，早已不仅仅是剖析他对《红楼梦》瑰丽的赞叹，再现他的孜孜不倦，而是走进了他真正的心灵，触摸到他那颗沉重、炽热、富有多重情感的心。

也许真能如我曾经设想过的那样，写一本《铎尔孟的红楼梦》。

乔羽，人称"乔老爷"，据说其雅号来源于电影《乔老爷上轿》，也许还在更早的年代。

乔羽没上过轿，但其风趣、诙谐的性格和那位县太爷倒很相似。他的诗词总离不开"趣"和"妙"，无论写别人还是写自己。他在《七十自寿》的四句诗中写道："四十、五十抄家日，七十才是安家时。抄家安家忒相似，一片狼藉谱新词。"词，还是要写的。几十年来，大大小小的政治运动，他像荡秋千，忽上忽下，像炒菜锅里的虾，煎来炸去，只要有可能他就挥笔抒情，有时写在纸上，有时写在心里。没有抒发的激情，没有涌动的词海，还叫诗人吗？

我认识乔老爷四十几年了，他爱喝酒，而且酒量奇大，只喝白酒。他说："色酒是给女士们生产的。"我好像从来没被他列入女士行列，总是随着他喝白酒慢慢聊天，反正我是那种对酒没感觉的人，不馋、不想、不醉，每次聊天就像进了一次图书馆。

这次去看望他，距离上次又有五年，他的书桌上新增加了一套《乔羽文集》，印得很雅致。他认认真真用毛笔在扉页上写道："碧贤女友存翫"。我双手接过这本凝聚着他多年心血的诗集，有的熟悉，有的透着鲜活的新意。那首《说围棋》我反复读了两遍，越读越有味："你想包围我，我想包围你。……明中有暗，胜中有负。神机妙算，降龙伏虎。正当山重水复时，看一子落处，花明柳暗，天堑顿找通途。高手相遇乐如何？君与我，共把天机领悟。"一首短短的诗，把当今风风雨雨的世界，你争我夺的时势人情，剖析得那么透彻，透彻中带着俏皮，让人品味无穷。啊！围棋，人人都在下围棋，人生路上比高低。看谁能天堑顿找通途把危机解救，谁就是当代英雄。

他还是那么关心我的创作。我知道他的身体已亮起一盏小红灯，只请他帮我解一道难题——书名。他没马上回答。认真地翻阅我的书稿，然后喝着法国红葡萄酒，海阔天空地侃，越过时空，跨过古今中外，自由驰骋。他讲述着一个又一个妙趣横生的典故……我们正笑得高兴，他突然说："你这本书何不就叫《梦中梦》，她本出自你书中的一句话。"原来侃归侃，他的思路一直没有断，他喜欢这个故事。

我告辞了，他和夫人送我很远。钓鱼台的花园很大，一幢幢小楼被层层绿树环抱，隐约可见。高处，夜灯伴着星光轻洒下来，宁静而神秘，听得见脚步声。几个迎面走来的年轻人，亲切地叫一声："乔老师，晚上好！"他笑容可掬地和他们打着招呼，诚挚、随和。

回家的路上，毛阿敏唱的《思念》，忽然在我耳边萦回："你从哪里来，我的朋友，好像一只蝴蝶飞进我的窗口。不知能作几日停留，我们已经分别得太久，太久……难道又要匆匆离去，又把聚会当作一次分手。”乔羽的这首歌词，曾唤起过很多人心底的共鸣，他没有山东家乡汉子的雄伟，但凭借他出众的才华，凭借他充满深情的诗词，赢得了众多美女、明星、女强人的芳心。不过，他更心甘情愿交权给老妻，反正心里想的都说出来了，给你、给她、给大好河山。

美丽的诗句，只为让世人心中更多一点爱。

“书名确定了，我就给你写。”这是我和著名字画家古干先生在巴黎就约定好的。

我的专业原本是导演，到法国10年后却偏偏拿起了笔，写字比导戏来得快，来得方便，于是，不停地抒发，抓住题材就写。但本性难改，没有专业作家自甘寂寞的品德，还是爱热闹，喜欢把它当成一台戏。忘不了在戏剧学院上学时，老师教的斯坦尼“舞台艺术完整性”的经典论述。创作时埋头单干，写完了大家热热闹闹出主意，想方案，让这朵智慧的浪花，高高兴兴融入大海。

古干，成为当今国际上颇受欢迎的字画家，他的奥秘在于：他把中国道家的“人与自然和”、儒家的“人与人和”、佛家的“人与己和”的哲理，融进了他的字画中，以他这等领悟，画出来的画，自然让人爱看，爱看这种平和的、美丽的画。他送我那本画册的序言中说得好：“夫天地者，万物之逆旅也。光阴者，百代之过客也。”人活一世只不过到地球做客一次。我喜欢这个精彩的借喻，既然是地球的客人，走的时候就别让地球讨厌，留点花草、留点智慧、留点诗画、留点爱恋，地球会伸手欢迎你再来！

古干画室，他铺开纸，我们边聊边画……一幅写意的水墨画曹雪芹，跃然纸上。原来《红楼梦》早就根植于心。

张文大先生是北京民间文物保护志愿者，他同样执着于他的理念，以他微弱的声音呼吁。他从民间搜集了大量关于贝熙业、铎尔孟、圣-琼·佩斯的故事，对他们在西山的旧址也了如指掌：哪里是大甜水胡同，哪里是西山贝家花园，哪里是圣-琼·佩斯写诗的地方，哪里是他们曾设计在西山建墓地的地方，还有梅兰芳先生安息的万花山……不厌其烦地一次次带我去看，满足了我对环境资料的渴求，我不禁为他无私奉献的精神所感动。他只是个普通的小人物，在众多名人、大人物高谈阔论时，他总含笑藏身于人群中。

莱热创作《远山》的小庙宇，1980年房屋失火烧毁。我在一堆堆烂瓦、石头、杂草的西北角岩石上，看见一棵孤零零的青松，它坚挺着，活着，像一位战士守卫着，一身的傲骨。

铎尔孟在北京新鲜胡同的故居，也是我找了很久的地方。在法国里昂图书馆给我的资料中，他们曾经提到过，但最终没找到。写铎尔孟而不了解他的居住环境，这的确是个很大的缺陷，总觉得有些飘浮。从历史资料中提供的住所，有的拆了，有的成了大杂院，何况并不确切。但我仍在寻觅……直到2016年初夏，我才终于找到它：整洁的胡同、红漆大门、灰色影壁墙，宽大的四合院里鸟语花香，客厅里铎尔孟伏案的大书桌仍然摆放在窗前，连木地板都没换，一切完好如初。这得益于房东是书香门第、著名画家。他们家的老照片也是张张精彩，那个时代的女人都那么贵气、漂亮。

这套幸运的四合院终于等来“文物保护”这一天。

房东太太的儿子说，铎尔孟先生在我们这里住了十几年，也算是我们家的亲人了，我要去法国的华幽梦参观他最后10年生活过的地方，了解他为《红楼梦》呕心沥血的地方。真是一家难得有心人。

他们家收养了许多流浪猫、流浪狗，它们躺在沙发上、桌上、院子石板地上，优哉游哉、自自由由地晒太阳。我对他们讲，铎尔孟先生也喜欢狗，养了只漂亮帅气的牧羊犬。

《红楼梦》法文版三位译者以27载悠悠岁月，精心雕琢，让我们敬他们、爱他们！谁会说得清为什么要爱？也许是艺术情感的需要。我有时是含着泪聆听知情人讲述；有时彻夜难眠，他们给地球增添了多么珍贵的财富。这是伟大的历史记忆！法国人在中国，把他乡当故乡，如杜鹃啼血、春蚕吐丝，为这个民族的复兴付出全部心血。我撰写《铎尔孟的红楼梦》这本书，是要把他们的故事讲给更多人听，让更多人爱他们、敬他们。

我踩着严冬后的丝丝春意，送走我的全部书稿，继续觅觅寻寻，继续流浪在山涧野岭、巴黎—北京，继续和朋友们分手、相聚。朋友之间不言谢，但我还是要向大家最诚挚地说一声：谢谢！谢谢支持，没有你们的倾情帮助便不会有这本书的完整。

2017年3月　北京